作者简介

　　张丽　山西文水人。文艺学硕士，古代文学博士。现任运城学院讲师。主要研究方向为唐五代文学。发表学术论文数篇，目前主持两项院级项目和河东文化研究项目。

运城学院博士科研启动项目资助
项目编号为YQ-2012003

江南文化

与南唐词

张 丽◎著

Jiangnan culture and the word

当代中国学术文库

中国文史出版社

图书在版编目（CIP）数据

江南文化与南唐词 / 张丽著. —北京：中国文史
出版社，2015.2

ISBN 978-7-5034-6111-8

Ⅰ.①江… Ⅱ.①张… Ⅲ.①词（文学）—诗词研究
—中国—南唐 Ⅳ.①I207.23

中国版本图书馆 CIP 数据核字（2015）第 039343 号

责任编辑：李晓薇

出版发行：中国文史出版社

网　　址：www.chinawenshi.net

社　　址：北京市西城区太平桥大街 23 号　邮编：100811

电　　话：010－66173572　66168268　66192736（发行部）

传　　真：010－66192703

印　　装：北京彩虹伟业印刷有限公司

经　　销：全国新华书店

开　　本：170mm×240mm　1/16

印　　张：14

字　　数：208 千字

版　　次：2015 年 5 月北京第 1 版

印　　次：2015 年 5 月第 1 次印刷

定　　价：68.00 元

目　录
CONTENTS

绪 论

（一）南唐词研究情况述评

唐五代词历来被学界视作词体发展演变的原初状态，词在唐五代时期的发展，堪与先秦诸子散文、汉魏乐府诗相并提。这一时期包括中晚唐文人词、敦煌曲子词、花间词、南唐词等，在词体价值和地位都不稳定的历史环境中，于题材、意蕴、技巧风格等方面为后世特别是宋词体创作提供了范式，并有助于逐步确立词在文学史上的地位。清人冯煦在评述唐五代词发生发展中特别推崇南唐词的价值，甚而将其称誉为"词家渊丛"，为冯延巳词集所做的序《阳春集序》中云："词虽导源于李唐，然太白、乐天兴到之作，非其专诣。逮到季叶，兹事始发，温韦崛兴，专精令体。南唐起于江左，祖尚音律，二主倡于上，翁（冯延巳）和于下，遂为词家渊丛。"①此序为较早的唐宋词学批评资料，影响深远。回溯词体研究的历史，毫不夸张地说，对南唐词的欣赏和研究伴随贯穿了中国词史发展的整个历程。

以现有文献资料梳理学界对南唐词的研究，可考资料主要从散见的宋人诗话、词话、笔记、词籍序跋、词学专著来看，宋代李煜文才已广为人知，作品也流传广泛，较早进入词学批评视野，评点较多。如宋人叶梦得《石林燕语》记载：宋太宗称誉李煜"好一个翰林学士"，苏辙题后主《临江仙》（樱桃落尽）云：

---

① （清）冯煦《阳春集序》，王兆鹏主编：《唐宋词汇评》，浙江教育出版社 2004 年版，第 423～424 页。

凄凉怨慕,真亡国之声也。李清照评江南李氏君臣词云:语虽奇甚,所谓亡国之音哀以思也! 有些评点较为突出的就是集中于纪词本事,如蔡绦《西清诗话》、陈鹄《耆旧续闻》、葛立方《韵语阳秋》、张邦基《墨庄漫录》、胡仔《苕溪渔隐丛话》皆记李煜于城破之际作《临江仙·樱桃落尽春归去》。王铚《默记》、陆游《避暑漫抄》则论李煜被俘后因作词而引杀身之祸。明清时期对南唐词的研究,进一步与当时文艺观词学思想相连,注重南唐词言情特质和词学地位,与宋人较浓的政治色彩相比,更多的是鉴赏肯定南唐词本身的价值。如清王又华《古今词论》引沈谦语:男中李后主,女中李易安,皆是当行本色,前此太白,故称词家三李。① 明清两代辑录唐五代词有比较重要的两项成果,明万历年间董逢元辑录的《唐词纪》和清康熙年间编纂《全唐诗》,是整理研究南唐词学的宝贵资料。目前可见的宋明清时期相关记叙南唐国别历史,重要人物的活动行事,词人词作本事的正史、野史、笔记小说、别集、词话诗话等,主要有(南唐)史虚白《钓矶立谈》,(南唐)徐铉《徐公文集》,(南唐)李建勋《李丞相诗集》,(宋)陆游《南唐书》,(宋)马令《南唐书》,(宋)陶岳《五代史补》,(宋)郑文宝《南唐近事》、《江南余载》、《江表志》,(宋)龙衮《江南野史》,(宋)陈彭年《江南别录》,(宋)路振《九国志》,(宋)无名氏《五国故事》,(宋)王溥《五国会要》,(宋)孙光宪《北梦琐言》,(宋)吴处厚《青箱杂记》,(宋)魏泰《东轩笔录》,(宋)文莹《玉壶清话》、《湘山野录》,(宋)张师正《倦游杂录》,(宋)罗大经《鹤林玉露》,(明)阮阅《诗话总龟》,(清)李调元的《全五代诗》,(清)吴任臣《十国春秋》,(清)彭定求编《全唐诗》,今人陈顺烈、许佃玺《五代诗选》,以及(宋)欧阳修《六一诗话》,(宋)陈师道《后山诗话》,(宋)黄昇《唐宋诸贤绝妙词选》,(宋)胡仔《苕溪渔隐词话》,(宋)吴曾《能改斋漫录》,(明)杨慎《词品》,(明)徐士俊、卓人月合辑《古今词统》,(明)茅暎编选《词的》,(明)陈子龙《幽兰草词序》,(清)彭孙遹《旷庵词序》,(清)贺裳《皱水轩词筌》,(清)郭麐《灵芬馆词话》,(清)王士祯《五代诗话》,(清)刘熙载《艺概·词概》等。

进入20世纪,南唐词的研究与二三十年代和80年代两次大的词学思潮联系

---

① 唐圭璋:《词话丛编》,中华书局1986年版,第677页。

紧密,取得了突破性的进展。二三十年代的研究成果首先体现在对唐五代词的研究渐呈系统,重视词籍辑佚的整理工作。清末民初,较早从事唐五代词辑录整理的学者王国维编选了《唐五代二十一家词辑》,涵盖了包括花间词人、李璟、李煜的《南唐二主词》《金筌词》《红叶稿》《浣花词》《薛侍郎词》等作品,这被视作第一部唐五代词集,共二十卷,各卷之后附有跋,列举辑录依据,其辑录体例及文献价值影响深远。此外还有刘毓盘编著《唐五代宋辽金元名家词集六十种辑》、林大椿辑录《唐五代词》、胡适的《词选》中胡适对李煜词推崇备至。南唐词人在唐五代词众多流派中得到更多的关注,这一时段研究李后主及其词较有成果的还有郑振铎《李后主词》、曹雨群《李后主的著述及其版本》等。

30 年代词学界对词的起源问题、词史、词籍以及词人都进行了较为全面深入的研究,如刘毓盘《词史》、胡云翼《中国词史大纲》、王易的《词曲史》等。出版了多部相关南唐词人年谱及评传,如唐圭璋《南唐二主词汇笺》,衣虹《南唐后主李煜年谱》,郭德浩《李后主评传》,夏承焘《冯正中年谱》《南唐二主年谱》,此外,学界开始从词人身世、社会环境、宗教等方面深入分析作品文本,如龙沐勋《南唐二主词叙论》。

20 世纪八九十年代,在唐五代词集整理方面,张璋、黄畬的《全唐五代词》,较为全面地收录南唐词人李璟词 5 首、李煜词 45 首、冯延巳词 112 首。这一时期产生了对南唐词人冯延巳、李璟、李煜等词集的新校注本和生平更详备的考证。如曾昭岷《温韦冯词新校》,杨琳《冯延巳还是冯延己》,傅正谷、王沛霖《南唐二主词析释》,高兰、孟祥鲁《李后主年表》,此外还有傅璇琮、张枕石、许逸民编纂的《唐五代人物传记资料综合索引》等,为深入研究南唐词提供了更为丰富的文献资料。也是在这一时期,随着西方文艺理论不断渗入,词学研究开始从意识、意象、文化学、比较学等角度对南唐词进行观照。20 世纪 90 年代这些研究视野得到进一步的拓展。21 世纪初随着对唐五代词综合性文献整理和综述研究的加强,对南唐词的研究进一步深入,比较突出的是关于南唐词接受史研究和唐五代词定量分析。

总体而言,对南唐词已有研究成果主要表现在:

1. 作品文本的编纂整理:如王国维编纂的《唐五代二十一家词辑》,林大椿编《唐五代词》,1980 年张璋和黄畬合编《全唐五代词》。

2. 重要词籍校注:比较有影响的是对《阳春集》《南唐二主词》的校订,以及 50 年代詹安泰著《李璟李煜词》和 80 年代曾昭岷著《温韦冯词新校》。

3. 词人生平年谱的整理:如夏承焘《唐宋词人年谱》,唐圭璋《南唐二主年表》《李后主评传》,陈尚君《花间词人辑》等一些较为翔实的文献资料。

4. 重要词人的研究:依据创作成就和文学地位对南唐词人的研究多集中于二李一冯,并从多角度分析词人词作。

5. 风格流派渐趋清晰:词史演进中,唐五代词虽处于词体发生发展阶段,但敦煌曲子词、中晚唐文人词、花间词、南唐词,各阶段风格相对鲜明和集中,加强风格流派的研究也将探究南唐词推到一个新的高度。

6. 引入新的研究方法拓展新的理论视野:尤其体现于新时期以来对南唐词的研究走出僵化、狭窄、单调的学术套路,不断尝试新的研究方法。如比较学、社会学、心理学、文化学、传播学等,为南唐词的研究注入新的活力。

(二)本著创新之处和写作意义

李凯尔特评价自然科学与人文科学的区别时指出,人文科学的研究重心在于具体和个别的事实,而个别的事实只有参照某种价值体系——这不过是文化的别名——才能被发现和理解。①

就词体发展的场域而言,词在唐宋两代并非仅仅是种文学现象,不是独立的,而是时代之政治、思想、艺术、生活等之印迹。词的产生和风行首先赖于燕乐这种具有时代特征的音乐环境,此外还涉及社会文化习俗、人们的社交方式、宴集歌伎盛行以及文人的特殊心态等一系列问题。词的社交功能与娱乐功能乃至抒情功能渐次相生相伴。可以说词是在综合上述复杂因素在内的历史背景下产生的一种文学——文化现象。② 纵观学界对南唐词的研究,与相对繁盛的南唐词研究成果相比,从地域文化角度对南唐词进行深入研究的成果

---

① (美)勒内·韦勒克奥斯汀·沃伦:《文学理论》,文化艺术出版社 2010 年版,第 5 页。
② 吴熊和:《唐宋词通论》,浙江古籍出版社 1989 年版。

有些薄弱。南唐地处江南①,深受江南文化影响,可以说江南文化对南唐词有着延续性的影响。为避免孤立的研究本体,达到对研究对象真正的理解,知其然,更知其所以然,本书从地缘环境入手,尽可能还原南唐词的社会文化背景,勾勒南唐词人活动创作的具体时空场景,以丰富和深化南唐词及地域文化研究。

从地域文化的角度对南唐词作新的阐释,不仅由于南唐词所具有的区域特色,也是基于对地域文化视角的应用历史,当下的社会文化环境和学术潮流的综合思考所致。

文化与地域的关系研究由来已久,中国古代的典籍《汉书》《世说新语》《北史》等著作已注意到地缘影响南北学术的不同。近代学者以梁启超、刘师培、王国维等为代表,关注到南北文化差异与地理环境的紧密联系。不仅在中国,在西方,地域和文学的关系也较早进入批评家视野。法国文学评论家斯达尔夫人《论文学》提出存在两种不同的文学,一来自南方,一来自北方。法国丹纳《艺术哲学》中更进一步强调地理环境对文艺的影响。新世纪之后,在中国文学研究领域,地域研究作为一种研究方法被广泛接受。1990年,袁行霈先生《中国文学概论》一书,提出了"中国文学的研究,除了史的叙述、作家作品的考证评论,以及文体的描述外,还有一个被忽视了的重要方面,就是地域研究",这个颇富启发意义的观点,对当时的文学研究产生了很大的影响,尤其为古代文学研究确立新的视点,随之产生了一系列相关著作,包括杨义先生《重绘中国文学地图通释》、戴伟华《地域文化与唐代诗歌》、梅新林《中国古代文学地理形态与演变》、程民生《宋代地域文化》、曾大兴《中国历代文学家之地理分布》、胡阿祥《魏晋本土文学地理研究》等。近年来学界在地域文学理论与实证性方面大胆探索,其中对江南文化的研究尤为丰富。专著有李学勤先生等主编的《长江文化史》、美国学者林达·约翰逊主编的《帝国晚期的江南城市》、梅新林和陈国灿两位先生主编的《江南城市化进程与文化转型研究》、江庆柏先生的《明清江南望族文化研究》、

---

① 南唐历史上建国都金陵(今南京)和洪州(今江西南昌)。

樊树志先生的《江南市镇：传统的变革》、小田先生的《江南场景：社会史的跨学科对话》、范金民先生的《江南儒商与江南社会》，以及极富学术价值的高小康《永嘉东渡与中国文艺传统的蜕变》和《中国古典艺术精神的形成》、刘士林《江南都市文化的历史源流及现代阐释论纲》《江南文化的诗性阐释》《在江南发现儒学遗产》《江南轴心期与中国古典美学精神的生成》等，都在江南地域文化方面进行了有益的尝试和探索。这些学术成果在学理上奠定了深入研究江南文化的理论基础，也进一步延伸了对地处江南的南唐及南唐词的研究视角。刘士林在《西洲在何处——江南文化的诗性叙事》一书中提出中国诗性文化的南北之分。他认为中国诗性文化有两个系统，一个是以政治伦理为深层结构的"北国诗性文化"，另一个是以审美自由为基本理念的"江南诗性文化"。强调江南文化中的审美自由并不等于说其他区域文化没有审美的精神内核，而是说江南文化的审美维度在中国审美历史上最具有纯粹性和特殊性。"江南诗性文化是中国人文精神的最高代表"，①江南文化几乎成为六朝以降中国文人士大夫生命经验中不可或缺的一部分。从这个意义上说，为江南文化所化的南唐词人，与其他流派甚至与同时期其他地区词人相比，突出之处并不在于他们帝王将相的身份，而在于他们与生俱来的审美感受力和审美品质，并在他们身上展示了不同于传统文士且影响后世深远的一些新型特点。南唐上接大唐，下启赵宋，以南唐词为代表的成就斐然的南唐文化，实际是唐型文化与宋型文化的重要过渡，反映出唐宋之交中国社会尤其是江南社会文化的变迁。

　　本书在传统历史叙述的时间维度基础上，结合地理维度和精神维度，将以前对南唐词重在静态、平面、单向的研究，转换为以地域文化为切入点的动态、立体、多元的研究，力求做到宏观历史视角和微观透彻分析相结合、理性客观分析与感性直观审美相结合，并致力于作家、作品、语境的研读，综合运用史学、文化学、心理学、文化地理学、社会学等研究方法，结合史实及词体本身的研究规律，对南唐词作较为全面的考察。

------

　　①　刘士林：《江南诗性文化：内涵、方法与话语》，载《江海学刊》，2006 年第 1 期。

一、诗性江南的文化阐释

（一）"江南"的历史衍变与生态环境特征

1. "江南"溯源

"江南"从字面上理解是指长江以南的地区,先秦和秦汉典籍中多处出现"江南"之语。较早《尔雅·释地》中记载:"两河间曰冀州。河南曰豫州。河西曰雝州。汉南曰荆州。江南曰扬州。"又《尔雅·释山》:"河南华。河西岳。河东岱。河北恒。江南衡。"先秦分天下为九州,其中的"扬州",约相当于今天的长江下游地区。据沈学民先生考证,春秋时期,"江南"指楚国郢都(今江陵)对岸的东南地段,范围极小。战国时期,楚在长江南岸拓地日广,江南的范围亦随之向东南扩展,延及今武昌以南及湘江流域。① 秦汉时期,江南主要指"长江中游以南的地区,即今湖北南部和湖南全部,南达南岭一线"。②《史记·货殖列传》有"衡山、九江、江南豫章、长沙,是南楚也"之说。《史记·秦本纪》中载:"秦昭襄王三十年,蜀守若伐楚,取巫郡,及江南为黔中郡。"黔中郡即今湖南西部。汉代,江南的范围有所扩展,包括豫章郡、丹阳郡及会稽郡北部,相当于今天的江西、安徽及江苏南部地区。《史记》卷六云:"王剪遂定荆、江南地,降越君,置会稽郡";《后汉书》卷十四亦有相关的记载,"信遂将兵平定江南,据豫章"。相对于长江中游的江南地区而言,秦汉指称下游的江南地区还

---

① 沈学民:《江南考说》、徐茂明:《江南的历史内涵与区域变迁》,载《史林》,2002 年第 3 期。

② 周振鹤:《释江南》,上海古籍出版社 1992 年版,第 141 页。

用"江东"、"江左"等语。楚霸王项羽反秦即于吴地起兵,兵败后拒绝渡江,自惭无颜见"江东"父老。对于这一时期江南社会发展我们可以从《史记》卷一二九中一窥大概:"楚、越之地地广人稀,饭稻羹鱼,或火耕而水耨,果陏嬴蛤,不待贾而足。地势饶食,无饥馑之患,以故呰窳偷生,无积聚而多贫。是故江、淮以南,无冻饿之人,亦无千金之家。"可见此时江南尚处于待开发阶段。汉末孙吴立国江东后,都城建康一带的经济得到迅速发展,江南的范围由长江中游的两湖地区转到以建康为中心的下游的湘江、汉水以东以及淮南一带。《裴注三国志》卷七魏书七载:"布既伏诛,登以功加拜伏波将军,甚得江、淮间欢心,于是有吞灭江南之志。"①此处"江南"即指孙吴政权统治的建康地区。其时"江东沃野千里"②。魏晋南北朝时期江南得到进一步开发。

　　唐时"江南"一词一度被用来指称具体的行政区域。③ 唐高祖改郡为州④,唐太宗时为了便于管理,于贞观元年(627),以山河形成的自然边界,将全国郡州划分为十道。分别为关内道、河南道、河东道、河北道、山南道、陇右道、淮南道、江南道、剑南道和岭南道。其中江南道范围甚广,《唐六典》云:"凡五十有一州",包括今长江以南,南岭以北,西起四川、贵州,东至大海的广大区域。开元二十一年(733),唐又将江南道分为东西道,并增置黔中道。江南西道辖今江西省,安徽南部和湖南部分地区,江南东道辖江苏南部、浙江、上海、福建地区。道在唐前期是作为一个监察机构存在,"安史之乱"后,随着藩镇力量的兴起,道成为实际的地方行政机构。宋朝改道为路,设有江南东、西路。江南东路管辖"府一:江宁。州七:宣,徽,江,池,饶,信,太平。军二:南康,广德"⑤,大致包括今南京、皖南、赣东北部分地区;西路则相当于今江西全省。这样在

----

① (晋)陈寿撰,(宋)裴松之注:《三国志》,中华书局2006年版,第140页。
② 同上,《三国志》卷54,751页,"中国失纲,寇贼横暴……江东沃野千里,民富兵强,可以避害"。
③ 见于史书的最早以"江南"作为行政区划名称的是王莽改夷道县(今湖北宜都市)为江南县。
④ (清)王夫之:《读通鉴论》卷十六云:封建之天下,分其统于国;郡县之天下,分其统于州。后世曰道、曰路、曰行省、曰布政使司,皆州之异名也。中华书局1975年版,第647页。
⑤ (元)脱脱等:《宋史》卷88。

唐宋江南道、江南路行政区域划分的基础上,广义上江南的概念逐渐清晰。五代时期,江南也用以特指南唐国。《宋史》卷三载:"辛丑,遣卢多逊为江南国信使"、"丁亥,谕吴越伐江南"、"冬十月己亥朔,江南主遣徐铉、周惟简来乞缓师"、"皇帝恭问江南国主"①等,这里的"江南",指的就是南唐国。

清顺治二年(1645)改南直隶(南京)为江南省,江南省大致相当于现在的江苏省、上海和安徽省。当时所管辖的江宁(南京市),苏州、扬州、淮安(楚州区)、松江(上海市)、安庆都是很发达的地区。顺治十八年(1661)分江南省为"府九:安庆、徽州、宁国、池州、太平、庐州、凤阳、淮安、扬州;直隶州四:徐、滁、和、广德,属安徽,江南左布政使领之。右布政使为江苏布政使司,治苏州。统江宁、苏州、常州、松江、镇江、扬州、淮安府七,徐州直隶州一"②,此为江南分省之始。与之前多在地理行政基础上指称江南相比,明清时更注重江南各地间的经济联系。因此涉及"江南"的概念时有有苏松常镇或苏松嘉湖四府说、苏松杭嘉湖五府说、苏松常杭嘉湖六府说、苏松常镇杭嘉湖七府说、苏松常镇宁杭嘉湖八府说、苏松常镇宁杭嘉湖徽九府说、苏松常镇宁杭嘉湖甬绍十府说等。③

从上述可以看出,不同时代"江南"的概念不断发生衍变,人们基于自然地理、行政划分和文化视角等不同的标准,对江南有不同的阐释。周振鹤先生在《释江南》一文中总结说:"江南不但是一个地域概念——这一概念随着人们地理知识的扩大而变易,而且还有经济意义——代表一个先进的经济区,同时又是一个文化概念——透视出一个文化发达区的范围。"④这为我们进一步研究江南做出了重要的导向。除了地理、行政意义的江南外,文化江南越来越成为学界研究的热点。文化概念不同于行政概念,它的边界是比较模糊的。本文所指的江南从地理上而言是狭义的江南,大致以南京至苏州一带为核心地带,包括长江以南安徽省、江西省、浙江省的部分地区。长江下游的扬州地区,虽

① 马令:《南唐书》,南京出版社 2010 年版,第 39 页。
② 赵尔巽等:《清史稿》卷 58。
③ 徐茂明:《江南的历史内涵与区域变迁》,载《史林》,2002 年第 3 期。
④ 周振鹤:《释江南》,《中华文史论丛》第 49 辑,第 147 页。

然地理位置在江北,基于吴和南唐历史关系的考虑也包括其中。

2. 生态江南

地理环境具有一定的稳定性,往往通过影响人类活动和生活方式进而影响文化的生成发展。南北环境,从气候学的角度说,由于地形、所处纬度等不同,因而受季风气候影响的程度不同,气候变化的幅度随纬度的增高而增大,南方气候变迁幅度普遍没有北方大。竺可桢先生在《中国近五千年来气候变迁的初步研究》一文中研究指出,5000~3000年前,黄河流域的年均温度较今约高2℃,冬季温度则高3℃~5℃,相当今长江流域的气温。[①] 旁证了这点。江南,处于亚热带向暖温带过渡的地区,与北方温带季风气候,四季温差大、降水量少的特点相异,江南气候温暖湿润,降水丰富。"春雨江南,秋风蓟北"。这句话就形象地概括了江南和北方自然气候的差异。多雨,梅雨,伏旱是江南气候显著的特点。这种气候条件适合多种植物生长,因此江南地区四季草木华滋,郁郁葱葱,有大量可以观赏的植物,如桂花、杜鹃、山茶、石榴、蔷薇、竹、芭蕉、梅等,这些植被生长时间较长并且自我更新的能力也较强,因之所形成的生态景观与北方不同。北方被描绘为"千里黄云白日曛,北风吹雁雪纷纷"(高适《别董大》)甚至"树林何萧瑟,北风声正悲。溪谷少人民,雪落何霏霏"(曹操《苦寒行》),酷寒艰涩,与此相比江南则"吴越暖景,江山如绣"。《世说新语·言语篇》有多处描绘时人深入山水对江南秀美山水的喜爱,"顾长康从会稽还,人问山川之美,顾云:'千岩竞秀,万壑争流'","王子敬云:"从山阴道上行,山川自相映发,使人应接不暇,若秋冬之际,尤难为怀"。[②] 梅雨无疑是江南地区的又一个重要特征。"梅雨"得名于江南每年的六七月间,梅子成熟之际,会有一个月左右时间,天气闷热潮湿且阴雨连绵,这是由于太平洋副热带高压季节性北上,南方的暖湿气流和北方南下的冷空气相遇而产生锋面雨所致。诗文中"闲梦江南梅熟日,夜船吹笛雨萧萧"(唐皇甫松《忆江南》);"黄梅时节家家雨,青草池塘处处蛙"(宋赵师秀《约客》);"一川烟草,满城风絮,

---

① 竺可桢:《中国近五千年来气候变迁的初步研究》,载《人民日报》,1973-6-19。
② (南朝)刘义庆撰,朱铸禹汇校集注:《世说新语汇校集注》,上海古籍出版社2002年版,第132、133页。

梅子黄时雨"(宋贺铸《青玉案》)描绘的就是江南梅雨时期的天气特点。

江南以"水"著称,除丰富的降水外,从地貌上看,江南亦多水,多丘陵,古有三江五湖之说。据《史记》卷二九,三江是指南江、中江、北江。其北江从会稽毗陵县北东入海,中江从丹阳芜湖县东北至会稽阳羡县东入海,南江从会稽吴县(今苏州市)南东入海。五湖,郭璞《江赋》为具区、兆滆、彭蠡、青草、洞庭。历史发展中虽然江河湖泊会由于自然人为等因素盈缩变化,但纵观长江中下游地区的水资源一直比较丰富,有的地方淡水水体还会扩大。如鄱阳湖古称彭蠡湖、彭蠡泽,《汉书·地理志》载"豫章郡彭泽",它是由长江迁移而形成的河成湖。唐末五代至北宋,彭蠡湖分别向东、向南扩展,宋元时期的鄱阳湖即有"弥茫浩渺,与天无际"的景观。江南拥有长江和钱塘江两大水系,地表河密布,水系发达,而且在长期的开发中,兴修了大量的水利工程使之相互连接。如泰伯开泊渎,伍子胥开胥溪,夫差开凿邗沟与扬州大运河等等。李伯重先生认为江南地区的划分依据主要在于其有同一水系,使内部形成较为紧密的联系。"太湖上纳二溪之水,下通三江泄洪入海,形成太湖水系的中枢。太湖水系的主要河流,多为东西流向,而江南运河则纵贯南北,把东流诸水连贯起来,使得江南水网更为完备。此外,应天(江宁)府的大部分地区,本不属太湖水系,但通过人工开挖的胥溪运河,亦与江南水网相接"。[①] 这也从侧面说明了江南水网之丰富。江南"水乡泽国"的美誉实为名至实归。古代诗文中多以水国来指称江南,如"水国周地崄,河山信重复"(南朝颜延之);"烂漫春归水国时,吴王宫殿柳丝垂"(唐皇甫松《杨柳枝》);"故人还水国,春色动离忧。碧草千万里,沧江朝暮流"(唐刘长卿《送姚八之句容旧任,便归江南》)。衬之水的秀韵和灵动是江南多丘陵,山体不高,"水随山转,山因水活",因此构筑了与"平林落日"不同的地理景观。南朝文学家吴均《与朱元思书》对江南自富阳至桐庐一带自然风光的描写,"风烟俱净,天山共色,从流飘荡,任意东西。自富阳至桐庐,一百许里,奇山异水,天下独绝。水皆缥碧,千丈见底;游鱼细石,直视无碍",将江南美景描绘得浑然天趣,是颇有代表性的江南景致。近代汪辟

---

① 李伯重:《简论"江南地区"的界定》,载《中国社会经济史研究》,1991 年第 1 期。

疆先生尤为青睐江南山水,云:

> 江浙皆《禹贡》扬州之域,所谓天下财富奥区也。其地形,苏则有南北
> 之殊,而皆濒海贯江,山水平远,湖沼萦回;浙则山水清幽,邻赣闽者,亦复
> 深秀。①

灵山秀水造就了江南人特有的秉性、气质、风俗和审美观念,生于斯长于
斯的江南人所创造的江南文化不能不称之为特别。

(二)江南诗性文化内涵

1. 南北地理人文对文化的影响

一个地区的文化与这个地区的地理环境有着天然的联系。中国地域辽
阔,南北地域各自有鲜明的特点,影响人们的生活生产经验和思维方式,进而
形成文化的诸多差异。在中国文化中很早就注意到地域环境对人精神层面的
影响。我国第一部诗歌总集《诗经》中的十五国风,即采集自西周时期十五个
地区的乐歌,反映了不同地域的民情风俗,内涵丰富且影响深远。春秋战国时
期盛行以乐观地域民风的文化活动,《左传·襄公二十九年》中记载吴公子季
札观乐:

> 吴公子札来聘……请观于周乐。使工为之歌《周南》《召南》,曰:"美
> 哉,始基之矣,犹未也,然勤而不怨矣。"为之歌《邶》、《鄘》、《卫》,曰:"美
> 哉,渊乎! 忧而不困者也。吾闻卫康叔、武公之德如是,是其《卫风》乎?"
> 为之歌《王》,曰:"美哉! 思而不惧,其周之东乎?"

在季札看来,不同地区的乐歌所代表的是不同的地方风情和文风,体现出
勤劳而不怨恨、忧愁而不困顿、忧虑而不畏惧等内涵各异的人文特色。

古代学者很早注意到从地缘南北角度来分析南北学术和文化的不同。
《世说新语》中褚季野语孙安国:"北人学问,渊综广博。"孙答曰:"南人学问,
清通简要。"支道林闻之曰:"圣贤故所忘言。自中人以还,北人看书,如显处视

---

① 汪辟疆:《近代诗派与地域》,《汪辟疆文集》,上海古籍出版社 1988 年版,第 145 页。

月,南人学问,如牖中窥日。"①这是较早用来阐述南北文化差异的观点。又如
"南人约简,得其英华;北学深芜,穷其枝叶"②,大致说明南北士人研究经学、
子学方面的差异。《隋书》卷七十六《文学列传》中对南北文风差异做了较为系
统详细的评述,云:

> 自汉、魏以来,迄乎晋、宋,其体屡变,前哲论之详矣。暨永明、天监之
> 际,太和、天保之间,洛阳、江左,文雅尤盛。于时作者,济阳江淹、吴郡沈
> 约、乐安任昉、济阴温子昇、河间邢子才、巨鹿魏伯起等,并学穷书圃,思极
> 人文,缛彩郁于云霞,逸响振于金石。英华秀发,波澜浩荡,笔有余力,词
> 无竭源。方诸张、蔡、曹、王,亦各一时之选也。闻其风者,声驰景慕,然彼
> 此好尚,互有异同。江左宫商发越,贵于清绮,河朔词义贞刚,重乎气质。
> 气质则理胜其词,清绮则文过其意,理深者便于时用,文华者宜于咏歌,此
> 其南北词人得失之大较也。

后世学者多沿用此论。

近代从地域角度研究南北文化以梁启超和刘师培为代表。刘师培认为
"学术因地而殊"③,"大抵北方之地土厚水深,民生其间,多尚实际。南方之地
水势浩洋,民生其际,多尚虚无。民崇实际,故所著之文不外记事析理二端。
民尚虚无,故所作之文或为言志抒情之体"④。梁启超亦认为:

> 北地苦寒硗瘠,谋生不易,其民族消磨精神日力以奔走衣食、维持社
> 会,犹恐不给,无余裕以驰骛于玄妙之哲理,故其学术思想,常务实际,切
> 人事,贵力行,重经验,而修身齐家治国利群之道术,最发达焉。惟然,故
> 重家族,以族长制度为政治之本,敬老年,尊先祖,随而崇古之念重,保守
> 之情深,排外之力强。则古昔,称先王;内其国,外夷狄;重礼文,系亲爱;
> 守法律,畏天命:此北学之精神也。南地则反是。其气候和,其土地饶,其

---

① (南朝)刘义庆撰,朱铸禹汇校集注:《世说新语汇校集注》,上海古籍出版社 2002 年
版,第 189 页。
② (唐)李延寿:《北史》卷 81。
③ 刘师培:《南北学派不同论》,刘梦溪:《中国现代学术经典·黄侃刘师培卷》,河北教
育出版社 1996 年版,第 733 页。
④ 同上,第 757 页。

谋生易,其民族不必惟一身一家之饱暖是忧,故常达观于世界以外……不屑屑于实际,故不重礼法。①

从这些论述中,可以大致勾勒出南北地域差异所导致的南北文化差异。就风土来看,北方厚土高天,气候酷寒,土地高燥,资源匮乏,生存条件较为艰苦,因此人与自然矛盾突出,多为生计奔走的北人,质朴直率,文风务实崇古,理智有缺乏灵活,保守的一面;南方则气候温润,土地温湿,草木繁茂,自然资源丰富,人与自然比较和谐,人处其中性情灵巧轻扬,文风绮丽多想象,富于空想、热情和诗意,思想则趋于浪漫。

不仅在学术文化上,在其他领域,南北地域环境所带来的差异也是明显和广泛的。在农业经济作物上,《广志绎》卷二"两都"条云:

江南泥土,江北沙土,南土湿,北土燥,南宜稻,北宜黍、粟、麦、菽,天造地设,开辟已然,不可强也。

曹祖《点绛唇·水饭》"霜落吴江,万畦香稻来场圃"、范成大《浣溪沙·江村道中》"十里西畴熟稻香,槿花篱落竹丝长",描绘的是金秋江南特有的美景。曲亦分南北,"北曲音调大都舒雅宏壮,真能令人手舞足蹈,一唱三叹"、"若南曲则凄婉妩媚,令人不欢"、"大抵北主劲切雄丽,南主清峭柔远"②;绘画上北方山水画多高远,奇险高耸而少秀气,南方山水画则俊美舒缓却气势不足;南北园林的地域差异也比较明显,北方艰于用水,多土穴、假山,厚重雄健有余,委婉不足,少叠石清泉之景,自然之态终逊于南方,南方园林多雅逸诗画之感,园中建筑大都临水而建,小阁临流,衬以竹影兰香,有韵味不尽之意。

2. 基于地理质因的江南文化特点

南北差异较大的地域特点,地理环境,结合本地区的人文,使地理和文学产生密切关系,这些地理因素因人的介入,也成为文学直接描写对象,长此以往,深远影响该地区文化的气质和文化意味。北方酷寒、干燥、一马平川的生

---

① 梁启超:《论中国学术思想变迁之大势》,夏晓虹导读,上海古籍出版社2001年版,第25～26页。

② (明)胡侍:《真珠船》,刘士林主编《江南文化的诗性阐释》,上海音乐学院出版社2003年版,第82页。

活环境滋生出北方人刚毅的性格、高远粗犷的心理及美感追求,江南处处小桥流水、物产丰富、山川秀美,文化心理极易导向阴柔婉美。唐代诗人罗隐有诗《江南行》:

> 江烟湿雨鲛绡软,漠漠小山眉黛浅。水国多愁又多情,夜槽压酒银船满。

"水国多愁又多情",这似乎是对江南文化很生动的写照。受惠于长江、钱塘江及众多支流的滋养,水的文化内涵成为江南文化的重要来源之一。水渗透江南人生活的每一个角落、每一个层面。江南多水,相比较刘禹锡《浪淘沙》中形容黄河"九曲黄河万里沙,浪淘风簸自天涯"、王安石《黄河》中"吹沙走浪几千里"之语。江南之水是以千姿百态,随遇而安,柔美无比的面貌呈现:

> 花枝入户犹含润,泉水侵阶乍有声。(唐武元衡《南徐别业早春有怀》)

> 远水澄如练,孤鸿迥带霜。(唐张正一《和武相公中秋锦楼玩月得苍字》)

> 满庭添月色,拂水敛荷香。(唐颜粲《白露为霜》)

> 胜日寻芳泗水滨,无边光景一时。(宋朱熹《春日》)

> 四顾山光接水光,凭栏十里芰荷香。(宋黄庭坚《鄂州南楼书事》)

不难想象,江南人感知江南的湖山湾环,十里清波,柳汀花坞,久而久之它们成为一种审美对象。因此,江南文化从本质上来说是审美性质的。

生活在不同的自然生态中,人们会产生不同的审美情趣和审美经验。比如游牧民族长期生活于广阔荒漠,自然条件和地理环境相对恶劣,"沙漠雍兮尘冥冥,有草木兮春不荣"(汉蔡文姬《悲愤诗》)。因此游牧人秉性多粗犷勇猛并敬慕猛禽,并常把英雄人物比作雄鹰。海岸居民则不同,浩瀚无际的大海对于他们来说颇具神秘气息,并激发他们探索探险的欲望。江南地区则是另外一幅景象,法国人丹纳在其名著《艺术哲学》中对意大利人的生活环境做这样的描述,"这里没有酷热使人消沉或者懒惰,也没有严寒使人僵硬迟钝。他既不会像做梦一般的麻痹,也不必连续不断的劳动;既不沉溺于神秘的默想,也不堕入粗暴的蛮性"。① 这在某些方面也适用于江南。江南人长期熏染于江南的灵山秀水、绮岸花疏,性情亦多柔和、细腻,富于想象和创造性。《文心雕龙·物色》中谈到自然环境与人心的关系:"若夫珪璋挺其惠心,英华秀其清气;物色相召,人谁获安? 是以献岁发春,悦豫之情畅;滔滔孟夏,郁陶之心凝,天高气清,阴沉之志远,霰雪无垠,矜肃之虑深。岁有其物,物有其容;情以物迁,辞以情发。一叶且或迎意,虫声有足引心;况清风与明月同夜,白日与春林同朝哉?""山林皋壤,实文思之奥府。"②从这个角度说,地域文化审美观的形成源自地域人与地理的同源同构性。江南水乡,滨海临江,烟波浩渺,自然形态形、影、声、色皆俱,面临这近乎诗性般的美丽画面谁能安然不动呢? 文学创作可视作为"恢复作为艺术品的经验的精致与强烈的形式,与普遍承认的构成经验的日常事件、活动,以及苦难之间的连续性"。③ 江南"山沓水匝,树杂云合。目既往还,心亦吐纳"。久之启迪灵性,生发诗情。古诗中许多山水名诗都源自江南山水,从"蒹葭苍苍,白露为霜。所谓伊人,在水一方",到"水是眼波横,山是眉峰聚。欲问行人去那边? 眉眼盈盈处"。"山温水软似名姝"文人笔下的江南充满灵性,富有意味。

江南文化的审美特质与地区生活和生产方式亦有很大关联,江南多水,《越绝书》卷八载江南人"以船为车,以楫为马,往若飘风,去则难从"。《汉书·五行志》称:"吴地以船为家,以鱼为食。"水乡饭稻羹鱼,舟楫代步,画船来去碧波中,这种世代相传的生活习惯进而对人的心理状态、精神气质产生影响。《听秋声馆词话》卷十二吴歌水龙吟云:

> 五湖烟水空濛,一枝柔橹冲烟破。声声断续,三高祠下,垂虹亭左。掉入前溪,三三两两,菱歌相和。正圆沙清浅,凫飞拍拍,笑脱下、红裙里。
>
> 最是晓风残月䁔微茫,一星渔火。遥闻断港,才从浦转,又穿桥过。水国阴晴,江乡儿女,尽伊烦琐。

在水乡,人的性情变得松弛、舒展和惬意,更能体会到摆脱世俗桎梏、融于

---

① (法)丹纳:《艺术哲学》,傅雷译,天津社会科学院出版社 2004 年版,第 184~185 页。
② (南朝)刘勰著,范文澜注《文心雕龙》,人民文学出版社 1958 年版,第 693 页。
③ (美)杜威:《艺术即经验》,高建平译,商务印书馆 2005 年版,第 1~2 页。

自然后的心审美愉悦。

学者刘士林认为："人文江南不是随便什么人在自然地理上简单地加上人类活动的痕迹；它更是江南民族那特有的诗性主体在这片中国最美丽的水土上生活与创造的结果。"①江南工艺历来以秀美精致著称，建筑、园林、雕刻等无不流露出江南人与生俱来的智慧与灵气。即使是普通的江南农事活动也堪称是劳动与美的结合，最典型的如采莲。采莲本是一种民间农事活动，江南自古水道纵横，池塘密布，故多植莲藕。去采莲的多为年轻女子，"夏始春余，叶嫩花初"，"于时妖童媛女，荡舟心许，鹢首徐回，兼传羽杯"（梁元帝萧绎《采莲赋》）。这一普通的日常劳动俗事，结合多水的自然景观，女子窈窕身影，左右流之，左右采之，"擢素手于罗袖，接红葩于中流"平添几分诗意和审美，因此历代文人墨客多采莲诗赋。

江南文化中与审美相生相辅的是丰富的情感体验。钟嵘《诗品·序》云："气之动物，物之感人，故摇荡性情，形诸舞咏。"所以人常常会"悲落叶于劲秋，喜柔条于芳春。心懔懔以怀霜，志眇眇而临云"。江南地区的多雨、多水使江南一带水气充足，即使晴天，湿润空气中也像笼着一层轻纱，飘着阵阵稀薄水汽。确如宋苏东坡《望江南》中所云："春未老，风细柳斜斜。试上超然台上看，半壕春水一城花，烟雨暗千家。"绵延的远山、迷蒙的烟气，天水一色，加上苍翠的植物，浅绿河水，伫立于此，感受天地雄阔高远之余，文人墨客难免会生出人生的不安定和不安全感。贞元年间韦夏卿任常州刺史，写下了《东山记》，"自江之南，号为水乡。日月掩蔼，陂湖荡漾，游有鱼鳖，翔有凫雁。涉之或风波之惧，望之多烟云之思"，即有此感。杜甫也有诗云："一片花飞减却春，风飘万点正愁人。"繁花与春天都是美丽的又都是极其短暂的，因此，江南春秋胜景也往往伴随着惜春悲秋的情怀。如五代词人毛文锡《柳含烟》："因梦江南春景好，一路流苏羽葆。笙歌未尽起横流，锁春愁。"又如唐代诗人刘长卿《奉饯郑中丞罢浙西节度还京》中描述："绿绮为谁弹，绿芳堪自撷。怅然江南春，独此湖上月。""不管烟波与风雨，载将离恨过江南"（郑文宝《柳枝词》），以迷离之景，寓

---

① 刘士林等：《人文江南关键词》，上海音乐学院出版社 2003 年版，第 2 页。

掩抑之情。花间词人韦庄曾作一首《菩萨蛮》：

> 人人都说江南好，游人只合江南老。
>
> 春水碧于天，画船听雨眠。
>
> 垆边人似月，皓腕凝霜雪。
>
> 未老莫还乡，还乡须断肠。

小词写个人的江南生活，表面描绘江南之好名不虚传，实则包含着深切的故国之思。其时的北方战乱民不聊生，长安"内库烧为锦绣灰，天街踏遍公卿骨"，韦庄"适闻有客金陵至，见说江南风景异"，遂辗转南渡，避乱之余不无故土之思。唐圭璋《唐宋词简释》中评此词："此首写江南之佳丽，但有思归之意。起两句，自为呼应。人人既尽说江南之好，劝我久住，我方可以老于此间也。'只合'二字，无限凄怆，意谓天下丧乱，游人漂泊，虽有乡不得还，虽有家不得归，惟有羁滞江南，以待终老。情义宛转，哀伤之至。"①古往今来，这首词也在很多人的心中泛起涟漪，江南不只是碧水画船，美女如月，还有弥漫其间的异乡人的诸多情感。

杨义在《重绘中国文学地图通释》一书中，强调作家的宦游地和流放地对其文学创作的影响。他认为中国古代文学史上许多精彩的文学作品都是在宦游地和流放地产生的，因为作家"面对充满新鲜感、陌生感的自然景观、社会人群、风气习俗"，必然会"激发丰富的沧桑感受和诗文兴致"②。由此我们也可以想象江南的落日楼头，断鸿声里，暮雨黄昏，花飞如雪极易唤起客舟孤侣，南渡士人交织着历史沧桑、身世颠沛的苦闷与乡愁。虽然江南风景人人尽说，却非故土。"江左好风光，不道中原归思，转凄凉"（宋吕本中《南歌子》），"试问乡关何处是？水云浩荡迷江北"（宋赵鼎《满江红》）。水乡荡漾悠长的情思，荡漾于其中的不只是游子之情，还有儿女之情，离别之情。"别易会难，古人所重。江南饯送，下泣言离……北间风俗不屑此，歧路言离，欢笑分首"③，江南似乎也特别能招惹情思，春草碧色，春水绿波，送君南浦，伤如之何。微风细

---

① 唐圭璋：《唐宋词简释》，上海古籍出版社1981年版，第14页。
② 杨义：《重绘中国文学地图通释》，当代中国出版社2007年版，第85页。
③ 庄明辉：《颜氏家训译注》卷2，上海古籍出版社2006版，第65页。

雨、桃花流水、寒烟衰草、凉蝉孤雁、残红飞絮、乌衣斜阳、烟涛渔火、空城荒丘、暮霭沉沉等,这些江南的典型物象极易触发人内心悱恻的情感,这些情感所依托的画面愈美,悲伤气息愈重,更感人良深。清人周曾锦《卧庐词话》中所选李渔衫几首描写江南情意相生的词颇具代表性:

> 怕闲行,又闲行,野渡荒烟一雁声,钓船依旧横。水盈盈,泪盈盈,莫辨离人一段情,柳梢斜月明。(李渔衫《长相思》)

> 蓦地相逢油壁车,夕阳流水板桥斜。笑声飞出几盘鸦,新绿眉棱裁柳叶,小红门扇掩琵琶,粉墙转过是天涯。(李渔衫《浣溪沙》)

> 江南好,山水擅神州。绝壁郁盘龙虎势,大江流尽古今愁,满目荻花秋。(李渔衫《望江南》)

"古今之世殊,古今人之心不殊也"。地理环境对地域文化的生成和发展的影响是深刻久远的,在形成文化基本特征的进程中起制约和关键性的作用。江南文化基于地理环境的综合影响之下,形成了尚文主情的倾向审美的总特征。在这里需要指出的是,强调江南文化形成中的地理因素,并非简单的地理决定论。此处的地理也不仅仅是山川、气候、风物等自然条件或行政的指称,还包含着在此环境基础上所形成乃至沉淀的一种地方文化精神和人文气质。一个地区的文化以及文化的形成进程是很复杂的,江南的历史发展也说明了江南文化不是在封闭的环境中生成发展的,外来的文化不断与之冲撞交汇,使之在保持相对稳定地域特色的同时,还具有开放性和包容性。这为准确地概括江南文化特点增加了难度,由于种种的限制,无法穷尽其全部的丰富意蕴。不过有一点可以肯定,江南和江南文化本身带有浓重的诗意。江南文化的这种诗性精神不是体现于电光火石般的智慧洗礼,也不是理性意义上的澄明之光,而是在于其所折射出的生命本真的质感和强烈的自然意识、审美意识、生命意识。这种文化精神不是突然显现的,和其他地域文化一样,江南文化的形成是一个长期的过程。因此有必要对江南文化的历史发展做一回溯。

（三）江南文化的历史整合

1."江南轴心期"

在江南文化的历史中,有相当长的时间是没有江南精神的。① 也就是说,在很长的一段历史时期,江南文化与中国文明中其他区域文化差别不大。

刘士林先生引入"江南轴心期"这个概念来诠释江南文化精神形成的重要时期。轴心期是雅斯贝尔斯首先提出的一个跨文化研究概念,大致包括公元前8世纪到公元前2世纪这段历史区间:

> 尽管此前人类已经存在了很长时间并且有了很多了不起的创造,但由于他们作为人的最根本的标志的哲学意识尚未觉醒,所以还不能说此前就已有了人类的历史,而只有在经历了轴心期的精神觉醒之后,人类才真正完成了从自然向文明的飞跃。②

依据此理论,江南文化很早就产生存在了,但在它的特质明显最终定型期间也经历了一个从野蛮到文明、从原初本能到审美提升的转型过程。经历了"轴心期"这一脱胎换骨般的裂变觉醒,传统的江南文化精神才获得了言说和进一步生成的契机,也正是经历了这次转型,江南诗意的审美特质才逐渐定型。这一轴心期历史区间大致在从吴越建国到北宋以前。汉末魏晋南北朝尤其是六朝,堪称是江南文化发展的春天。

一般说来,轴心期的变革是巨大的,其起因往往与社会固有的体系被打破相关,随之而来的是政治,经济和社会心理,文化心理的巨变。东汉末年天下大乱,是这一变革的始基。其时北方黄河流域经历着三国的战乱灾荒、西晋末年"五胡十六国"战乱及南北朝军事对峙的影响,经济和社会生产遭到严重破坏。这可以说是中国历史上最混乱,社会最苦痛的时代,史书对此的记载不绝如缕:

> （建安元年）自遭荒乱,率乏粮谷。诸军并起,无终岁之计,饥则寇略,

---

① 刘士林:《江南文化精神》,上海大学出版社2009年版,第7页。
② 德雅著,俞新睦等译:《轴心期》,载《史学理论》,1988年第1期。

饱则弃余,瓦解流离,无敌自破者不可胜数。袁绍之在河北,军人仰食桑葚。袁术在江淮,取给蒲赢。民人相食,州里萧条。(陈寿《三国志》卷一)

自丧乱以来,六十余年,苍生殄灭,百不遗一。河洛丘虚,函夏萧条,井湮木刊,阡陌夷灭。生理茫然,永无依归。(《晋书·孙楚传》)

自永嘉丧乱,百姓流亡,中原萧条,千里无烟,饥寒流陨,相继沟壑。(《晋书·前燕慕容皝载记》)

人多饥乏,更相鬻卖(卖人为奴婢),奔迸流移,不可胜数。《晋书·食货志》

"建安七子"之王粲从长安逃往荆州,写了一首《七哀诗》,描述路上见到的惨状:"出门无所见,白骨蔽平原。路有饥妇人,抱子弃草间;顾闻号泣声,挥涕独不还。未知身死处,何能两相完。"仲长统《昌言》中也感叹,今日(汉献帝时)汉遭受重创,名都尚且空而不居,一些地方更是百里绝无人烟,这样下去,人恐怕要灭绝了。①

相对北方战乱频仍,民不聊生,南方自孙吴至南朝社会环境则大体上安定。这时期的江南虽朝代更替频繁但由于没有经历大的战乱曲折,所以总的社会发展趋势是一直向前的。三国时东吴十六年(211)孙权由京口徙治秣陵,次年改秣陵为建业。立国初,孙权以退为进,采取有效的经济政治措施发展江东并观天下之变,故境内未发生大的战争,其时会稽郡号称"富实"②。左思《吴都赋》中"其四野则畛畷无数,膏腴兼倍",便是赞誉当时的都城建业。建业造船业和商业发展迅速,堪称"百舸争流,万商云集"。东汉初年,"洛京倾覆,中州仕女避乱江左者十六七"(《资治通鉴》晋纪九),为避战乱中原的大量人口迁往长江中下游,当时侨居江南者甚多,据统计,南渡人口约九十万,占当时北方人口八分之一强,南方人口六分之一;许多流民并未登记在侨州郡县籍上

---

① (汉)仲长统《昌言》曰:"汉两百年而遭王莽之乱,计其残夷灭亡之数,又复倍乎秦、项矣。以及今日,名都空而不居,百里绝而无民者,不可胜数。此则又基于亡新之时也……变而弥猜,下而加酷,推此以往,可及于尽矣。"(清)严可均:《全后汉文》卷88,商务印书馆1999年版,第891页。

② (晋)陈寿:《三国志》卷49,中华书局2006年版,第706页。

而多庇大姓豪门,因此实际为数更多。① 永嘉之乱时,长江以南民间广泛流传"永嘉世,九州空,余吴土,盛且丰","永嘉中,天下灾,但江南,尚康乐",从此类民谣也可推知江南这一时期地理环境和政治环境相对优越。六朝疆域一度包括了我国江淮以南的广大南方地区。

赖于米粟鱼盐金锡卉木蔬果丝枲之资和海上交通之利,北方劳动力的南徙,江南地区的生产力得到显著的提高,经济发展很快。梁史学家沈约《宋书》卷五四中记载了南朝长江中下游经济发展的状况:

> 江南之为国盛矣。……既扬部分析,境极江南,考之汉域,惟丹阳、会稽而已。自晋氏流迁,迄于太元之世,百许年中,无风尘之警,区域之内,晏如也。及孙恩寇乱,歼亡事报。自此以致大明之季,年逾六纪,民户繁育,将襄时一矣。地广野丰,民勤本业,一岁或稔,则数郡忘饥。会土带海傍湖,良畴亦数十万顷。膏腴上地,亩直一金,鄠、杜之间,不能比也。荆城跨南楚之富,扬部有全吴之沃,渔盐杞梓之利,充仞八方,丝绵布帛之饶,覆衣天下。

《陈书·宣帝纪》中也赞建康周围的长江下游地区是"良畴美柘,畦畎相望,连宇高甍,阡陌如绣","兵草不用,民不外劳,役宽务简,氓庶繁息,至余粮栖亩,户不夜扃,盖东南之极也"。这与司马迁描述"楚越之地,地广人稀","或火耕而水耨","无积聚而多贫"的江南历史景象已大相径庭。不过此时江南仅建业、丹阳郡、会稽郡等地发展较快。其他如浙南、江西和广大的丘陵地带尚处于待开发状态。

六朝以京都建康为核心的长江下游地区,自古是江南文化的核心区,为了便于说明,我们将六朝之前江南文化的历史发展和历史整合作一回顾。

2. 江南文化历史溯源

长江流域的文化与黄河流域文化一样源远流长,产生于约公元前5000年至公元前7000年的河姆渡文化和马家浜文化等,可视作是长江史前文明的代表。证明了史前江南文化的发展水平。

---

① 谭其骧:《晋永嘉乱后之民族迁徙》,载《燕京学报》,第15期。

以河姆渡遗址为例,河姆渡遗址有四个文化层。

在第四层的居住区内,堆积着大量人工栽培的稻谷遗存。在二十世纪七十年代,河姆渡第四层发现的稻谷遗存是亚洲年代最早的人工栽培稻。其数量丰富与保存完好,为世界罕见。第四层还发现成行排列的木桩和大量的梁、柱、地板等木构残件,总数有数千件之多,其中有大量榫卯残件,是我国最丰富的榫卯构件遗存。在第四层,还出有彩陶、木桨、玉器和象牙雕刻的艺术品。①

这些考古发现不仅是研究我国远古时代长江流域的农业、建筑、制陶、艺术等的宝贵资料,而且说明早在新石器时代,江南地区就有水稻种植、建筑、陶器玉器等生产加工。

主要分布在太湖流域的良渚文化,出土的石器镰、镞、矛、穿孔斧、穿孔刀等,磨制精致,石犁和耘田器的考古发现,说明当时先民已经进入犁耕文明时代,并出土了大量的玉器和玉礼器。

良渚文化盛行玉器,制作精美品类丰富,有斧、钺、琮、璧和锥形器、半圆形器、冠形器、角尺形器以及璜、环、镯、坠珠、管、龟、鸟、鱼、角隽、玲等多种。在玉琮和其他一些玉饰件上常饰有兽面纹、云雷纹、鸟纹等图案,特别是被认为良渚人崇拜的神人兽面复合像'神徽',那纤细如发的雕刻,鬼斧神工,令人叹为观止。②

这些精细作品,在中国考古学文化中,有着很高的艺术研究价值。丰富的长江流域史前文明,成为孕育江南文化的沃土并开始表现出较为明显的区域文化特征。在中国各地史前文化,很难找出像河姆渡出土的象牙雕刻"鸟日同体"图般精致、柔雅,富于想象力,良渚文化玉雕精致高雅也是同时期其他地方难以企及的。

进入文明时代,古越、吴文化直接成为江南文化的源流。吴、越得名源于远古两个部族:勾吴和于越。吴建国在商末周初,周太王长子泰伯与次子仲雍

---

① 董楚平、金永平等:《中华文化通志·地域文化典·吴越文化志》,上海人民出版社1998年版,第35页。

② 王友三:《吴文化史丛》,江苏人民出版社1993年版,第59页。

为避王位之争,从陕西岐山下的周原来到长江下游的梅里(今江苏无锡市梅村),依从当地习俗,断发文身,并在此建都,"国民君而事之,自号勾吴"①。同时泰伯与仲雍也将中原文化带到江南,以中原之礼治理当地,"太伯端委,以治周礼"②,《论语·泰伯篇》曰:"泰伯,其可谓至德也已矣,三以天下让,民无得而称焉。"孔子高度赞扬泰伯的德行。泰伯之后迁都苏州。古越民族大致活动在今天的浙江省宁绍平原、杭嘉湖平原一带,大禹晚年东巡至浙江,死在会稽。夏主少康之子无余在会稽建国,后传到勾践。吴、越为邻国,语言、习俗有相同之处。《吕氏春秋·知化篇》云:"吴之于越也,接土为邻境,壤交道属,习俗同,言语通,我得其地能处之,得其民能使之,越于我亦然。"因与中原地理位置的关系,越族带有更多的土著色彩。

　　春秋时期,吴、越国力逐渐强盛,在青铜冶炼、铸剑、纺织、稻作、渔业等方面表现出相当高的水平。其后吴越争霸将两种近似的文化进一步融合,进而同一,形成具有鲜明特点的地域文化。吴、越文化"雅"的特征渐趋明显,"春秋晚期,吴越争霸,尚武精神发挥到极致,但是即使在这一非常特殊的时间段里,吴越兵器仍然是全国兵器中最精致的艺术品。当时最美的文字是鸟篆,鸟篆书以越国最发达"。③ 刘向《说苑》卷第十一有一段文字记载楚国令尹鄂尹子皙的一段逸事:

　　　　乘青翰之舟,极毕茈,张翠盖而镱犀尾,班丽褂衽,会钟鼓之音,毕榜枻越人拥楫而歌,歌词曰:(越人语译为楚语)"今夕何夕搴舟中流,今日何日兮,得与王子同舟。蒙羞被好兮,不訾诟耻,心几顽而不绝兮,得知王子。山有木兮木有枝,心说君兮君不知。"于是鄂君子皙乃镱修袂,行而拥之,举绣被而覆之。④

　　大意是说楚国令尹子皙举行舟游盛会,越人所唱"心几顽而不绝兮"、"心说君兮君不知"堪称唯美惊艳的情歌。

---

① (汉)赵晔编:《吴越春秋·泰伯传》。
② (先秦)左丘明:《春秋左氏传·哀公七年》。
③ 董楚平:《吴越文化概述》,载《杭州师范学院学报》,2000 年第 2 期。
④ 向宗鲁校证:《说苑校证》,中华书局 1987 年版,第 277～279 页。

秦汉随着中央集权制的建立,吴越土著居民开始与中原人相互融合,秦灭越后,于吴越故地置会稽郡,原越地称"大越"。公元前210年秦始皇迁"大越民"到已经华夏化的"故吴地",把华夏人迁来填补"大越"故地,并按"水南山北为阴"的华夏地名惯例,把"大越"更名为"山阴"。汉武帝时(公元前140~前87年)又迁瓯越、闽越到江淮地区。这样看来秦汉时期,吴越地区的居民已不是春秋时期的吴越土著了。吴越文化也逐渐与中原文化相融,走上了汉化的道路。尚武色彩渐褪,崇文特征渐显。王充《论衡·恢国篇》:"夏禹傑人吴国,太伯采药,断发文身。唐虞国界,吴为荒服,越在九夷,劙衣关头,今皆夏服、褒衣、履舄。"描述了就是此类种变化。由于秦汉时期政治经济文化中心的高度统一,受正统史学观的影响,以及南方农业开发缓慢,江南总体上较为落后,被视作荆蛮之地。《吴越春秋·阖闾内传第四》阖闾云:"吾国僻远,顾在东南之地,险阻润湿,又有江海之害。君无守御,民无所依,仓库不设,田畴不恳。"①《越绝书》卷十二称越国"地狭民少",直至袁准的《献言于曹爽宜捐淮汉已南》还如此鄙视南方:"吴楚之民,脆弱寡能,英才大贤,不出其土,比技量力,不足与中国(中原)相抗⋯⋯"②此时吴越文化的发展处于平和低潮期。

魏晋南北朝,中原频遭劫难,吴越之地却获得了良好的发展机遇。建业四年(316)晋愍帝被俘,西晋灭亡。次年,司马睿在江南建立东晋,定都建康,晋室随之南迁,东晋以及其后宋、齐、梁、陈南朝政权深刻影响了江南乃至古代中国的经济和文化,并进一步改变了江南文化的发展轨迹,吴越文化进一步碰撞融合并发生重大变迁,发展起来的不再是原初土著的吴越文化,而是相互交融的异质文化。随着吴越文化发生巨大嬗变,吴越文化成为广义上江南文化的主体。

(四)六朝江南文化的特征

在中国历史上,魏晋南北朝是一个发生重大变革的时期。一方面"是中国

① 周生春:《吴越春秋辑校汇考》,上海古籍出版社1997年版,第39页。
② (晋)陈寿著,裴松之注:《三国志》卷4魏书4,中华书局2006年版,第77页。

政治上最混乱、社会上最苦痛的时代",另一方面是"精神史上极自由、极解放,最富于智慧、最浓于热情的一个时代"。① 经济、政治、文化和整个意识形态,都经历了巨大的变化。由于外在的既定的秩序、观念几近支离破碎,人们在怀疑和否定传统标准和信仰的同时,不得不重新思索人生,重新审视社会及自我价值观,这种精神的觉醒和自觉,伴随着对旧思想旧传统的怀疑、对抗。李泽厚先生用"人的觉醒"和"文的自觉"来概括这一转折,当时的思想文化领域在思考文艺的道德政教功能同时,也开始关注文艺的审美功能。这一时期也是中国文化打破封闭的地域阻隔走向整体交融的重要历史时期,是江南文化获得大发展的重要契机。江南文化在思想层面唤醒了个体的价值理念和审美意识,并努力使之成为一种话语的存在,这对江南诗性精神的形成至关重要。六朝士人崇尚魏晋风度、竹林七贤的风神、气韵、才情及个性,进而表现出追求精神的自由愉悦,文学和艺术心灵的自足自在。时北方"玄风南渡"与江南地方文化相融合,"贵游子弟多慕王澄、谢鲲为达"。② 六朝文士在老庄美学、魏晋玄学基础上发展起放达洒脱之风。"一到魏晋之间……庄子忽然占据了那全时代的身心,他们的生活,思想,文艺整个文明的核心是庄子"。③ 庄子思想影响之于当时士人的不仅是将其思想外化为一种生活方式,而且有助于东汉以来士大夫内心自觉精神的形成。"文人之文之特征,在于无益于施用。其至者,则仅以个人自我作中心,以日常生活为题材,抒写性灵,歌唱情感,不复以世用萦怀。是惟庄周氏所谓无用之用"。④ 从这一点来说,"人的自觉"也是魏晋南北朝时期最突出的现象。人物品藻大为盛行,不再着重于经学道德造诣,而是转向了审美。梁简文帝为会稽王时,"尝与孙绰商略诸风流人,绰言曰:'刘惔清蔚简令,王濛温润恬和,桓温高爽迈出,谢尚清易令达,而濛性和畅,能言理,辞简而有会'"。⑤ 南齐丘灵鞠评价:"江南地方数千里,士子风流,皆出

---

① 宗白华:《美学散步》,上海人民出版社 2006 年版,第 356 页。
② (唐)房玄龄等:《晋书》卷 70。
③ 《闻一多全集》第二卷,三联书店 1982 年版,第 279～280 页。
④ 钱穆:《读文选》,载《新亚学报》1958 年,第 3 卷。
⑤ (唐)房玄龄等:《晋书》卷 93。

此中。"①杜牧《润州诗二之一》亦云:"大抵南朝皆旷达,可怜东晋最风流。"

学者王瑶在论及东晋山水诗兴起时,尤其注意到期间地理和时代质因。"当文化中心和名士生活还滞留在北方黄土平原的时候,外间风景没有那么多美丽的刺激性……中国诗从三百篇到太康永嘉,写景的成分是那样少,地理的原因不能不说是一个重要的因素。而楚辞诗篇之所以华美,沅澧江水与芳洲杜若的背景,也不能不说有很大的帮助。永嘉乱后,名士东渡,美丽的自然环境和他们追求的自然心境结合起来,于是山水美的发现便成了东晋这个时代对中国艺术文学的绝大贡献"。② 这种从实用道德的观念解脱出来的精神风貌影响及于其他艺术领域,六朝的绘画注重"以形写神,情灵之致",突破四体妍媸,达到传神写照。即使用于宫殿寺庙的装饰画也不仅仅"助教化,成人伦",而趋向人物之风神状貌,山水之"灵"。如王微《叙画》中所云:"望秋云,神飞扬,临春风,思浩荡……绿林杨风,白水激涧。呜呼,岂独运诸指掌,亦以神明降之,此画之真情也。"领会自然本身美以及所带来的审美愉悦,而非先哲比德观念下附着道德观念的山水观照。这一时期书法也以丰富的笔意、体式、结构表现出"情驰神纵,超逸优游"、"淋漓挥洒,百态横生"的风貌。

概括地说,六朝时江南文化主要表现出以下几个特点:

1. 尚文主情进一步发展

传统的江南文化原本就有富于浪漫气息、较为轻松欢快的一面,在六朝社会心理和个性心理支配下江南文化进一步发展了尚文主情的特征。就"情"而言,一方面是指六朝文人很大程度上除去经学的束缚,发现自然的同时发现"人"本身和人内在的情感和需求;另一方面,北人南渡,依山傍水,择地而居。"名山大川,往往占固"③,北人南来在江南山水包容下复苏了艺术生命,将水乡的灵气注入笔端,以新的审美情趣来欣赏自然和文化景观。

尚文首先表现于重视文学地位和文学的独立性。文学与儒史分离成为独立的学术,对文学的发展至关重要。文学作品上,产生了古诗走向近体诗的重

---

① (南朝)萧子显:《南齐书》卷52。
② 王瑶:《中古文学史论》,北京大学出版社2008年版,第202~203页。
③ (南朝)沈约:《宋书》卷6。

要一环,即随着文艺创造与欣赏的技巧提高,刘宋时周颙进一步发掘和运用汉语字义和音韵,在双声叠韵基础上发现了"四声"。"齐永明中,王融、谢朓、沈约文章始用四声,以为新变"。① 永明体在对仗声韵、遣词造句、意境生成等方面都比古体诗工巧华美,精练严整。《颜氏家训·文章》言:"邢子才常曰'沈侯文章,用事不使人觉,若胸臆语也。'"这种针对改革晋宋以来过于艰深的文风,对用事不令人察觉和文学音色美的自觉追求,不仅产生了"宫羽相变,低昂互节"音乐效果,而且发掘了汉字的审美内涵并为文学带来了新的审美规范。从而诗歌的音乐性或声调美不仅仅凭借外在乐器乐调,而是寄托于语言文字本身。"永明体诗人使我国诗歌在古体以外开出近体一大宗,并通过声律的提倡,第一次在理论上认识了艺术形式的相对独立性"。② 也正是这一时期江南文化中发展缘情绮靡的文学特征。

尚文还有另外一层含义,南渡后的中原世家大族,在政治生活和社会生活上继续持有较大的影响力。他们在江南雍容安定的生活中逐渐消散了奋发进取之心,南渡飘零之感,"殉国之感无因,保家之念宜切。市朝亟革,宠贵方来;陵阙虽殊,顾盻如一"。③,因此"居官无官官之事,处事无事事之心"④。南渡后君臣普遍缺少悲壮慷慨和雄浑之气,自身文化素养又极高,有充裕的时间从事文化和艺术创作,从而促使江南地区的尚文气息得到进一步发展。"永嘉之后,帝室东迁,衣冠避难,多所萃止。艺文儒术,斯之为盛"。⑤ 南朝统治者普遍尚文,"宋明帝博好文章,每有祯祥,及幸宴集,辄陈诗展义,且以命朝臣,其戎士武夫,则托请不暇,困于课限,或买以应诏焉。于是天下向风,人自藻饰,雕虫之艺,盛于时矣"。⑥ 尤其是齐梁间,梁文帝萧衍、昭明太子萧统、简文帝萧纲、梁元帝萧绎都爱好文艺,在他们周围聚集了一大批文人名士。《南史·文学传》云"由时主儒雅,笃好文章,故才秀之士,焕乎俱集……是以缙绅之士,咸

---

① 《南史》卷第 50 列传第 40。
② 葛晓音:《八代诗史》,中华书局 2007 年版,第 188 页。
③ 《南齐书》卷 23 列传第 4。
④ 《晋书》卷 45。
⑤ (唐)杜佑:《通典》卷 182。
⑥ (南朝)裴子野:《雕虫论》。

知自励",崇文之风盛极一时,这对江南社会的发展和影响深远。

范文澜先生评价东晋南朝在文化上的成就是划时代的。文学、史学、经学、科学、书法、绘画、佛教、道教等都有较大的发展。江南地区更是人才辈出,《南史·儒林传》中世居江南的有 54 人,占总数的 62.7%,比较著名的如二陆、丘灵鞠、葛洪、沈约、吴均等。影响被及后世,后来的江南地区普遍崇文尚学,重视文化教育。唐刘知几称誉:"自晋咸、洛不守,龟鼎南迁,江左为礼乐之乡,金陵实图书之府。"①

2. 享乐奢靡之风流行

据《宋书》,宋高祖刘裕和宋文帝刘义隆在位时尚节俭、简朴,从刘宋大明、泰始年间起,奢侈享乐之风逐渐弥漫于上层社会。元嘉三十年六月丁亥刘宋孝武帝诏曰:

> 兴王立训,务弘治节,辅臣佐时,勤献政要,仰惟圣规,每存兹道。猥以眇躬,属承景业,阐扬遗泽,无废厥心。夫量入为出,邦有恒典,而经给之宜,多违常度。兵役糜耗,府藏散减,外内众供,未加损约,非所以聿遵先旨,敬奉遗图。自今诸可薄己厚民、去烦从简者,悉宜施行,以称朕意。

又大明二年春二月丙子诏曰:

> 政道未著,俗弊尚深,豪侈兼并,贫弱困窭,存阙衣裳,没无敛槽,朕甚伤之。②

奢靡之风渐趋成为南朝突出而持久的社会特征。顾炎武《日知录》卷十三称:"江南之士,轻薄奢淫,梁、陈诸帝之遗风也。河北之人,斗狠劫杀,安、史之徐化也。"政治上偏安,缺乏雄心和劲勇之气在一定程度上助长了南朝人满足于偏安富庶、崇尚奢靡的社会心理。江南地区城市商业的迅速发展也是一个重要的原因。六朝时建业不仅是政治文化中心,同时还是经济中心。"贡使商旅,方舟万计"、"市崖列肆,坪于二京"③。东晋初年,"工商流寓,童仆不亲农

---

① (唐)刘知己:《史通·内篇》。
② 《宋书》卷 6 本纪第 6。
③ 《宋书》卷 33 志第 23。

桑而游食者,以十万计"①,当时之人,"因贪成鄙,成为风气",甚至统治者亦"乐效商贾贩鬻之事",②"城中商贾,奢侈绮靡甲于他省"。③ 城市的商业氛围可谓空前浓厚,人的物质和感官需求不断膨胀。齐武帝"颇喜游宴、雕绮之事"④,晋武帝时"都邑之内游食滋多,巧伎末作,服饰奢丽,富人兼美"⑤。以描写女性体貌名物为主要内容的宫体诗成为南朝追求享乐、奢靡社会风气的集中写照。

3. 音乐充分发展

南朝城市物质生活的繁荣,带来了文化生活的极大丰富。刘宋太平之世,"凡百户之乡,有市有邑,歌谣舞蹈,触处成群……都邑之盛,士女昌逸,歌声舞节,祛服华妆。桃花绿水之间,秋月春风之下,无往非适"。⑥ 裴子野《宋略·乐志》中称当时:"王侯将相,歌伎填室,鸿商富贾,舞女成群,竞相夸大,互有争夺。"南朝统治者相当重视礼乐建设,带动音乐的发展。梁武帝"本自诸生,博通前载,未及下车,意先风雅……帝既素善钟律,详悉旧事,遂自制定礼乐"。⑦ 梁武帝不仅亲自撰写了《乐社》《乐论》《钟律纬》等音乐专著,而且改西曲制江南弄七曲,《江南》《龙笛》《采莲》《凤笙》《采菱》《游女》《朝云》,朝中围绕形成了包括诸王、宫中乐人、文士等在内的创作宫廷俗乐的小群体。《古今乐录》云:

> 吴声十曲……并梁所用曲。《凤将雏》以上三曲,古有歌,自汉至梁不改,今不传。上声以下七曲,内人包明月制舞《前溪》一曲,余并王金珠所制也。游曲六曲《子夜四时歌》、《警歌》、《变歌》,并十曲中间游曲也。⑧

据《旧唐书·音乐志》:"自永嘉之后,咸洛为墟,礼坏乐崩,典章殆尽。江

---

① 《晋书》卷二六《食货志》。
② 王孝通:《中国商业史》,商务印书馆 1998 年 4 月影印第 1 版,第 81 页。
③ 同上,第 77 页。
④ 《南史》卷四齐本纪上。
⑤ 王孝通:《中国商业史》,第 79 页。
⑥ 《南史》卷 70 列传第 60。
⑦ (唐)魏徵等:《隋书》卷 13 志第 8,中华书局 1973 年版。
⑧ (宋)郭茂倩:《乐府诗集》,中华书局 1979 年版。

左掇其遗散,尚有治世之音。"可见南朝音乐文化建设成果颇丰,对其后乐府的发展以及词体的兴起起了推波助澜的作用。

经历了相当长时间的历史整合,尤其是六朝轴心期的巨变,江南文化的地域文化特征渐趋明显,进一步形成其不避享乐,注重审美等特点,这对江南地区文化和文学的发展意义深远。南唐地处江南,且处于江南经济持续上升时期,我们不难理解南唐何以能在五代乱世创造出堪称璀璨的南唐文化。南唐士人为江南文化所化之人,在他们身上近乎天然的有一种诗性气质,这种敏感度和审美力,一旦遭遇合适的土壤,主体有了充分的社会感受和自我感受,内在的诗情便会喷涌而至,这也是除了经济、政治因素外,五代文化中南唐文化首屈一指的重要原因。

二、五代江南开发背景下南唐词的发展

（一）五代时期江南社会发展状况

1. 五代历史状况概述

六朝以来，江南得到了很大程度的开发，基本上改变了《史记》所载的汉时江南的落后荒蛮景象，但总体上而言还是北方的经济水平和经济实力高于南方。这一点，郑学檬在《中国古代经济重心南移和唐宋江南经济研究》中有所提及："六朝的南方，四百年间，赖自然资源丰富和江河湖泊与海上交通之利，社会相对安定，经济发展起点低，又得北方劳动力南徙之助，经济发展比北方快，然其经济基础薄弱，仅属局部开发，还不可轻言其经济发展水平和实力超过北方。"沈约《宋书》也言："江南之为国盛矣，虽南包象浦，西括邛山，至于外奉贡赋，内充府实，止于荆、扬二州。"赋税与当地经济的发展水平紧密相连，江南地区赋税主要靠荆、扬之地，可见南朝时江南经济并非普遍发达。东晋南朝以后，江南经济开发的广度和深度进一步增加。唐时江南的农业生产技术有了显著的提高，表现在灌溉工具和灌溉技术有了明显进步，稻麦实行复种制提高产量等，并出现了一系列综合性和专业性的农书《四时纂要》《茶经》《膳夫经》等，此时江南经济稳步发展，甚而有"唐立国于西北而根植根于东南"①之语。尤其是在"安史之乱"后，江南地区已逐渐成为聚天下财富之区。

从社会发展角度看，历史上中原的三次动乱——永嘉之乱、安史之乱、靖

---

① （清）王夫之：《读通鉴论》二六，中华书局1975年版，第785页。

康之乱,是促成江南经济大发展、经济南移的重要历史因素。唐"安史之乱"后中原再度陷入战乱:

> 自燕以下十七州,皆东北蕃诸降胡散处幽州、营州界内,以州名羁之,无所役属,安禄山之乱,一切驱之为寇,遂扰中原。①

> 大河之北,易水之南,久困兵戈,聚成疮痍,男孤女寡,十室九空。②

尤其是黄河流域"久陷贼中,宫室焚烧,十不存一。百曹荒废,曾无尺椽,中间畿内,不满千户。井邑榛棘,豺狼所嗥,既乏军储,又鲜人力。东至郑、汴,达于徐方,北自覃怀,经于相土,人烟断绝,千里萧条"③。"安史之乱"也成为唐由盛到衰的转折点,不仅藩镇之乱愈演愈烈,割据者多阻命自固,父死子代,而且经此打击,唐国势迅速衰弱,最终大唐在因腐败、藩镇割据、宦官专权及尖锐的阶级矛盾引发的农民起义中灰飞烟灭。自此中国历史进入五代十国时期。

中国历史上,五代十国是一段特殊的历史时期,指从公元907年朱温灭唐,到960年赵匡胤于陈桥兵变后建立宋朝期间的半个多世纪。清人王夫之评述"称五代者,宋人之辞也。夫何足以称代哉? 代者,相承而相易之谓。"④五代十国在史家看来是典型的乱世,主要时代特点便是分裂和战争。大唐政权彻底的崩溃带来了中华大地毫无制约的混乱,中国之祸篡弑相寻。当时不仅中原地区政权更迭频繁,相继出现了梁、唐、晋、汉、周五个朝代,史称后梁、后唐、后晋、后汉、后周。在其他地区,今四川一带先后有前蜀和后蜀,长江中游有荆南和楚,东南地区有杨吴、南唐、吴越、闽,岭南地区有南汉,五代后期,今山西地区有北汉,这十个政权先后并存,统称"十国"。十国之中,除北汉在北方,其他割据政权皆在中国的南方。五代割据势力的奠基者后梁朱温、后唐李存勖、吴杨行密、闽王审知、南汉刘隐等大多数是唐末节度使,武人出身。五代乱世

---

① (后晋)刘昫等:《旧唐书》卷39。
② (北宋)杨亿等:《册府元龟》卷95,后汉刘知远诏书。
③ (后晋)刘昫等:《旧唐书》卷120。
④ (清)王夫之:《读通鉴论》卷28,中华书局1975年版,第867页。

中,这些人信奉"天子宁有种耶？兵强马壮者为之耳"①,颠覆了君臣、父子、宗庙、朝纲等固有的秩序,拥兵自重,继而为王,在世衰道丧中不断上演政权更替和疆域之争。北方,割据势力最强,争斗也最激烈:

> 黄巢既灭之后,僖宗乐祸以逞志,首挑衅于河东。朱温,贼也;李克用,狄也;起而交争。高骈、时溥、陈敬瑄各极用其虐;秦宗权、孙儒、李罕之、毕师铎、秦彦之流,杀人如将不及。当是时,人各自以为君,而天下无君。民之屠剥横尸者,动逾千里,驯朴孤弱之民,仅延两闲之生气也无几。②

中原再次生灵涂炭,成为分裂势力角逐征战之地。

当时南方各割据政权亦盘踞一方,争城夺池,剑南、江淮、两浙、福建、荆湖、岭南都有不同程度的战乱毁坏。不过相对于北方旷日持久的战乱,政权更迭频繁和天灾连年,南方割据地区的混乱局势比较短暂。而且割据群雄大都社会阅历丰富,有的本身出身低微,如吴杨行密和王潮为农民出身,马殷原本木匠,高季昌是家奴,南唐李昇是流浪儿,刘隐是大食商人后裔,他们对民间疾苦比较了解,在战事上,懂得人心向背的重要作用,因而取得政权后能做到延揽人才,励精图治以求自保。当时的战乱局势多集中于中原地区,南方各部较少受到中原干戈战乱的影响,这也有利于十国统治者执行保境息民,发展经济的政策。如王潮当政后,收兵息民;西蜀王建从贤士之说,养士爱民;张全义招怀流散于东都,躬劝农桑;杨行密安定扬州,辇米赈饥;成汭抚集残部于荆南,通商劝农。这些举措使割据地区农业生产和社会生活得以不同程度的恢复发展,从而出现了"北乱南治""乱中有治"的局面。这也一定程度上造成了五代立足中原的政权比较短暂,最长的后梁16年,最短的后汉仅4年。而南方割据政权相对长久,吴越86年,吴46年,南唐39年,楚57年,闽55年,南汉、荆南各57年,前蜀34年,后蜀40年。值得注意的是,这一时期的南方割据政权之多,史无前例,尤其是长江中下游和闽、粤地区,出现了吴、南唐、吴越、闽、楚、

---

① (北宋)欧阳修:《新五代史》卷51,中华书局1974年版。
② (清)王夫之:《读通鉴论》卷27,第828页。

南汉、荆南七个政权。这是唐中叶以来东南各地经济有了重大发展,古代经济重心渐趋南移的重要表现。五代十国是中国社会经济重心进一步南移的重要时期,又是中国古代文化重心南移的开始。当时江南地区有吴、南唐和吴越割据政权,以太湖西北部和天目山一线为界,以东属于吴越国,以西属于吴国和禅让后的南唐。吴、南唐共存国 85 年,吴越 86 年,他们是诸割据政权中时间最长的,也是发展最好的。吴越极盛时有 13 州,即杭、越、湖、苏、秀、婺、睦、衢、台、温、处、明、福州,置镇海、镇东、中吴、宣德、武胜、彰武七度使,并于杭州置安国衣锦军。

2. 五代江南社会发展述要

兴修水利:水利是农业发展的命脉,在江南尤其重要。五代时期,与统一时期不同,南方诸国无统一的朝廷赈粮,又不便求于邻邦而受制于人,因而势必采取有力措施,恢复发展农田水利,其时水利兴修在南方都有不同程度的提升。楚“因诸山之泉,筑堤潴水,号曰龟塘,溉田万顷”①,前蜀邛州节度使张琳在眉州修通济堰,溉田一万五千顷。② 荆南在监利县南筑堤以防水患③。吴和南唐筑楚州白水塘、寿州安丰塘以溉田。吴越在诸国中治水成绩卓著。《十国春秋》附录载吴越时“开垦田土,修理水利,米一石不过数十文”,兴修了著名的工程捍海塘,长安堰,并在重要的水利工程处置撩浅军,专事维修。“浚拓湖及新泾塘由小官浦入海。又以钱塘湖葑草蔓,合置撩军千人,草浚泉”。北宋苏州人范仲淹在《答手诏条陈十事》中称许江南水利曰:“五代群雄争霸之时,江南旧有邗田,每一邗方数十里如大城,中有河渠,外有门闸,旱则开闸引江水之利,潦则闭闸拒江水之害,旱涝不及,为农美利。”④在“人无旱忧,恃以丰足”的同时,统治者致力于劝科农桑、减免赋税、召集流民,发展农业,成效颇佳。杨行密“招抚流散,轻徭薄敛,未及数年,公私富庶,几复承平之旧”。钱镠建立吴

---

① 《宋史》卷 173。
② (清)吴任臣:《十国春秋》卷 4,中华书局 1983 年版,第 80 页。
③ 同上,第 1467 页。
④ (宋)范仲淹:《范仲淹全集·范文正公政府奏议》卷上,南京凤凰出版社 2004 年版,第534 页。

越后,"偃息兵戈,四境粗安耕织"。①

北人南渡:"安史之乱,乱兵不及江、淮",在此情形下,大量中原士人与百姓南迁,逃往相对安定的南方,江南再次成为远离战火不息中原的栖息地。韩愈《送宣掀来衙推又郎使东都序》称:"当是时,中国新去乱,士多避处江淮间。尝为显官得名声以老故自任者,以千百数。"②

中原南下移民大潮中,江南地区是主要的流向地。安史之乱南下移民浪潮,第一道涌得最远,达到湘南、岭南、闽南等地,第二道集中于长江沿线的苏南浙北、皖南赣北、鄂南湘西北一带,第三道则停留在淮南江北、鄂北和川中地区。中间一道即江南地区集中了最多的移民。③ 江南的吴和南唐尤盛,这和地理位置不无关系。吴越东临大海,其西北为割据政权中最强盛的吴、南唐,两地会截流部分南下士人。这些士人南渡,无疑促进了当地的文化建设,宋人《广川书跋》云:"江南当五代时后,中原衣冠趣之,以故文物典礼有尚于时,故能持国完聚一方。"

流入江南比较著名的士人:

李俨,唐宰相张浚少子也。以为江淮宣谕使。已而全忠克凤翔,又杀浚于长水,俨遂留广陵,不敢归。俨在广陵,太祖甚遵宗之,待以王人之礼。④

殷文圭诸人,皆彬彬文章之选也,或则典赡得体,或则精简擅长。江南故多才士,而文圭等实有筚路蓝缕功焉。⑤

张翊,其先世为京兆人。唐末,挈家来奔江南,过广陵禾川,傁屋居焉。善读书,克承先业。以射策中第,授武骑尉。⑥

---

① 《十国春秋》卷78,第1081页。
② 《全唐文》卷529。
③ 周振鹤:《唐代安史之乱和北方人民的南迁》,《中华文史论丛》二三期合刊,上海古籍出版社1987年版。
④ 《十国春秋》卷8,第122页。
⑤ 《十国春秋》卷11,第155页(殷文圭,池州人,唐末词场,请讬公行,文圭与游恭独步场屋……时宁国节度使田君雅重儒士,以甥事文圭,君死,事太祖父子,掌书记。以文章著名,太祖墓志铭盖其手出也)。
⑥ 《十国春秋》卷11,第154页。

严可求,同州人也。父实,仕唐为江淮水陆转运判官,因家于江都。以徐温客为太祖幕僚,遇事多所筹划。①

张廷翰,宋州(隋开皇十六年596年置)砀山人(今河南省商丘市南)。少游长安,后避乱江淮,事吴为盐城令,有治绩,迁楚州行军司马。②

常梦锡,事岐王李茂贞,为秦陇判官。茂贞卒,从俨袭位,补宝鸡令。从俨左右有恶之者,梦锡渡淮,诣广陵。③

张易,魏州元城人。高祖万福,故唐金吾将军,后徙莱州。

江文蔚,为河南府馆驿巡官,坐秦王重荣事,弃官南奔。烈祖辅吴,用为宣州观察巡官。④

武士有李承嗣,雁门人,故河东骁将也。为汴兵所逼,同史俨从朱瑾南奔,太祖署为淮南行军副使。……太祖待承嗣及俨甚厚,第舍、姬妾咸择其优者赐之,故二人为太祖父子尽力,屡立功。⑤

御厨,失其姓名,故唐长安旧人也。从中使至江表,留事吴。及烈祖受禅,御膳宴设赖之,略有中朝承平遗风。⑥

重用文人:五代时期,北方多武人用事,战乱不休,且文士得不到重用,处境艰难甚而朝夕不保。乃至"相逢话相杀,谁复念风流"(齐己《酬王秀才》),赵翼《二十二史札记》中评论当时文士处境堪危:

五代之初,各方镇犹重掌书记之官,盖群雄割据,各务争胜,虽书檄往来,亦耻居人下,觇国者并于此观其国之能得士与否。……然藩镇皆武夫,恃权任气,又往往凌蔑文人,或至非礼戕害。

这一情况在其他史籍中亦有记载,《五代史补》载,武士不满从荣(唐明宗子,好礼文士)所为,康知训等窃议秦王好文,交游者多词客,此子若南面,则我等转死沟壑,不如早图之……未几及祸,高辇弃市。刘知远的顾命大臣杨颁扬

---

① 《十国春秋》卷10,第136页。
② 马令:《南唐书》卷10,南京出版社2010年版,第84页。
③ 同上,第81页。
④ 陆游:《南唐书》第7,南京出版社2010年版,第291页。
⑤ 《十国春秋》卷8,第120~121页。
⑥ 《十国春秋》卷32,第459页。

言:"为国家者但得币藏丰盈,中兵强盛,至于文章礼乐,并是虚事,何足介意也!"他的同僚史弘肇更加鄙视文人,认为"安朝廷,定祸乱,直需长枪大剑,至如毛锥子,焉足用哉!"有的节度使残暴成性,如平卢节度使房知温,"性粗犷,动罕由礼","多纵左右,排辱宾僚"。华州节度使张彦泽幕下,"有从事张式者,以宗人之分受其知遇",后来因为稍微违背了张彦泽的意愿,被"决口割心,断手足而死之"。① 南唐骁将周本"不知书,而爱重儒士,宾礼寮属,不挠其权,吏民爱之"②与此形成鲜明对比。

这一时期南方统治者不仅以富庶的经济,安定的环境吸引安置士人,而且重视发展教育和文化事业。

> 昭武(王审知)立国,宾至如归,唐衣冠卿士跋涉来奔,若李殉、韩握、王标、夏侯淑、王淡、杨承休、王涤、崔道融、王拯、杨赞图、王凋、杨沂丰、归傅鼓诸人,未易指屈。③

西蜀王建立国后颇重用文士,他自己虽目不识丁,但常与儒士谈论,并礼用之,授唐室旧臣王进等三十二人官爵并重用衣冠之族百余人。荆南国季兴一度大治战舰,欲攻楚,时任荆南节度副使的孙光宪劝谏,荆南赖于休养生息才获得一定的发展,如果又与楚国交战,他国势必乘虚而入造成外患,季兴听此遂罢。江南在礼遇北方士人这尤为突出,吴越国"常使画工数十人居淞江,号莺手校尉,饲北方流移来者,咸写貌以闻,择清俊福厚者用之"。④ 北方士人杨凭、杨凝、杨凌,流落江南后受到当地士人敬重,史载"君讳凝,字懋功。孝弟纯懿,中和特立。早岁违难于江湖间,与伯氏嗣仁、叔氏恭履,修天爵,振儒行"。⑤ 唐后期随着北方爆发大规模的战乱,农民起义,及灾荒,北方移民不断涌入南方,其中文人士子无疑是精英,他们效力于割据政权,参与政治、经济及文教的建设发展,从这个意义上说,唐代北人南迁的文化意义与经济意义同样

---

① (北宋)薛居正:《旧五代史》,中华书局 1976 年版。
② 马令:《南唐书》,第 76 页。
③ 《十国春秋》卷 95,第 1372 页。
④ 《十国春秋》卷 78,第 1081 页。
⑤ (唐)权德舆:《兵部郎中杨君集序》,《全唐文》卷 489(四库全书本)。

重要,南方在战乱中很大程度上保护了中原名士,保存了中原地区先进的文化,反过来,北人又对南方地区的社会文化的发展产生了直接影响,使之趋向雅化。

自然优势渐现:以往对唐五代江南经济的快速发展多集中于受战争波及小、北人南渡之功等,在诸多因素中,南北自然环境的变迁也是一个重要的因素。黄土高原、关中盆地和华北平原是北方农业发展最早的地区,天然植被和森林的破坏也最严重,农业土壤表土流失,养分丧失,带来了严重恶果。北方生态环境所受的破坏经长期累积,终于在唐宋时期暴露出来,公元 624 年至741 年间,河南道患旱、涝、蝗灾 32 次,居全国之首。洛阳在唐代共遭水灾 22次,洛水共泛滥 16 次,均居全国前列。① 这方面,南方也与北方有明显差异,成为影响南北经济发展的重要原因之一。南方土质紧密、湖沼四布的自然环境在生产力相对低下的秦汉优势不明显,开发较迟,植被相对保存完好,唐宋时期农业生产力较高,南方逐渐优化的土质综合其他因素显示出自然和资源的优势,而且南方精耕细作的耕作方式有利于保护植被并有效抵御了自然灾害,雨量多、气温高的地区特点又有助于植物的自我更新较快。可以说,地域自然环境的意义与社会的物质生产和物质生活水平相联系,随着社会生产力的不断提高,自然环境会显示出与之前不同的面貌,进而影响地域经济发展,因而地域发展会有历史性、阶段性的特点,唐宋江南社会经济的持续上升就说明了这一点。

农业发展:农业的发展所需时间较长,而且需要持续安定的社会环境。江南社会持续的休养生息和劝课农桑措施为江南农业的发展提供了条件,与北方以农养兵,以农立军相比,割据小国将发展农业更多的与长治久安联系在一起,所以社会效果也比较好。具体表现在:长江流域的农业向丘陵山区深入发展。吴、南唐统治时期,江西新置的县较多,由于人口增长和农业经济发展,这些新置的县多在山区丘陵;稻谷产米量大大提高,且小麦种植也比唐时普及。如南唐诗人李中《村行》云:"极目青青垅麦齐,野塘波阔下凫鹥。"桑、麻、茶等

---

① 董咸明:《唐代的自然生产力与经济重心南移》,载《云南社会科学》,1985 年第 6 期。

经济作物也有较快发展。

不仅农作物,手工业包括纺织、制茶、制盐、冶炼、陶瓷等都有较大的发展。江南丝织品精美,而且品种数量丰富。后唐时,吴遣使进贡,"锦、绮、罗一千二百匹"、"罗锦一千二百匹"①,吴越进贡"越绫、吴绫、盘龙凤锦织成红罗毅袍、袄衫缎,锦绮五百连"②。南唐后主李煜"每七夕延巧,必命红白罗百匹,以为月宫天河之状"。当时,南唐宫内流行染"天水碧","染碧,夕露于中庭,为露所染,其色特好,遂名之"。③ 反映了当时的丝织技术之高超。茶叶是江南一种重要的经济作物,五代时,江南的制茶叶也有了大的发展。江淮茶原以阳羡茶为珍品,946 年南唐中主"命建州制的乳茶,号曰京铤腊茶之贡,始罢阳羡茶"。"五代之季,建(州)属南唐,诸县采茶,北苑初造研膏,继造腊面,既而又制佳者曰京挺"。④ 南唐境内官焙 38 处,官私制茶共 1336 处⑤,产量相当可观,并用于进出口贸易。陆游《南唐书・契丹传》记载,耶律德光及其兄东丹王各遣使以羊马入贡,换取南唐的罗执茶药。江南的造船业航海业商业也颇发达,吴都广陵,唐都金陵都是当时繁华之地,南唐因金陵军事形胜于广陵而迁都,"制度壮丽甚为繁荣"⑥,并兼收长江通商之利。

经济发展还带动了科技文化的发展,五代时建筑和印刷等实用科技有独特的成就,对后世影响巨大。吴越时,著名的建筑师喻皓著建筑学名著《木经》三卷,总结建筑技术的丰富经验。五代印刷技术也有极大提高,沈括《梦溪笔谈》卷十八云:"板印(雕版印刷)书籍,唐人尚未盛为之,自冯瀛王(冯道)始印五经,以后典籍皆为板本。"从唐代卷轴变为板印,这无疑是一个重大变革。

3. 五代江南文化特点

江南文化在经过六朝变革时代的冲撞融合转型后,于晚唐五代这段特殊的历史时期迈向成熟。北方的伦理文化特点关注实用主义和注重道德层面内

① 《十国春秋》卷 3,第 57 页。
② 《十国春秋》卷 78,第 1081 页。
③ 《五国故事》卷下。
④ (明)陈继儒:《茶董补》卷上,《制法沿革》。
⑤ 《十国春秋》卷 79,第 1117 页。
⑥ 陆游:《南唐书》卷 1,第 246 页。

省,此时的江南文化继承六朝文化精髓,从这一框架中摆脱出来,关心充满生机的自然,关心作为个体的人的精神与情感体验的丰富性,以南唐词人为代表的江南文人的精神世界、审美方式、思维方式已经发生了较大变化,他们将审美精神化入艺术乃至化入生活,进而生发出一种对现实世界的审美生活态度。

这一时期,江南文化特征主要表现为:

崇文意识愈强:

在长期的历史发展过程中,受强大的文化场的引力及社会局势的影响,江南地区逐渐成为"士大夫渊薮"。五代江南统治者基本上都能崇文善士,"黄巢之乱,中原衣冠避地保于此,后或去或留,俗益向风雅"。① 江南文风之盛,北方莫及。《吴郡志》卷二载:"吴下全盛时,衣冠所聚,士风笃厚。"

审美精神展现:

五代词中多处提到女子饰品,如"金凤战篦"、"小鱼衔玉"不仅富贵奢华,而且充满着艺术化的美感,恰恰说明当时江南地区贵族的审美与生活结合达到了一定的高度。审美精神在才艺过人的后主李煜身上展现颇丰。据史载,李后主后宫窅娘,纤丽善舞,"后主做金莲高六尺,饰以宝物细带璎珞,莲中做品色瑞莲。令其以帛缠脚,令纤小屈上,做新月状。素养袜舞云中,回旋有凌云之态。由是宫人皆效之"。南唐后宫以露水染帛成鲜艳碧色,名曰天水碧。南唐的一些传世画作有很多乐舞的内容,如《韩熙载夜宴图》《合乐图》《簪花仕女图》等,从中可看出当时皇室贵族宫闱生活既有奢侈庸俗的一面,也有追求和表现出与当时经济发展水平相符的文化价值的一面,这种风貌富有时代和地域特色,并进而深刻影响了宋代的社会风尚。

享乐思想蔓延:

环境的相对安定、经济的繁荣,也进一步滋生了江南社会的享乐思想。盐、茶、丝帛等的经营商以及南下士大夫、歌女等,是江南城市消费人群的主要成分,他们对江南地区城市经济的繁荣、社会风尚及社会文化心理走向都有重要的指向作用。五代十国时期,文人士子普遍"才华横溢,多才多艺,醉心有较

---

① 罗愿:《新安志》卷1,《宋元方志丛刊》,中华书局1990年版。

高文化价值的艺术天地和精神生活;追求物质享受,标新立异,对所谓'玩物丧志'、'玩人丧德'的圣贤之言,并不尊奉;政治思想上不蹈绳墨,有点儿越轨,为当权卫道士所不悦;富有某种创造力"。① 五代时期江南地区的文化包括绘画、书法、音乐、文学等异常发达且名流云集。

(二)吴、南唐的经济、政治建设

南唐文化是这一时期江南文化的重要组成部分和杰出代表,清人吴任臣在《十国春秋》序中概述十国情况:

> 大抵南唐敦文事,江左以兴;吴越效恭顺,国祚克永。楚以侈靡丧厥家,闽以淫暴倾其国;杨氏孱弱而随失,高氏无赖而幸存。前、后蜀之恃险无备,其迹同也;南、北汉之先灭后亡,其势异也。

可见十国之中,南唐的崇文及文化盛况文事之兴,首屈一指。南唐绘画、书法、雕刻、音乐等都盛极一时,南唐词更无疑是南唐文化殿堂中最瑰丽的一枝,这很大程度上得益于其卓有成效的经济建设和文化建设。著名学者傅斯年评论,世上有限于一时代之文学,有超于一时代之文学,但断断没有脱离了时代的文学还能站得住。② 这已经在文化研究中取得共识,任何一种文学文化都不可能脱离独立来研究。南唐在短短三十多年时间里,文化繁荣,人才辈出,这一现象实令后人称奇,细究原因,发现它并非横空出世,是特殊时代社会环境的产物,而且南唐前身吴对此有不可磨灭之功。吴太祖杨行密的经济基础建设,吴、南唐政权的和平过渡,吴、南唐的各项建设都是促成南唐文化尤其是词学辉煌的必要和充分条件。

1. 杨吴奠基之功与和平嬗替

吴都城扬州,唐时号称"扬一益二"。在唐末杨行密与秦彦、师铎的割据混战中,损失惨重,史载:

> 自光启末,高骈失守之后,行密与毕师铎、秦彦、孙儒递相窥图,六七

---

① 郑学樏:《五代十国史研究》,上海人民出版社1991年版,第226页。
② 傅斯年:《中国古代文学史讲义》,中国人民大学出版社2004年版,第109页。

年中,兵戈竞起,八州之内,鞠为荒榛,圆幅数百里,人烟断绝。①

　　行密之围广陵也凡半载,与彦、师铎大小数十战,城内无食,米斗直钱五十缗,草根木实都尽,以堇泥为饼食之,饿死者过半。②

　　围城后城内民众伤亡众多,江以北淮以南,东西千里几近变成白地。杨行密攻下扬州后,十分注意安辑百姓,节用安民,收揽人心,"劳隐休息,其下遂安……始,乘孙儒乱,府库殚空,能约己省费,不三年而军富雄"。③ 同时,果断铲除孙儒、赵锽、杜洪、田君叛乱势力,杨行密招合遗散,宽简政事,依靠招徕流民,减轻赋税徭役,奖励农桑等有力措施,复兴淮南的农业经济。并采纳幕府高勖"悉我所有易四邻所无"之策,"议出盐茗畀民输帛"④,运茶、盐与邻镇通商。几年以后,淮南民力逐渐恢复起来,"未及数载,几复成平之旧"⑤。从景福元年892年唐任杨行密为淮南节度使,到乾宁三年896年,"杨命田君守宣州,安仁义守润州,昇州刺史来降,自淮以南、江以东诸州,始全淮南之地"。⑥从地理上来说,当时的淮水南部、长江东部诸州都为淮南藩镇所占有。902年,唐封杨行密为吴王,至其子杨渥继位时,吴辖区已有扬、楚、泗、滁、和、光、蕲、黄、舒、庐、濠、寿、泰、海、常、润、升、宣、池、歙、鄂、饶、信、江、洪、抚、袁、吉、虔等三十州,淮南、宁国、武昌、镇南、忠正五节度。杨行密死后,吴国实际执政的是徐温,他继续推行休养生息方针。919年,徐温在无锡领兵大败来犯的吴越军队,时值大旱,吴越水师难以应战,诸将以为这是消灭吴越的天机。徐温却说:"天下纷纭,民甚困矣,一今战胜以惧之,敢兵以怀之夕其势不得不服,使两地之民各保室家,吾辈亦高枕为乐,岂不快哉?多杀何为!"⑦"自是吴国休兵息民,三十余州民乐业者二十余年"。⑧ 927年徐温去世,养子徐知诰逐渐执掌

---

① (宋)薛居正等:《旧五代史》卷134。
② 《十国春秋》卷1,第4页。
③ 《新唐书》卷188。
④ 同上。
⑤ 《资治通鉴》卷259。
⑥ 《十国春秋》卷1,第13页。
⑦ 路振:《九国志》卷3《徐温传》。
⑧ 《资治通鉴》卷270。

吴国大政,先后受封尚父、太师、大丞相、大元帅,受封齐王。937年,吴帝杨溥禅位于徐知诰,徐知诰即帝位于金陵,改名为李昪,并以建康为东都,广陵为西都,改国号为唐(史称"南唐"),南唐王朝正式建立。

南唐代吴属于和平过渡,境内免于战乱,这在乱世时期是少有的。五代为"干戈贼乱之世也,礼崩乐坏,三纲五常之道绝"①。为了争夺政权,不仅各割据势力之间,即使君臣父子兵刃相见的局面也时有发生,而吴和南唐却能和平禅让,这对江南地区的安定和发展意义深远。对此范文澜先生做出高度评价:"徐温不敢轻率行事,徐知诰经营到年老才实行禅让,足见转移政权必须有步骤。在北方,武夫凭暴力劫夺,忽起忽灭,经历了梁、唐、晋三朝,在吴国,只转移一次。徐温、徐知诰谨慎缓进,远比北方武夫有识见。"②同时吴及南唐对淮南地区的有效经营,也有力地阻隔了北方对江南地区的进攻,为江南地区的繁荣创造了条件。历史上梁王朱温虽垂涎江南日久,但三次进攻淮南均以失败告终。③

2. 南唐卓有成效的经济文化举措

(1)经济建设

吴和南唐是南方诸国中疆域最广,实力最强的,诸国中执行保境息民、发展经济之策最为得力的亦当属吴太祖杨行密和南唐烈祖李昪。

关于李昪其人的事迹,史载不多,从《南唐书》《江南野史》《五国故事》《玉壶清话》等大致可了解到李昪出身寒微,成长于乱世之秋,先由杨行密收为养子,因杨氏诸子不容,后交大将徐温抚养。早年流离民间和跟随杨徐的种种经历使李昪性格趋向沉着缜密、机敏慧黠,并善审时度势,堪称一代枭雄。李昪不仅成功取代吴,建立南唐政权,而且推行了一系列有利于社会生产和社会经济发展的措施,奠定了这个割据政权相对强盛的规模和基础。

---

① 欧阳修:《新五代史》卷17。
② 范文澜:《中国通史》,人民出版社2009年版。
③ 《十国春秋》卷1记载:天佑二年春正月,梁王全忠遣将进兵逼寿州。王茂章穴地入润州,遂克之;冬十月戊申,梁王全忠发光州,及至寿州,寿人清野以待之,全忠退屯正阳;十一月丙辰,梁王全忠渡淮而北,柴再用抄其后军,斩首三千级,获辎重万计。

早在辅佐吴帝杨溥时期,李昪就调整经济政策,改革诸多流弊,治迹斐然。时吴有"丁口钱",又计亩输钱,致使钱重物轻,民众深受其苦。员外郎宋齐丘致书献策曰:"江淮之地,唐季以来,为战争之所。今兵革乍息,甿黎始安,而必率以见钱,折以金银,斯非民耕桑可得也,将兴贩以求之,是教民弃本而逐末耳。乞虚升时价,悉收谷帛本色为便。"①谏议由政府调控抬高农产品价格,改变钱贵物贱的现象,以保护农业。当时绢每匹市价五百文、六百文,绵每两十五文,李昪接受了宋齐丘的建议,提高农产品价格,匹绢升为一贯七百文,䌷为二贯四百文,绵为四十文。同时免除了"丁口钱",促进了农民生产热情的空前高涨,出现了"自是不十年间,野无闲田桑无隙地"②的情形。《通鉴》评述,实施这一措施后,"江淮间旷土尽辟,桑柘满野,国以富彊"。

执政南唐后,李昪的经济举措主要为鼓励农耕,安抚流民,睦邻保境。昪元三年(938)下诏说:

> 比者干戈相接人无定主。地易而弗蓻,桑损而弗蚕,衣食日耗,朕甚悯之。其向风面内者,有司计口给食。愿耕植者,授之土田仍复三岁租役。③

鼓励流民开发荒地,受到了民众的拥戴。此举既安定了地方,发展了经济,又扩大了政府的赋役来源。在此基础上进一步鼓励垦殖突出者,垦荒三年者,赐帛五十匹,垦田八十亩者,赐钱二万,并且五年内免收租税。同时规定,"时田每十亩蠲一亩半,以充瘠薄"的优惠政策。此外李昪特别重视农事,保护农业。昪元四年为不影响农事而罢造军务,并免去宣州贡木瓜杂果。李昪生长兵间,知民厌乱,一贯坚持睦邻保境息民政策,邦交中反对以邻为壑动辄乘隙起兵,昪元五年(941)吴越国遭遇大火灾,南唐群臣请烈祖乘此机会进攻吴越,烈祖不但没有听从,而且派遣使者送金帛。马令的《南唐书》言及当时南唐国势:"群臣咸谓江淮之地,频年丰稔,兵食既足,士乐为用,天意人心未厌唐德,宜广土宇,攻自潭越始。诸臣亦多言'陛下中兴,宜出兵恢拓旧土。帝叹息

---

① 《十国春秋》卷3,第58页。
② 《十国春秋》卷3,第59页。
③ 马令《南唐书》卷1,第20页。

曰:'兵为民害深矣,诚不忍复言。使彼民安,吾民亦安矣,又何求焉。'"①由是李昇在位七年,兵不妄动,息兵养民,境内赖以休息。南唐"中外寝兵,耕织岁滋,文物彬焕,渐有中原之风采"。②

政治举措方面,李昇建立南唐不久,便革新政治,健全法制。文臣常梦锡"厚重方雅,多识故事","数言朝廷因杨氏霸国之久,尚法律,任俗吏,人主亲决细事,烦碎失大体,宜修复旧典,以示后代"。③ 李昇纳其言,昇元三年(939)李昇命有司作《昇元格》,与《吴令》并行。昇元六年(942),令法官及尚书将他任吴相以来,兴利除害,变更的旧法删定为昇元条共三十卷。后多以法律经义取士。李昇还严格管束后宫及中官,下令后宫外戚均不得辅政,中官不得预事。"不以外戚辅政,宦官不得干预政事,皆他国不能也"。④

从918年执掌吴政,直到943年病死的二十五年间,李昇着力推行社会改革,实施的一系列经济政治措施,不仅使南唐发展成为当时南方最强大的割据政权,而且维护了江淮区域较长时期的稳定。自吴建国,江淮之地比之他国最为富饶,山泽之地,岁入不资,帑藏颇盈。烈祖励以节俭,一金不妄用,所以待中主即位时,"德昌宫储戎器金帛七百余万","比同时割据诸国,地大力强,人才众多,且据长江之险,隐然大邦"。⑤ 吴任臣盛赞李昇:"烈祖茕茕一身,不阶尺土,托名徐氏,遂霸江南⋯⋯然息兵以养民,得贤以辟土,盖实有君德焉。"唯其如此,烈祖病死时,才会出现"四方黔首皆涕泣",为之"辍食"的情景。⑥ 自李昇辅政以来,二十余年不仅实现了吴唐禅代,而且在政治经济文化各领域大有举措,使南唐前期政局稳定,经济繁荣,文化集聚,综合国力强盛,在五代十国时期南北对峙的局面中举足轻重,也是由于李昇的卓越开创建设才能,南唐一度成为当时中国经济文化最先进地区。

---

① 马令《南唐书》卷1,第201页。
② (宋)史虚白:《钓矶立谈》,《四库全书》本。
③ 陆游:《南唐书》列传第4,第265页。
④ 《资治通鉴》卷270。
⑤ 陆游:《南唐书》卷2,第247页。
⑥ (宋)龙衮:《江南野史》,《四库全书》本。

（2）文化建设

任爽先生评价南唐三主"政治一代不如一代,文化一代比一代强",代表了史家对南唐三位君主基本看法。虽史书对中主后主不乏赞誉之辞,"元宗在位几二十年,史称其慈仁恭俭,礼贤爱民,裕然有人君之度"。① 李煜初始当政时,也实行了一些减少赋税的有效政策,"罢驻郡屯田旧州县,委所属宰薄与常赋俱征,随所租入十分锡一,谓之率分,以为禄廪。诸朱胶牙税亦然",使南唐"公无遗利,而屯田佃民绝公吏之挠,刻获安业焉"。② 但实际上中主后主经济政治上并无多少建树,反而在文化建设上大力推行了先主倡导的文治,并成就非凡。

杨吴政权开创于藩镇割据,多武人用事,当时的社会状况"收守多武夫悍人,类以威骜相高,平居斋儿之间,往往以斩伐为事,至有位居侯伯而目不识点、划,手不能捉笔者"。③ 对此李昇刻意革新,在他为升州刺史时,"江淮初定,州县吏务赋敛为战守,知诰独褒廉能,课农桑,求遗书,招延宾客,倾身下之"。至政事仆射,李昇"于府署内建亭,号延宾,以待多士……由是豪杰翕然归之,亲兴宴饮,咨访缺失,问民疾苦,夜央而罢,是时中原多故,名贤耆旧皆拔身南来,知豫使人于淮上资以厚币,既至,縻之爵禄,故北土士人闻风至者无虚日"。④ 门下聚集了宋齐丘、王令谋、曾禺、张洽、徐融、马仁裕、周本等,均为当时很有影响力的名贤。宋齐丘常劝李昇"讲典礼,明赏罚,礼贤能,宽租赋,多见听用",李昇对其十分信重。及南唐得国后,李昇进一步推进完善在升州实行的重用文吏任用儒雅的政策,发展南唐的"文治"。昇元六年(942)下诏曰:

> 前朝失御,四方崛起者甚众,武人用事,德化壅而不宣,朕甚悼焉,三事大夫其为朕举用儒吏,罢去苛政,与吾民更始。

可以说李昇成功取代杨吴、建立南唐政权、强盛南唐与这些士人的协助有莫大关系。如昇元中"限民田物畜高下为三等,科其均输,以为定制。又使民

---

① 《十国春秋》卷16,第236页。
② (宋)龙衮:《江南野史》卷3,《四库全书》本。
③ (宋)史虚白:《钓矶立谈》,《四库全书》本。
④ 《十国春秋》卷15,第186页。

入米请盐,舟行有力胜,皆用台符之言"①,任用文臣施仁政,也是安定社会、赢得民心的重要举措。

中主和后主继承了先主礼遇文士的传统,《南唐近事》曰:"元宗少跻大位,天性谨慎,每接臣下,恭慎威仪,动循礼法,虽布素僚友无以加也……常目齐邱为子篙,李建勋为史馆,皆不名也。君臣之间,待遇之机,率类于此。"《唐余纪事》亦载:"中主接群臣如布衣交,间御小殿,以燕服见学士,必先遣中使谢曰:'小疾,不能著帻,欲冠葛可乎?'其待士有礼如此。"②"后主在东宫,开崇文馆以招贤士,佑预其间"。科举取士是文人士子参与到南唐政治中的重要方式之一,据陈彭年《江南别录》,"烈祖初立,庶事草创,未有贡举,至元宗始议兴置"。在南方割据政权中,南唐的贡举次数最多。《十国春秋》卷二十云:

保大十年,以翰林学士江文蔚知礼部贡举,放进士王克贞等三人及第。旋复停贡举,此后凡十七榜。

马令《南唐书》中也记录了一段有关科举的佳话:"是岁同试数百人,初中有司之选者。比延之升堂而加慰饮焉。先是宋贞观等第,张泊续至。主司览程文,遂揖贞观南坐而引泊西首。酒数行,乔始上卷。主司读之惊叹。乃以贞观处席北,辟泊居南,登乔为宾首。"③

南唐对文化教育的重视和提倡在十国中是首屈一指的。李昇立国之初即在淮水之滨设立了太学。昇元四年,建学馆于白鹿洞,置田供给诸生,以李善道为洞主,掌其教,号曰庐山国学。后主末年,庐山国学在朱弼的主持下,已拥有学生数百人,为南唐培养了许多人才,如卢绛、蒯鳌、孟贯、伍乔、江为、杨徽之等名士。庐山国学是南唐重要的教育机构,后来发展为白鹿洞书院,史料记录:"南唐跨有江淮,鸠集典坟,特置学馆,滨秦淮,开国子监,复有庐山国学,其徒各不下数百,所统州县,往往有学。"④南唐兴学成风,不仅官学兴盛,民间私学也很普及。九江人江梦松,"少傅先业,颇蕴艺学,旁贯诸经。籍茂声誉,远

---

① 马令:《南唐书》卷 14,第 107 页。
② 陆游:《南唐书》卷 13,第 336 页。
③ 马令:《南唐书》卷 18,第 130 页。
④ 马令:《南唐书》卷 23,第 159 页。

近仰崇,诸生弟子不远数郡而至者百人,春诵夏弦,以时讲闻,鼓箧函太,库序常盈。……一门百口敦睦如一,子孙学业各授一经,孝礼兼持,江左称之为最。卒时八十有五。葬之日,自远方至者几千人,而服缞绖徒跣者百许。嗣主闻之,美其才茂德逸,故赠国子司业,优赐葬物。其后门人子弟仕显达者大半"。①

图书的征集与编纂是南唐文化建设的又一项重要举措,唐"乱离以来,编帙散佚,幸而存者,百无二三",②长期的战乱,使大量图书散落到了民间。南唐诗人陈贶,孤贫致学,积书至数千卷。当时"江南藏书之盛为天下冠"③,烈祖李昇早在任升州刺史时,就以文艺自好,着意搜集散落民间的各类图书。当政后,烈祖采用重金收购或置书吏借来抄写的办法,搜集图籍。刘崇远《金华子杂编》卷上对此的记载颇为详细:

> 我唐烈祖高皇帝睿哲神明……始天祐间,江表多故,泊及宁帖,人尚苟安,稽古之谈几乎绝侣;横经之席,蔑而无闻。及高皇初收金陵,首兴遗教,悬金为购坟典,职吏而写史籍。闻有藏书者,虽寒贱必优辞以假之。或有挚献者,虽浅近必丰厚以答之。时有以学王右军书一轴来献,因偿十余万,增帛副焉。

此举为南唐朝廷收集到了大量的图书。一些藏书丰富的士人主动捐献了不少私家藏书。如"鲁崇范,庐陵人,家故贫,灶薪不属,而读书自若,意豁如也。九经子史,广贮一室,皆手自校定。会烈祖初建学校,典籍残缺,下诏旁求郡县,吉州刺史就取崇范本进之,以私络偿其直。崇范笑曰:'坟典,天下公器,世乱藏于家,世治藏于国,其实一也。吾非书肆,何酬价为?'"④"由是六经臻备,诸史条集,古书名画,辐凑绛帷,俊杰通儒,不远千里而家至户到,咸慕置书,经籍道开,文武并驾"⑤。南唐这种情形即使是普遍崇文的南方割据小国也难比拟,更为日后南唐文化兴盛奠定了基础。

---

① (宋)龙衮:《江南野史》。

② 《宋史》卷202。

③ 《十国春秋》卷28,第404页。

④ 《十国春秋》卷29,第413页。

⑤ 刘崇远:《金华子杂编》卷上,四库全书本。

　　文化典籍的收集,是南唐文化建设的一部分,对提升江南地区的文化氛围和人文素养积淀有积极的作用,中主、后主时代同样大力推进图书文化建设。中主和后主皆妙于笔札,博收古书,重赏献书者,宫中藏图籍万卷。于各小国中,南唐的图书文化最为突出。宋初赵匡胤"得金陵藏书十余万卷,分布三馆及学士舍人院。其书多典校精容,编秩完具,与诸国本不类"。① 其中包括了:周礼、春秋、乐、小学、正史、编年、实录、杂史、政事、时令、地理、儒家、杂家、小说家、阴阳家、艺术、术数、仙释等,以及别集总集。南唐君主还相当重视绘画事业,专门创立了画院。凡进入画院的人,都分别授予不同的名位,有待诏、司艺、画学士、学生等类。后主不仅"善词章,能书画,皆臻妙绝"②,而且对书画真迹十分珍惜。每有收获,总是慎重地盖上收藏大印,如"内殿图书"、"内合同印"、"建业文房之宝"、"内司文印"、"集贤殿书院印"等等篆文印章。对有些丹青墨宝,他还亲自题上歌诗杂言、题跋、书画人姓名等,并整旧如新,命有司用上等的丝特制成大回莺、小回鸾、云鹤练、鹊黑锦等等名贵的织锦物来裱装;用织成的稻带、黄经纸做成签贴,最后交给后宫保仪黄氏来统一收藏和保管。

　　南唐的这些文化建设,从多方面为南唐文化发展蓄积力量。比如在南唐境内形成浓厚的文化气息。中主李璟、后主李煜都曾就读于庐山。"璟天资高远,始出阁,即就庐山瀑布前筑读书台"③,他们自身工诗善画,学识渊博。宗室子弟亦多才学,李景迁"幼警悟,读书一览辄不忘。及长,美姿仪,风度和雅";李景遂"制行雅循,有君子之风"④。将相大臣中博学多才者云集,如徐楷非常博学,著《说文解字》系传40卷,《说文通释》40卷,《方兴记》130卷,又古今国典、赋苑、岁时广记及其他文章凡若干卷。《十国春秋》卷二八记载"(徐锴)酷嗜读书,隆冬烈暑,未尝少辍。后主一日得周载《齐职仪》,江东初无此书,人无知者,以访锴,一一条对,无所遗忘,其博记如此。"其兄徐铉亦博学多才,时称"二徐"。"宋李穆来使,见锴及铉,叹曰:二陆之流也"。文臣如此,武

---

① 马令:《南唐书》卷23,第159页。
② (宋)高晦叟:《珍席放谈》卷下,丛书集成初编本。
③ 《玉壶清话》卷10。
④ 马令:《南唐书》卷7,第62页。

将亦不乏有学问者,如刁彦能,"彦能好读书,在镇委文吏,颇有治称。好作诗,尝与李建勋相酬赠。建勋因燕见及之,元宗笑曰,殊不知彦能乃西班学士也"。① 王崇文"内典禁兵,出更藩任,平居则被服儒雅,风度夷旷"。② 还有贫寒子弟成为文坛名士者,丘旭,"字孟阳,宣城农家子也,少以蓄产为事,弱冠始读书……其词赋得故唐程度体,时人取以为法"③。黄载,"其先江夏人,世为农。弱冠释,就学于庐山……讲说之际,未尝敷演注疏,肆口成言,曾不滞泥"。④

"时金陵初复唐制,以进士取人"。⑤ 南唐良好的文化氛围培养了大批人才,刘洞,"诗长于五言,自号五言金城"⑥,孙鲂"及吴武王据有江淮,文雅之士骈集,遂与沈彬,李建勋为诗社……有诗百篇行于世"⑦。在它立国不足四十年的短短时间里,出现了如冯延巳、李璟、李煜、韩熙载、高越、潘佑、江文蔚、汤悦、张洎、二徐(徐铉、徐锴兄弟)等名动南北的名士,带动了江南地区文化建设和崇文的社会心理。

绘画是五代艺术中成就最大的部门,南唐尤盛。《韩熙载夜宴图》《斟书图》《重屏会棋图》《潇湘图》《夏景山口待渡图》《秋山问道图》《江行初雪图》等,均为画坛的艺术珍品,培养出徐熙、顾闳中、顾德谦、王齐翰等著名的艺术大师。顾闳中"事元宗父子为待诏,善画人物","是时韩熙载好声妓,专为夜饮,宾客蹂杂,无复拘制。后主惜其才,置不问,然欲见其尊俎灯烛间觥筹交错之态度,不可得,乃命闳中夜至其第窃窥之,目识心记,图绘以上,故世传有《韩熙载夜宴图》"。⑧ 朱澄"事元宗为翰林待诏。工画屋木,常与高太冲等合画雪景宴图,时称绝手"⑨。徐熙"世为江南仕族,识度开放,以高雅自任。善画花

---

① 陆游:《南唐书》卷4,第266页。
② 陆游:《南唐书》卷6,第282页。
③ 马令:《南唐书》卷13,第104页。
④ 同上,第106页。
⑤ 《玉壶清话》卷10。
⑥ 马令:《南唐书》卷13,第104页。
⑦ 同上,第106页。
⑧ 《十国春秋》卷31,第452页。
⑨ 同上,第453页。

木、禽鱼、蔬果,后主绝爱重其迹"。① 以董源、巨然为代表的山水画家,对宋代的画风形成产生了极大的影响。《宣和画谱》卷十一对董源做了很高的评价:

> 大抵源所画山水,下笔雄伟,有崭绝峥嵘之势,重峦绝壁,使人观而壮之,故于龙亦然……至其出自胸臆,写山水江潮、风雨溪谷、峰峦晦明,林霏细雨,与夫千岩万壑,重汀绝岸,使览者得之,真若寓目于其处也。而足以助骚客词人之吟思,则有不可形容者。

董源还善画人物。据说,后主在碧落宫召冯延巳议事,久待不至,遣内侍催促。冯延巳谓之有宫娥著青红锦袍,当门而立,所以不敢进,内侍一看,原是嵌在八尺琉璃瓶中董源所绘的夷光像。南唐从君臣到文人士子,善书法者众多。李璟、李煜、宋齐丘、冯延巳、韩熙载、徐铉、徐锴、潘佑等人书法成就很高,名噪一时。

南唐绘画书法的兴盛,促进了文房四宝——笔墨纸砚的发展。时诸葛笔、李廷圭墨、澄心堂纸,以及龙尾山砚,为文房珍品,世人重金难求。音乐舞蹈方面,南唐宫廷的歌舞创作十分活跃。李后主曾在后宫与周后分扮牛郎织女,以抖动的素绸作银河,颇富创意。二人编创的《念家山破》《邀醉舞》《恨来迟破》等,皆为一时名曲。

五代时期的南唐国,在当时割据小国中最为引人注目。南唐与吴政权间的和平过渡,最大程度的较少了地区经济的破坏,并持续推进江南地区的繁盛。与此同时,统治者十分重视文士,重视文教发展和典籍文物的收藏,在杨吴和烈祖经营的基础上,中主和后主将南唐文艺发展至顶峰。赵延世为陆游《南唐书》作序说南唐"虽为国偏小,观其文物,当时诸国,莫与之并"。据考证,唐末五代作家的诗文集总数是 879 卷,北方 234 卷,占 26.6%;南方 645 卷,占73.4%。其中吴、南唐诗文集为 297 卷,西蜀两国诗文卷数为 145 卷。② 在数量上吴和南唐诗文占了明显优势,词学尤为突出。南唐词派是唐五代词的一个重要流派,其本身经历了一个相对完整的发展过程,并从多方面引导词学走

---

① 《十国春秋》卷 31,第 454 页。
② 张兴武:《五代作家的人格与诗格》,人民文学出版社 2000 年版,第 72 页。

向新的发展,对宋词有着积极的示范作用和影响。

(三)五代文风及南唐词概述

1. 五代文风

五代乱世儒道式微,士人的功名、事业、理想可以说都落空了,内心受到了极大的冲击,在这种情况下,他们极大地消解了建功立业、为国为民儒教伦理思想,文风发生了很大变化。陆游对此评论:"唐自大中后,诗家日趋浅薄,其间杰出者,亦不复有前辈闳妙浑厚之作。"①欧阳修亦云:"唐之晚年,诗人无复李、杜豪放之格,然亦务以精意相高。"②"诗言志"是儒学关于诗歌的重要命题,闻一多对此解释"志与诗原来是一个字。志有三个意义:一记忆,二记录,三怀抱",儒学思想中,这种怀抱、志向与政治教化有密切的联系。五代乱世,时代精神发生显著变化,从马上转向闺房,从纵横天下向内转,南唐士人的一些作品较为明显地反映了这种文风,如徐铉《游木兰亭》:"兰桡破浪城阴直,玉勒穿花苑树深。"《观习水战》:"千帆日助阴山势,万里风驰下濑声。"徐锴《秋词》:"井梧纷堕砌,塞雁远横空,雨久莓苔紫,霜浓薜荔红。"皆为雕琢细致之作,表现出享受人生,对日常生活的兴致,并且享乐意识及情爱意识高涨。韦庄词"洛阳城里春光好,洛阳才子他乡老。柳暗魏王堤,此时心转迷。桃花春水绿,水上鸳鸯浴。凝恨对残晖,忆君君不知",即反映了当时士尘行染,文人士子的典型心态。在流离失所、人生幻灭感浓重的情形下,他们期许在倚红偎翠、风月艳情中寻求另一种精神满足。"诗衰而倚声作",词依托于这样的社会心理蔚然成风,而且词所配合异于雅乐之声的燕乐曲调、词本身长短错落要眇且修的形式以及长于抒情的特质、词歌筵酒席的创作和演出环境等等,都决定了它是最适宜于充当晚唐时代精神与审美风尚的载体,文士将燕酣之乐、别离之愁、失落之意一寓于词。

从词体的发展进程来看,"词体文学发展是先起于民间,而有赖于商业经

---

① (宋)陆游:《花间集跋》,张惠民《宋代词学资料汇编》,汕头大学出版社1993年版,第190页。

② (宋)欧阳修:《六一居士诗话》,丛书集成初编本。

济发达和城市繁荣的社会条件"。① 唐末五代,江南地区的渐趋安定富庶成为词体兴起的重要条件。李冰若《栩庄漫记》云:"五代十国乱靡有定,割据一方之主,尚少振拔有为者,其学士大臣亦复流连光景,极意闺帏。"②当时十国之主普遍喜欢文艺,尤喜作词,"蜀之王衍、孟昶、南唐之李璟、李煜、吴越之钱俶,皆能文,而小词尤工"。③ 后唐庄宗"凡用兵皆以所撰词授之,使扬声而唱……至于入阵,不论胜负,马头才转,则众齐作,故人忘其死"④。南唐文化尤其是以二主一臣为主体的南唐词成就卓著,不仅带有深刻而复杂的时代文化和地域文化印迹,而且开创了江南审美文化的新境界。

2. 南唐词概述

在词史上,唐五代敦煌曲子词、中晚唐文人词、花间词和南唐词表现了早期词体的发展演变,为后世尤其是宋词提供了诸多范式。南唐词是唐五代词的一个流派,也是连接曲子词与宋词的桥梁。南唐词这一名称源于其产生的时间和地域,以南唐中主李璟(916~961)、后主李煜(937~978)、宰相元老冯延巳(903~960)为创作主体。

(1)二主一臣

冯延巳字正中,一名延嗣(903~960)。"巳,嗣也,起也,巳嗣同义"。⑤ 乃南唐广陵(今江苏扬州)人。夏承焘在《唐宋词人年谱》中引《历代诗余》考证:"其先彭城人,唐末徙家新安,又徙广陵。新安郡即歙州,彭城人,未详何据。"张璋编《全唐五代词》也将冯视作广陵人。又宋代王禹偁《冯氏家集前序》云:"其先彭城人也,唐末避地徙家寿春",寿春即今安徽寿县。现依夏承焘先生之说。冯延巳的父亲冯令頵在南唐烈祖时官至吏部尚书,尝为歙州盐铁院判官。天佑十三年丙子即916年,十四岁的冯延巳跟随父亲在歙州,"时刺史滑言病笃,或言巳死,人情颇恟恟。延巳年十四,入问疾,出以言命谢将吏,外赖以

---

① 刘大杰:《中国文学发展史》卷2,上海人民出版社1976年版,第488页。
② 李冰若:《花间集评注》,河北教育出版社1999年版,第174页。
③ (明)杨慎:《词品》卷2。
④ (宋)陶岳:《五代史补》,四库全书本。
⑤ 夏承焘:《唐宋词人年谱》,上海古籍出版社1979年版,第35页。

安"。① 冯延巳堪称少年老成，机智过人。

由于冯氏家族贵且显的地位和自身有辞学多技艺，冯延巳在很年轻时即白衣见烈祖，并受到赏识，授予秘书郎，让他与少年中主李璟交游，两人关系日益密切。中主颇具文人儒雅气质，好学而能诗，作诗清畅，皆出入风骚，与冯延巳性情相投，私谊很深。待李璟作国君后，很宠信之。所以保大年间，事关南唐盛衰的伐闽战争失败后，江文蔚上疏请求罢黜冯延巳时，李璟言："相从二十年宾客故僚，独此人在中书，亦何足怪。云龙风虎，自古有之。且厚于旧人，则于斯人亦不薄矣。"②遂从轻发落，罢相为太子少傅。对其弟冯延鲁，中主亦不薄，延鲁初供职元帅府，中主即位后，自礼部员外郎迁为中书舍人、勤政殿学士。江州观察使杜昌业，闻之叹曰："封疆多难，驾驭贤杰，必以爵禄。延鲁一言合指，遽置高位，后有立大功者，当以何官赏之。"③

936 年，冯延巳与弟延鲁俱事李昪于元帅府，冯正式踏入仕途。937 年冯为李璟吴王元帅府掌书记。942 年，冯延巳以驾部郎中为李璟齐王元帅府掌书记。南唐元宗保大元年（943），冯延巳元帅府掌书记拜谏议大夫翰林学士，迁户部侍郎。944 年冯为翰林学士承旨。弟延鲁以水部员外郎为中书舍人。946以中书侍郎与宋齐丘、李建勋同拜平章事。947 年，被罢为太子少傅。948～951 出任抚州节度使。952 为左仆射。957 年周师南渡进犯，南唐尽失江北地，冯再次被罢为太子少傅。960 年冯延巳卒，追谥忠肃。从冯延巳的生平仕途看与南唐小朝廷有着密切联系，其一生可谓起起落落，宦海浮沉不定。冯延巳作为南唐重臣，一方面受元宗器重，身居要职，做到宰相时正值"金陵盛时，内外无事"④；另一方面虽然冯延巳死后，南唐还偏安十余年，但冯面临南唐的实际处境，确有身事偏朝，无法主宰自身也无法主宰时势之人生悲叹。

冯延巳很有文采，《钓矶立谈》中虽斥冯为险夫小人，但对冯之才华作了相当高的评价。"冯延巳之为人，亦有可喜处。其学问渊博，文章颖发。如倾悬

---

① 陆游：《南唐书》卷 8，第 295 页。
② 《江南余载》，丛书集成初编本。
③ （宋）陆游：《南唐书》列传卷 8，第 297 页。
④ （宋）陈世修：《阳春集》序，《历代词话》续编卷下，大象出版社 2005 年版，第 745 页。

河暴雨,听之不觉膝席之屦前,使人忘寝与食"。① 政敌孙晟感叹曰:"文章不如君也,技艺不如君也,诙谐不如君也。"冯延巳诗、词和散文的成就都很高。但是诗、文流传下来的很少,据《诗话总龟》,诗今只传"青楼阿监应相笑,书记登坛又却回"二断句,文也仅存《开先寺记》和《楞严经序》残篇。② 词则保存较多,是五代时期存词最多的重要词人。存世有《阳春集》,又作《阳春录》。《乐府纪闻》记载:"冯延巳字正中,广陵人。唐元宗以优待藩邸旧僚,自记室至中书侍郎入相。词最富,有《阳春集》。"

《阳春集》现传世之本原为北宋嘉祐三年戊戌(1058)延巳曾外孙陈世修所编。陈世修辑冯延巳词119首并作《阳春集序》论及此词集编纂过程,序中说:

> 公以金陵盛时,内外无事,朋僚亲旧,或当燕集,多运藻思为乐府新词,俾歌者倚丝竹而歌之,所以娱宾而遣兴也。日月寖久,录而成编。公薨之后,吴王(李煜)纳土,旧帙散失,十无一二。今采获所存,勒成一帙,藏之于家云。③

冯词虽散失十无一二,仍然是唐五代词人中存词最多的。今传最早的《阳春集》为明吴讷辑《唐宋名贤百家词》钞本。另有中国国家图书馆藏康熙五十四年乙未(1715)萧江声钞本(与《南唐二主词》等合订一册),书后有少岳山人题跋。清人王鹏运辑刻《四印斋所刻词》本《阳春集》卷首有冯煦序。此外近人陈秋帆笺注本《阳春集笺》、孙人和《阳春集较证》都有序跋和评笺。元丰中,又出崔公度题跋的《阳春录》一卷。五代宋初人词,常多相混。冯延巳《阳春集》中,此类情况颇多。《柳塘词话》曰:"陈世修云,冯公乐府思深语凡,韵逸调新,有杂入六一集中者。余谓其多至百首,黄山谷、陈后山犹以庸滥目之。然诸家骈金俪玉,而阳春词为言情之作。"《阳春集》有十二首在《花间集》中署为他人所作(温庭筠三首、韦庄三首,牛希济、薛昭蕴、孙光宪、顾敻、张泌、李珣各一首)。如《谒金门》"风乍起",北宋杨绘《本事曲》,以为"赵公所撰",马令《南唐书·党与传》,以为冯延巳作,杨湜《古今词话》,又以为成幼文作。录于《阳春

---

①　《钓矶立谈》丛书集成初编本。

②　阮阅:《诗话总龟》卷42,人民文学出版社1998年版,第284页。

③　(宋)陈世修:《阳春集》序,《历代词话》续编下,第745页。

集》中，又见《欧阳文忠公近体乐府》者，则有十六首，包括《蝶恋花》"庭院深深"、"谁道闲情"、"几日行云"、"六曲阑干"诸阕。

历代词评对冯词赞赏有加，陈世修《阳春集序》说其"思深辞丽，均律调新"；陈廷焯说其"极沈郁之致，穷顿挫之妙"①；况周颐《蕙风词话》卷一云："冯正中之堂庑"②；王国维曰："虽不失五代风格，而堂庑特大。"③冯延巳善于"托儿女之辞，写君臣之事"，④将许多情事景物压缩在短短几句词中，不动声色转换命意，因而有沉郁顿挫之效果。詹安泰先生称赞冯词"精致密栗而又凄郁拙重"，"金针密缝，云锦文章；于浓艳中含凄郁，于细腻中见拙重"。⑤

李璟(916~961)，字伯玉，本名景通，李昇的长子，在位19年卒(943~961)。《江南野史》曰："嗣主音容闲雅，眉目若画。好学而能诗。天性儒懦，素昧威武。"《钓矶立谈》称："元宗神采精粹，词旨清畅"，"天性雅好古道，被服朴素，宛同儒者。时时作为歌诗，皆出入风雅，士人传以为玩，服其新丽"。从这些评述可知，中主李璟宽容雅信且善文艺。

后主李煜(937~978)，字重光，初名从嘉，为中主第六子。961年嗣位于金陵，在位十五年。976年降宋，978年被赐牵机药卒。李后主自幼聪慧，"丰额骈齿，一目重瞳子"，多才艺，工书善画，很早便显露才华，史称其"幼而好古，为文有汉魏风"⑥。二十三岁时，由郑王升至吴王，以尚书令知政事居东宫。二十五岁时(961)继位做了南唐国主，直至975年南唐亡国。李煜继位在当时并非一帆风顺，钟谟中主时任吏部侍郎，素与中主子从善交往甚密，太子翼卒后，

① （清）陈廷焯：《白雨斋词话》卷一，《唐宋词汇评》（唐五代卷），浙江教育出版社，第437页。
② 《词话丛编》本，中华书局1986年版，第4423页。
③ 王国维：《人间词话》，《词话丛编》本，第4243页。
④ 冯延巳《蝶恋花》，张惠言《词选》说其中三首"忠爱缠绵，宛然骚、辨之义"，刘熙载《艺概》言"韦端己、冯正中诸家词，留连光景，惆怅自怜，盖亦易飘扬于风雨者"。冯煦《阳春集序》言"若《三台令》、《归国谣》、《蝶恋花》诸作，其旨隐，其词微，类劳人、思妇、羁臣、屏子郁伊怆怳之所为"语未免过甚，但读者于冯词中确能体会出词人所怀万端，有未明之意。
⑤ 黄赞发、陈梓权：《詹安泰词学论集》，汕头大学出版社1997年版，第367、368页。
⑥ 《江南别录》丛书集成初编本。

进言嗣主称"后主器轻志放,无人君度"。① "从嘉志德俱凉,非社稷之奇,从善器度崇伟,真神人之主"。② 进谏从善继位,中主为此大怒,流放钟谟于饶州后杀之。此事件一方面牵涉到当时南唐朝廷党争,另一方面也反映出李煜继位并非众望所归,潜藏不稳定因素。

中主李璟和后主李煜颇多相似之处,两人都爱好文艺,多才艺,有儒者风范。个人理想上,中主少喜栖隐,后主心疏利禄。从政上,都是迫于绍袭位居人主。中主937年固辞为王太子,940年又固辞太子③。后主虽为中主第六子,但伯仲继没,以次为嗣。两人都缺乏政治魄力和谋略。相比先主的谨慎和励精图治,中主赖于南唐一时强盛的表象,志大才疏,轻率出兵,先后于944年和951年乘闽、楚内乱,伐闽伐楚,取之易,守之难,并因援兖州之师败绩而北结周怨。956年、957年周世宗连续亲征南唐,致使南唐江北之地尽失,958年中主被迫以国为附庸,去帝号自称江南国主。961年迁都洪州,随即抑郁而终。在他统治期间,南唐不仅国势岌岌可危,只剩半壁江山,而且党争愈演愈烈。李璟即位之后,轻启边衅而且用人失当,致使南唐党争不断,制造了南唐由强到衰的关节点。李煜政治上同样懦弱无能,史界多评其拙于治国,荒淫酒色,荒废政事以致亡国。虽即位后也曾"专以爱民为急,蠲赋息役,以裕民力","虽外示畏服,修藩臣之礼,而内实甲兵,潜为战备",并于"建隆二年十二月,置龙翔军以教水战"。④ 然而其时南唐亡形已现,况且李煜生于深宫之中,长于妇人之手,很难主宰南唐命运。他阅历单纯,长久远离政事缺乏实战经验,用他自己的话说是"几曾识干戈"。即位后一直对宋采取避让贡送之策。《资治通鉴》卷二九〇评价二主当政时"朝无贤臣,军无良将,忠佞无别,赏罚不当"。

显然无论是中主还是后主都不是孔武知兵的周世宗、宋太祖的对手。不过不可否认,而且正是他们将南唐文化推向顶峰。李璟、李煜两人具有杰出的

---

① 夏承焘:《唐宋词人年谱》,第107页。
② 《江南野史》卷5,丛书集成初编本。
③ 陆游《南唐书》卷2云:(昇)四年八月,立为皇太子,复固让曰,前世以嫡庶不明,故早建元良,示之定分。如臣兄弟友爱,尚何待此。烈祖下诏称其守廉退之风,守忠贞之节……
④ 《十国春秋》卷17,第239页。

文艺才华，"金陵清凉寺有元宗八分题名、李萧远草书、董羽画海水，谓之三绝"。① 李煜对书画、音律、诗词文无不精通。李煜文章可考见的有《即位上宋太祖表》《大周后诔》《却登高文》《送邓王二十六弟牧宣城序》《上宋太宗乞潘慎修掌记室手表》《乞缓师表》《书述》《书评》《南唐金铜蟾蜍砚滴铭》《答张泌谏手批》《遗吴越王书》《批韩熙载奏》。夏承焘先生认为《南唐金铜蟾蜍砚滴铭》真伪尚难判定。《全唐诗》收录李煜诗 18 首，并断句 32 句。其中《渡江望石城》夏承焘先生认为是吴王杨溥作，李调元《全五代诗》将其归入吴后主杨溥作。

李煜词专集始见于宋尤袤《遂初堂书目乐曲类》，与李璟词的合编《南唐二主词》始见于宋陈振孙《直斋书录解题》二十一。《直斋书录解题》歌词类曰："《南唐二主词》一卷，中主李璟、后主李煜撰。卷首四阕，《应天长》《望远行》各一，《浣溪沙》二，中主所作。重光尝书之，墨迹在盱江晁氏，题云：先皇御制歌词。"②李煜李璟词，宋以来皆以《南唐二主词》合刻本传世。今传最早版本为明吴讷《唐宋名贤百家词》。明万历庚申（1620）吕远刻本，有谭尔进序；康熙五十四年（1715）萧江声钞本，有少岳山人跋。今人唐圭璋先生《南唐二主词汇笺》和王仲闻先生《南唐二主词校订》③汇录各种版本序跋和评论资料。目前词学界研究，一致认为中主现存四首，分别是《应天长》"一钩初月临妆镜"、《望远行》"玉砌花光锦绣明"、《浣溪沙》"手卷真珠上玉钩"和"菡萏香销翠叶残"。

据《南唐二主词校订》，李煜词作，可靠的有 30 多首，一般以亡国（975）为界分为前后期。也有将其词作分为三个时期，第一时期是李煜继位之前的词作，此时的李煜远离政事，明哲保身，博览群书，沉溺于美色花丛，词作多艳情词，如《浣溪沙》（红日），也有借以表明心迹者，如《渔父》词；第二时期从 25 岁

---

① 夏承焘：《唐宋词人年谱》，第 75 页。
② 龙榆生：《龙榆生词学论文集》，上海古籍出版社 1997 年版，第 202 页。
③ 王国维先生的次子王仲闻先生搜集各种版本、选本、笔记、词话等校订成书《南唐二主词校订》于 1957 年 6 月人民出版社出版，2007 年中华书局再版，本文所录南唐二主词均出自此书。

登上皇位,到39岁南金陵陷落,随着身份地位发生巨变,体现于词中也颇多复杂情愫,内忧外患使得这一时期李煜词作始终多一层难解的忧思;第三时期40岁至被赐身亡,从唯我独尊的皇座跌落到阶下囚的处境,人生非同寻常的体验表现于《虞美人》等词作中。笔者倾向于前后两期分法探讨李煜的词作。

(2)南唐其他词人

南唐政治经济条件优越,文化繁盛,加之统治者的大力倡导,君唱于上,臣和于下,朝野恬嬉以相娱乐。南唐立国尤多词人①,可惜其他词人作品大都失传。南唐其他词人的词作整理主要伴随着唐五代词的文本辑录。明万历年间董逢元曾辑录《唐词纪》16卷,收词948首;清康熙年间编纂《全唐诗》,于《附词》中亦收录唐五代词人67人,共即870首词作。这是明清时期唐五代词辑录整理的两项主要成果。② 20世纪,最早从事唐五代词辑佚整理的是王国维。整理出《唐五代二十一家词辑》,录花间词人、韩偓、李璟、李煜等21家词共684首,总体成就亦未能超出《全唐诗·附词》。1917年,刘毓盘著成《唐五代宋辽金元名家词集六十种辑》,辑录唐五代名家包括和凝、李璟、李煜等词作。1929年,林大椿辑录编纂《唐五代词》,收五代词人81家1147首作品,但未辑录已发掘刊布的部分敦煌曲子词作。80年代中期,张璋、黄畬合编《全唐五代词》,共收录170余人,凡2500余首作品,增收了敦煌曲子词约490余首和兵要望江南500首这两大宗作品,辑录范围之广超出前人。1999年曾昭岷、曹济平、王兆鹏、刘尊明等编撰《全唐五代词》在已有文献的基础上对唐五代词的辑录更为精审。这两部著作也是本文研究南唐其他词人文本的重要来源。

本文主要据两部《全唐五代词》,梳理出南唐除冯延巳、李璟、李煜外,还有一些著名人士有少量存词。

钟辐,江南人,咸通末以广文生为苏州院巡。存有《卜算子慢》一首:

桃花院落,烟重露寒,寂寞禁烟晴书。风拂珠帘,还记去年时候。惜春心,不喜闲窗绣。倚屏山,和衣睡觉,醺醺暗消残酒。独倚危阑久。把

---

① 刘毓盘:《词史》,上海书店影印出版1985年版,第54页。
② 刘尊明、赵晓涛:《20世纪唐五代词研究述略》,载《古典文学知识》,2000年第5期。

玉筍偷弹,黛娥轻斂。一点相思,万般自家甘受。抽金钗,欲买丹青手。寫别来,容颜寄与,使知人清瘦。

此词双调 89 字,九仄韵,宋后词均同此体。张德瀛云:"唐尚小令,自杜牧之《八六子》外,绝少慢声。咸通中,江南钟辐有《卜算子慢》词云云,词笔哀怨,情深而不诡,殆感于县楼之事而作也。"①

潘佑(995 年前后在世),本幽州人,徙居金陵。为南唐名臣,善属文,以文著称。《词苑丛谈》卷六言:"潘佑与徐铉、汤悦、张泌、俱有文名,而佑好直谏。"后主时潘佑任内史舍人,其文采亦得李煜赏识,但一直未让其进入最高权力集团。时值国势衰弱,人浮于事,潘佑屡次直言国主用人不当,言辞激切,李煜因而罢免其职,让潘专修国史以远离政坛。潘佑愤而上书七次,最后一次将李煜比作暴君夏桀、商纣,"使国家惛惛如日暮"②。李煜大怒,加之潘佑政敌张洎从中挑唆,欲治潘罪。潘佑闻讯,在家自尽。《全唐五代词》收录其《失调名》:"楼上春寒山四面,桃李不须夸灿漫,已失了春风一半"。

耿玉真,南唐女词人,存《菩萨蛮》:

> 玉京人去秋萧瑟,画檐鹊起梧桐落。欹枕悄无言,月和残梦圆。背灯惟暗泣,甚处砧声急。眉黛远山攒,芭蕉生暮寒。

其他词人还有成彦雄(951 年前后在世),字文干,南唐进士,著有《梅岭集》。《全唐五代词》收录《杨柳枝》十首。孙鲂,字伯鱼,南昌人,师从郑谷,与沈彬、李建勋友善,有集五卷。《全唐五代词》录其《杨柳枝》十首。韩熙载(902～970),字叔言,北海人,后唐进士,仕南唐,存《杨柳枝》一首。徐铉(916～991),字鼎臣,广陵人,能文,与韩熙载齐名,时人谓之韩、徐,仕南唐,官至吏部尚书,入宋为散骑常侍,收录其词二十九首。陈陶,字嵩伯,岭南人,南唐昇元中隐洪州,录词十一首。由于客观条件和文本资料的限制,本文主要研究以李璟、李煜、冯延巳为代表的南唐词人词作。

刘熙载评价五代词"五代小词,虽小却好,虽好却小",五代词特点之一便

---

① (清)张德瀛:《词征》卷五,引自张璋、黄畲编《全唐五代词》,第 498 页。
② 陆游:《南唐书》卷 10,第 311 页。

是"小",南唐词人创作多为小令。南唐受江南地域文化和特定时代因素的影响,与同时代词派相比,表现出鲜明的风格。学者罗宗强评论南唐文学有重抒情的特质:

> 它反映的是偏安一隅的小朝廷君臣们的复杂感情,有纵欲逸乐,又有亡国之痛的惆怅与悲哀;有沉酒闺阁脂粉,也有人世无常的叹息;有脉脉情怀,也有淡泊的尘外之意。但总的基调是脆弱的,与盛、中唐甚至晚唐中间的抒情基调都不同,都要低沉得多。①

南唐词典型地体现出南唐文学的这些特点。李易安《词论》云:"五代干戈,四海瓜分豆剖,斯文道熄。独江南李氏君臣尚文雅,故有吹皱一池春水之词。语虽奇甚,所谓亡国之音哀以思者也。"②杨希闵《词轨》卷二亦评:"二主词读之使人悄怆失志,亡国之响也。真意流露,音节凄婉",是对南唐词的总体词风比较准确的概括。

本章小结:五代是江南社会继六朝之后又一个大发展时期,江南经济、文化、政治、教育等都有显著提升,并在这一时期显示出古代社会经济、文化重心南移的趋势。应运而生的南唐文化追本溯源,其文化成就与江南地区偏安的社会环境,中原士人南渡、统治者的崇文思想以及有效的文化建设举措、文化积蓄等密切相关,在继承江南文化传统精神的同时也带有鲜明的时代印记。作为词学上的一个重要流派,南唐词派代表词人及存词虽不算多,但这并不影响它在词史及文学史上的重要地位。词派创作主体显赫的身世、良好的家学修养和独特的审美、艺术感受,对提升词体地位及进一步完善词体都起了关键的作用。

---

① 罗宗强:《隋唐五代文学思想史》,中华书局1999年版,第406页。
② 《词话丛编》,中华书局1986年版,第202页。

三、南唐词中江南的表象特征

　　杨海明先生在《唐宋词史》中提出：唐宋词在其整体上表现出了相当明显的"南方文学"特色。表征为，从词的产地看，词发展中经历过两次大的转移，从农村到城市，从北方到南方；唐宋词人大多是南方人和在南方生活过的人并遥继前代南方文学。① 此论断为学界进一步研究词的特点及词与地域文化关系等给出了有益的启示。从词本身来看，词不似诗凝重有力，长短句句式多回环宕折和摇曳妍美之致，更善于表现深细、柔化的感情。张炎评论"簸弄风月，陶写性情，词婉于诗"。② 词的这些文体性质与江南文化的主体的阴柔风格暗合。词学家缪钺论词具有文小、质轻、境隐、径狭的特点，往往借助于山川天地鸟兽花木营造语境，"言天象则微雨断云疏星淡月；地理则远峰曲岸烟渚渔汀；鸟兽则海燕流莺乌鹊新雁；草木则残红飞絮芳草垂杨"。③ 这些景物出现在辽阔的北方大地上似乎过于纤巧，在南方则"本色当行"，极易造就情深韵远的语境。宋人王琪有《望江南》十首，即咏常见景物在江南的特有风姿，江南柳、江南酒、江南燕、江南竹、江南草、江南雨、江南水、江南岸、江南月、江南雪，结合江南特有的地理环境和风物，将江南描绘的可谓声色具备，美不胜收，如"烟浪远相连"、"西塞山前渔唱远，洞庭波上雁行斜"、"帆去帆来天亦老，潮生潮落日还沈"。人类的心理结构有相似之处，审美对象的结构和形式会激起人们相同或近似的对应性心理反应，从而产生美感。"就是那些不具意识的事物——一

---

① 杨海明：《唐宋词史》，天津古籍出版社1998年版，第12～16页。
② （宋）张炎：《词源》，词话丛编本，第255页。
③ 缪钺：《诗词散论》，上海古籍出版社1982年版，第58～61页。

块陡峭的岩石、一棵垂柳、落日的余晖、墙上的裂缝、飘零的落叶、一汪清泉甚至一条抽象的线条、一片孤立的色彩或是在银幕上起舞的抽象形状——都和人体具有同样的表现性"。① 这旁证了有鲜明地域特色的江南风物与词某些特质暗合并适合于表现人的细微之情。

唐五代著名词人大都有在江南生活的经历或本身就是南方人,以刘、白、温、韦为例,刘禹锡(772～842),字梦得,唐朝彭城人,祖籍洛阳。刘禹锡的父亲刘绪,因避"安史之乱"随家族东迁,寓居浙江嘉兴。刘禹锡18岁之前都在江南度过,因此诗文中常自称越客,越郎。如《将赴苏州途出洛阳留守李相公累申宴饯》云:"越郎忧不浅,怀袖有琼英。"还写下了被誉为金陵怀古之冠的《西塞山怀古》,对江南有很深情感。

白居易(772～846),字乐天,太原人。唐德宗朝进士,元和三年(808)拜左拾遗,后贬江州(今属江西)司马,忠州(今属四川)刺史,后又为苏州、同州(今属陕西大荔)刺史,一生有着丰富的江南经历。诗文中描写江南的片段不胜枚举,最为人知赏的是组诗《忆江南》(江南好,风景旧曾谙),更有《长庆二年(822)七月自中书舍人出守杭州路次蓝溪作》云:"甚觉太守尊,亦谙鱼酒美。因生江海兴,每羡沧浪水。"流露出对江南生活的喜爱。

温庭筠(812?～866),唐初名臣温彦博之孙。曾为随州方城尉,官至国子助教。《唐才子传》评其才情艳丽,尤工律赋。温庭筠虽有才情,但屡试不第,又官场不得志,遂游江东。② 温虽才高人微,为人且狂傲,放浪形骸,这使他在江东有更多的机会接触歌妓舞女,行迹酒馆秦楼,并"代言闺请",江南生活成就了温庭筠词坛地位。

韦庄(836～910),字端己,杜陵人。《唐才子传》卷十云:"庄(韦庄)早尝寇乱,间关顿踬,携家来越中,弟妹散居诸郡。西江、湖南,所在曾游,举目有山河之异。"黄巢起义,藩镇割据乱离中,韦庄在882年举家从长安迁到洛阳,不

---

① (美)鲁道夫·阿恩海姆:《艺术与视知觉》,四川人民出版社1998年版,第623页。
② 《旧唐书》卷190列传140载:温庭筠者,太原人……然士行尘杂,不修边幅,能逐弦吹之音,为测艳之词,公卿家无赖子弟裴诚、令狐缟之徒,相与蒲饮,酣醉终日,由是累年不第。徐商镇襄阳,往依之,署为巡官。咸通中,失意归江东。

久避乱江南,在金陵、润州、婺州等地辗转流寓长达 10 年,期间写有多首关于江南的诗词,包括著名的《菩萨蛮》(人人尽说江南好),在江南流连光景中,心怀故国惆怅。这些词作与单纯的描写江南景致相比更倾向于倾诉一种内心的感受,从而丰富了以江南生活为主题的诗词内容和情感体验。

江南生活对刘、白、温、韦为代表的中晚唐诗人的人生和文学创作产生了极大的影响,江南生活不仅唤起他们心底的诗情和审美意识,更重要的是经历了惨淡政治人生后,转而关注文以载道,伦理束缚之外的精神情感。

(一)江南典型物象群

1. 水、雨、春秋

南唐词中多江南风物,首先体现在以水为中心的意象选择上。

在中国文化中,水不仅仅是自然之物,它是有意味的。古人很早就从水的自然特性衍化出人文和社会内涵。早在上古时期,《尚书·洪范》曰:"(五行)一曰水,二曰火,三曰木,四曰金,五曰土。水曰润下,火曰炎上,木曰曲直,金曰从革,土爱稼穑。润下作咸,炎上作苦。曲直作酸,从革作辛,稼穑作甘。"五行相生相克,水不仅仅是直接意义上的物质而是构成万物的元素与火、木、金、土一起成为抽象与具象的统一,是种特殊的共相符号。

随着社会发展,移情关照的水被赋予道德色彩。中国哲学有重视直观感悟的特点,老子《道德经》第八章曰:"上善若水,水善利万物而不争,处众人之所恶,故几于道。"七十八章曰:"天下莫柔弱于水,而攻坚强者莫之能胜,以其无以易之",利用水柔和韧的特性,以水释道。儒家则用水比喻智慧和道德。孔子曰:"知者乐水,仁者乐山。"《荀子·宥坐》篇云:

> 孔子观于东流之水。子贡问于孔子曰:"君子之所以见大水必观焉者是何?"孔子曰:"夫水,大遍与诸生而无为也,似德;其流也,埤下裾拘,必循其理,似义。其乎不尽,似道。若有决行之,其应佚若声响,其赴百仞之谷不惧,似勇。主量必平,似法。盈不求概,似正。约微达,似察。以出以入,以就鲜洁,似善化。其万折也必东,似志。是故君子见大水必观焉。"

先哲所谓的"水"远远超出了自然界的简单指称,对应着多种价值判断和人的品行,不啻人文精神的表征。在文学上,水的内涵更为丰富,极具审美价值。人们赋予日常形态的水以不同的含义和象征,蜿蜒清澈的溪流多灵性轻扬,绵延长流的江水则象征悠长历史或人生,浩瀚无边的海水高深阔远富于神秘想象。文学中普遍常见的是水象征时间流逝的逝水意象和象征缠绵阴柔的情感意象。子在川上曰:"逝者如斯夫,不舍昼夜。"先哲由滔滔江水的一往直前,一去不返,想到时间也是如此,光阴倏忽,失不再来。无形的时间体验和时空观借助有形的流水表达出来,形象而富于哲理性。后世文人的逝水情结可谓源此。伴随逝水情结的便是时光飞逝的感触,如"逝川与流光,飘忽不相待"(李白《古风十一》),"驰波催永夜,零露逼短晨"(鲍照《代嵩里行》),"光阴可惜,譬诸逝水"(《颜氏家训·勉学》)。

《淮南子·天文训》曰:"阴气为水。"中国审美文化传统中还往往将水的绵延不息形态,柔韧的特征与人内心缠绵的情感相连,进而生发出流水思慕怀人的象征意象。《诗经·国风·汉广》云:"汉有游女,不可求思。汉之广矣,不可泳思。江之永矣,不可方思。"主人公面对浩瀚江水表达对游女企慕难求的感伤之情,辅之以重章叠句,有一唱三叠、回环往复之效。又如《蒹葭》云:"所谓伊人,在水一方;溯洄从之,道阻且长,溯游从之,宛在水中央。"曲折委婉,绵延的秋水宛若心中延伸的思念和企慕。钱钟书《管锥编》评曰:"取象寄意,金同《汉广》《蒹葭》。抑世出世间法,莫不可以'在水一方'寓慕悦之情,示向往之境。"①《诗经》用水意象烘托传达思恋情感很具有代表性,并为后世文人效仿,如建安七子之一徐幹《室思》曰:"思君如流水,何有穷已时。"南朝诗人何逊《野夕答孙郎擢诗》"思君意不穷,长如流水注",都是将缠绵怀人之情感付诸流水,乐府民歌中更有"长江不应满,是侬泪成许"(《华山畿》)之语。

江南,水乡泽国,水堪称江南的灵魂。南唐都城金陵,襟江带河,依山傍水,长江在境内长度达95公里,江面宽阔,气象万千。古诗中有很多赞誉此处的诗句,如,"天门中断楚江开,碧水东流至此回"(李白《望天门山》),"地拥金陵势,城回江水流"(李白《金陵》),"地势东回万里江"(王安石《金陵怀古》)。

---

① 钱钟书:《管锥编》第1册,三联书店2007年版,第209~210页。

在江南有秦淮河,江北有滁河,此外还有玄武湖、琵琶湖、紫霞湖、莫愁湖等众多河流湖泊。可以说水构成了南唐人最重要最基本的生活环境。因此南唐诗文中"水"可随手拈来。《寄赠致仕沈彬郎中》李中言"有时乘一叶,载酒入三湘",李建勋《正月晦日》云"泉暖声才出,云寒势未收",徐铉《临石步港》:"埼岸堕萦带,微风起细涟。"又如冯延巳《虞美人》:"春山拂拂横秋水,掩映遥相对",《临江仙》:"隔江何处吹横笛? 沙头惊起双禽"。李煜善画,《宣和画谱》云:(李煜)画"楼观、舟船、水村、渔市、花竹,散为景趣,虽在朝市风埃间,一见便如江上"。

李煜词作有一首《望江梅》:

> 闲梦远,南国正芳春。船上管弦江面绿,满城飞絮混轻尘。忙杀看花人。

> 闲梦远,南国正清秋。千里江山寒色远,芦花深处泊孤舟,笛在明月楼。

小词描写的是水乡春秋季节的不同风光。当春回大地,姹紫嫣红,石头城旁的长江,尤其是穿城而过的秦淮河绿波微澜,一碧万顷之上,白帆往来如织,画舫轻摇,丝竹之声不绝于耳。深秋时节,又是另外景象,天水一色,江面苍茫辽阔,平添萧瑟之情,诗意无限。

在金陵城内,南唐禁宫之中,赖于得天独厚的地理条件,南唐人也能凿地为池。李煜词中多处描写在宫中宴游赏乐的场景,如"何妨频笑粲,禁苑春归晚"(《子夜歌》),"还似旧时游上苑,车如流水马如龙"(《望江南》)、"别殿遥闻萧鼓奏"(《浣溪沙》)、"同醉与闲评,诗随羯鼓成"(《子夜歌》),"时后主于群花间作亭,雕镂华丽,而极迫小,仅容二人,每与后酣饮其中"。[①] 南唐人"足不出户"便可尽享山水之胜。南唐词中"水"无处不在,千姿百态,有"碧波"、"池馆"、"春水"、"寒波"、"银涛"等,"北枝梅蕊犯寒开,南浦波纹如酒绿"(冯延巳《玉楼春》)之清、"千里江山寒色远"(李煜《望江梅》)之阔、"河畔青芜堤上柳"(冯《鹊踏枝》)之柔、"南国池馆花如雪,小塘春水涟漪"(冯延巳《临江

---

① 陆游:《南唐书》卷13,第336页。

仙》)之灵动,充满自然之致,也是南唐词清雅词风的重要体现。

日暮一笛起,扁舟垂钓归。苍烟暮霭,江南渔舟,生成发展了不同于北方耕作文化的水乡文化。在这里,人的精神似乎就流贯于山水大自然中。江南之灵山秀水及相关物象自然而然深入到南唐人的潜意识,成为一种情结。水溢满诗情和画意,也沉淀人生百味九曲回肠。"诗思浮沉樯影里,梦魂摇曳橹声中",行舟水上烟波浩渺,有直挂云帆济沧海的豪情,有孤帆远影惺惺相惜的落寞,有红粉佳人的脉脉情愁,悠悠心曲,也有过尽千帆沧海横流的闲远和淡然。

试看冯延巳《应天长》:

> 石城山下桃花绽,宿雨初收云未散。南去棹,北归雁,水阔天遥肠欲断。倚楼情绪懒,惆怅春心无限。忍泪蒹葭风晚,欲归愁满面。

女子高楼独倚,心中脉脉情愫,源于相思离愁。小词将闺情置于水阔天遥的情景之中,并辅之以"雨","雁","棹",更显寂寥消沉之情。冯延巳拟作闺音的艳情词多属此类,如"当时携手高楼,依旧楼前流水"(《三台令》),"娇鬟堆枕钗横凤,溶溶春水杨花梦"(《菩萨蛮》),"燕鸿远,羌笛怨,渺渺澄江一片"(《芳草渡》),人去楼寒,往日的眷恋与怅惘,有情人的思念期盼,欢情之浅薄,千万思绪,凭谁说,只能付诸眼前碧波。

李煜早期的《渔父》词则表达了对渔父自由生活的向往:

> 浪花有意千重雪,桃李无言一队春。一壶酒,一竿身,世上如侬有几人。

> 一棹春风一叶舟,一纶茧缕一轻钩。花满渚,酒满瓯,万顷波中得自由。

词作风淡云轻,描述渔父洒脱、无所羁绊自由自在的生活,寄予着李后主"思追巢(父)、许(由)之余尘,远慕(伯)夷、(叔)齐之高义",所期许的理想人生状态。

南唐词中的"水"不独是这般闲远寄闲情。阔远江水,浩渺烟波,往往融入文人士大夫盘旋心底鲜为人知的宦海沉浮,人生不称意等生命体验。"年关往事如流水,休说情迷"(冯延巳《采桑子》),"独立荒池斜日岸,墙外遥山,隐隐连天汉"（冯延巳《鹊踏枝》）。"魂梦万重云水，觉来还不睡"（冯延巳《应天长》），"万重云水"让人感觉似陷在重重包围阻隔中难以挣脱，可以想见心理之沉重。李煜后期词作，多以水喻愁，以水之无边无际，滔滔不绝形容内心愁苦之深之切之真。如《虞美人》"问君能有几多愁，恰似一江春水向东流"，《乌夜啼》"世事漫随流水，算来一梦浮生"，"自是人生长恨，水常东"。唐岑参就有"昔时流水至今流，万事皆逐东流去"（《敷水歌送窦渐入京》）之句，道出了物是人非万般皆付流水之感。

以水喻愁并非始自李煜，罗大经《鹤林玉露》卷七云：

> 诗家有以山喻愁者，如少陵诗云："忧端如山来，鸿洞不可掇。"赵瑕诗："夕阳楼上山重叠，未抵春愁一倍多。"是也。有以水喻愁者，李顾诗曰："请量东海水，看取浅深愁。"①

刘禹锡《竹枝词》亦以水喻愁："山桃红花满上头，蜀江春水拍山流。花红易衰似郎意，水流无限似侬愁。"又如秦观《江城子》："便作春江都是泪，流不尽，许多愁。"比较视之，刘词中水多起兴之意，饶有民歌简单明快之感；秦观词则偏于阴柔。后主词"一江春水"显然比直接言"水"更为生动，有滔滔不绝之感，将愁比作一江春水，无穷无尽，绵延不断，直有不堪说之意，震撼人心。俞陛云评述，后主之"恰似一江春水向东流"九字，真伤心人语也。② "七情所至，浅尝者说破，深尝者说不破。破之浅，不破之深"。③ 后主此词可谓妙在未说破。

南唐词中的水意象，除单独运用外，还多与月、花等构成复合意象，如："晚凉天净月华开。想的玉楼瑶殿影，空照秦淮"，"流水落花春去也，天上人间"（李煜《浪淘沙》），"花叶脱霜红，流莺残月中"，"溶溶春水杨花梦"（冯延巳《菩萨蛮》），"待月池台空逝水，荫花楼阁漫斜晖"（冯延巳《浣溪沙》），等等。词人通过这些典型的意象组合传达感情体验，所创造的意境极易与读者平常积累的日常情感经验相交汇，因此即使不需对作者的具体情事，词作本事作更

---

① 张璋、黄畬：《全唐五代词》，第446页。
② 同上，第446页。
③ 明人沈际飞语，《唐宋词汇评》（唐五代卷），浙江教育出版社2004年版，第567页。

多的了解,亦可直接与其中所凝聚的人类的共有的感情体验产生共鸣,这也可以说是南唐词有巨大感染力的原因之一。

2. 雨

雨也是南唐词中的典型意象。水乡多雨,张籍在《楚妃叹》中云:"江南雨多旌旗暗"。江南胜景少不了迷蒙烟雨的点缀,苏轼名诗《饮湖上初晴后雨》中"水光潋艳晴方好,山色空濛雨亦奇",便写出了蒙蒙细雨结合江南水气所形成的朦胧美感。

雨中江南别有一番景致,"风回云断雨初晴,返照湖边暖复明"(白居易《南湖春早》),"一夕轻雷落万丝,霁光浮瓦碧参差"(秦观《春日》),"山中一夜雨,树杪百重泉"(王维《送梓州李使君》)。雨亦是古典文学中常见的抒情意象,《全唐诗》中雨的意象达 7000 多处①。自然中的雨形态万千,有"黑云翻墨未遮山,白雨跳珠乱入船"(苏轼《六月二十七日望湖楼醉书》)之猛;"骤雨忽如注,急雷翻银涛"(清黄景江《春夜杂咏》)之急;"雨来细细复疏疏,纵不能多不肯无。似妒诗人山入眼,千峰故隔一帘珠"(杨万里《小雨》)之细,无不唤起诗人文思盎然。不过具有普遍审美意义的往往还是江南一帘细雨,如丝如柳,烟雨氤氲。宗白华先生在《论文艺的空灵与充实》一文中引用李方叔《虞美人》"好风如扇雨如帘,时见岸花汀草涨痕添"句,而后说:"风风雨雨,也是造成间隔化的好条件,一片烟水迷离的景象是诗境、是画意。"②江南斜风细雨本身就充满了诗情画意。在南唐词中,"雨"不啻一幅韵味隽永的画面:

庭前春逐红英尽,舞态徘徊。细雨霏微,不放双眉时暂开。(冯延巳《采桑子》)

苯苯香坠,紫菊气,飘庭户。晓烟笼细雨。(冯延巳《谢新恩》)

帘外微微,细雨笼庭竹、满眼游丝兼落絮,红杏开时,一霎清明雨。(冯延巳《鹊踏枝》)

秋风多,雨相和,帘外芭燕三两案,夜长人奈何。(冯延巳《浣溪沙》)

---

① 傅道彬:《晚唐钟声——中国文化的原型批评》,东方出版社 1996 年版,第 129 页。
② 宗白华:《美学散步》,上海人民出版社 1981 年版,第 26 页。

青鸟不传云外信,丁香空结雨中愁。(李璟《浣溪沙》)

在词人笔下,雨已不是单纯的自然形态,而是蕴藉丰富的情感。人内心的细微幽眇不容易捕捉,难以言说的思绪依托于某一具体可见的物象来表达,细雨之连绵亦如同缠绵不绝、连绵不断的思绪。在有心人看来雨有欢欣,有哀伤,是多思,亦有凄苦。

细雨流年:

江南疏疏细雨带给诗人更多的是生命静谧澄明的思索,而不是荡气回肠的生命张力。蒋捷有很有名的《虞美人·听雨》:

少年听雨歌楼上,红烛昏罗帐。壮年听雨客舟中,江阔云低断雁叫西风。而今听雨僧庐下,鬓已星星也。悲欢离合总无情,一任阶前点滴到天明。

寥寥数语,写尽半生沧桑,雨成为伴随着人一生的经历和情感流动的媒介。少年听雨,尚是留连风月,壮年听雨,已增人世浮沉飘零之感,而今听雨,昔日少年鬓已星星,雨依然,人却已从少年到白头。

关于雨,南唐词冯延巳也有很著名的词,"细雨湿流光,芳草年年与恨长"(《南乡子》)。"细雨湿流光"五个字营造出意味隽永的境界,仿佛一切被定格在朦胧细雨中,却不觉韶华已逝,不仅抒发流年飞逝感慨,"湿"、"恨"也流露出词人内心无法言说的复杂况味。

王若虚《滹南诗话》引萧闲语云:"盖雨之至细若有若无者,谓之梦。"蒙蒙细雨似乎更易营造梦幻般的境界。李璟《摊破浣溪沙》中写道:

菡萏香销翠叶残,西风愁起绿波间。还与韶光共憔悴,不堪看。细雨梦回鸡塞远,小楼吹彻玉笙寒。多少泪珠无限恨,倚阑干。

"鸡塞",龙榆生先生认为是指南京鸡鸣埭,盖此词写于南唐迁都洪州之后,"淮南震惊,奉表削号"[1],"南都迫隘,群下皆思归。国主亦悔迁。北望金陵,郁郁不乐"[2]。中主迫于强敌压境国都南迁,心怀忧惧却无力抗争,无以排

---

① 《十国春秋》卷16,第236页。

② (宋)陆游:《南唐书》本纪卷2,第233页。

解,忧愤郁结。细雨朦胧中,不免触景生思,回想昔日金陵盛世,梦中鸡塞犹如当日,梦醒后却更觉凄冷。陈廷焯《白雨斋词话》评此词"沉之至,郁之至,凄然欲绝"。①

夜雨寄怀:

雨打芭蕉,雨落残荷,雨滴梧桐,诸如芭蕉、梧桐此类的南方植物叶子偏厚且大,雨落上面倍显清脆,诗词中常用此情景渲染气氛。如"雨打疏荷折"(冯延巳《鹊踏枝》),"一树樱桃带雨红","中庭雨过春将尽,片片花飞"(冯延巳《采桑子》)。自然的意象往往能唤起诗人敏感心灵或感官知觉的意义表达。如果是在雨夜、无眠之夜,这些声音自然更易唤起无尽思绪,不仅倍增寂寥之感,而且似乎有着穿透心灵的力量。白天的雨充满诗情画意是天然画卷,夜晚的雨则如同天籁,是音乐绝响。南唐词中雨多为夜雨,如冯词:

> 雨罢寒生,一夜西窗梦不成。(《采桑子》)
>
> 画堂昨夜愁无睡,风雨凄凄。(《采桑子》)
>
> 斜月朦胧,雨过残花落地红。(《采桑子》)
>
> 昼雨新愁,百尺虾须在玉钩。(《采桑子》)

心情愈是凄凉,雨声愈是冷清惊心,凄风苦雨,所谓凄苦,所谓寒、孤,不仅仅是外在天气变化之感,更是人内在情感的体验和表达。夜的静谧映衬着淅淅雨声,诗人的心绪也随之蔓延飘洒。李煜后期的词作多作于雨夜,似乎只有在这样的情境中,诗人孤寂游荡的灵魂才能得以片刻诗意的栖居。

> 帘外雨潺潺,春意阑珊,罗衾不耐五更寒,梦里不知身是客,一晌贪欢。独自莫凭栏,无限江山,别时容易见时难。流水落花春去也,天上人间。(《浪淘沙》)

南唐李后主归朝后,每怀江国,且念嫔妾散落,郁郁不自聊。尝作长短句"帘外雨潺潺"含思凄婉,未几下世。② 这首词也被视作后主的绝命词。阑珊春意,潺潺春雨,今夕何年,半生富贵,竟落得如此境地,感叹只不如常在梦中。

---

① (清)陈廷焯:《白雨斋词话》卷一,《唐宋词汇评》(唐五代卷),浙江教育出版社 2004 年版,第 486 页。

② (宋)蔡绦:《西清诗话》,张璋、黄畲编《全唐五代词》,第 479 页。

身着的薄薄罗衾似乎也难抵乍暖还寒的雨夜,更掩饰不住内心悲凉深重的寒意。

又如《乌夜啼》:

> 昨夜风兼雨,帘帷飒飒秋声。烛残漏断频欹枕,起坐不能平。世事漫随流水,算来梦里浮生。醉乡路稳宜频到,此外不堪行。

窗外风雨疏疏,屋内残烛人难眠,“起坐不能平”暗示主人公微妙而复杂的内心活动,辗转反侧和着风雨思量浮生。一个“算”字,饱含多少无奈与不为人知的痛苦。这两首词,虽作于不同时令,却同为寂寥雨夜,形单影只,读之不觉寒意袭身,感慨良深。

与泪同滴:

以“雨”为主要意象的南唐词还有一部分雨与泪相映,通过对眼前之景的层层描述,步步深入,景趋情亦趋,景深情亦深。如“细雨泣秋风,金凤花残满地红”(冯延巳《南乡子》),“雨横风狂三月暮,门掩黄昏,无计留春住。泪眼问花花不语,乱红飞过秋千去”(冯延巳《蝶恋花》)。尤其是李煜亡国后遭遇身世变故,九五之尊一朝成为阶下囚,满腔羞辱、悲愤无处诉说,只能倾诉于词中:“无奈朝来寒雨晚来风。胭脂泪,留人醉,几时重。自是人生长恨水长东”(《乌夜啼》)。花本无泪,是人有泪,此时的雨已化作泪,雨泪同滴。在《望江南》中,后主心中的苦闷悲愤更是与泪同时涌动而出,“泪”字竟连续出现三次:

> 多少恨,昨夜梦魂中:还似旧时游上苑,车如流水马如龙,花月正春风!

> 多少泪,断脸复横颐。心事莫将和泪说,凤笙休向泪时吹。断肠更无疑!

李煜主要的个性特征之一是软弱,徐铉在《宋追封吴王陇西公墓志铭》中评价李煜:“本以恻隐之性,仍好竺乾之教。草木不杀,禽鱼咸逐,赏人之善,常若不及;掩人之过,惟恐其闻。以致法不胜奸,威不克爱。”遭遇突变,亡国被俘后后主不是作困兽般的激烈反抗,而是“此中日夕只以泪洗面”①。此时的他

---

① (宋)王铚:《默记》,丛书集成初编本。

不仅仅承受着肉体的折磨,更深味着人生的悲哀。而李煜个性真淳的一面,使他对自己的深哀与剧痛不刻意掩饰,不用曲意,直接倾泻,倾吐为词,并一任感情宣泄,这种宣泄无理性,无节制,无限度,穿越时空的维度,融合实境虚境,贯穿旧事新境,将意象的苍茫辽阔与内心的无边苦恨惶惶合二为一,从而创作出神奇的艺术效果,可以说词人内心之复杂悲痛之情直抵人心。

3. 四时

诗和春都是美的化身,一是艺术的美,一是自然的美。① 草木生息枯荣,风霜雨露变迁流转,人们在宇宙的更换交替中感知自然,获取生命原动力。对于敏感气质的诗人来说,外在客观景物的变化直接刺激他们的审美知觉和情感,"景生情,情生景",与自然的往复交流中,获取、移植宣泄种种审美体验。传统文化中四时变更引发人的情感波动较早引起关注,两汉以来人们多持"物感说"强调四时变更与文思创作的关系。陆机《文赋》中云:"遵四时以叹逝,瞻万物而思纷;悲落叶于劲秋,喜柔条于芳春……慨投篇而援笔,聊宜之乎斯文",刘勰《文心雕龙·物色》篇进一步从文学发生和创作角度对自然四时和文学关系做了评述,"春秋代序,阴阳惨舒,物色之动,心亦摇焉……山沓水匝,树杂云合。目既往还,心亦吐纳"。《淮南子·缪称训》中亦有"春女思,秋士悲,而知物化矣"之语。早春万物萌生、鸟语花香的物象特征,契合文人敏感多思的心,而暮春晚秋的凋零凄迷景象,也易渲染思妇游子的惆怅伤感情怀。唐志契《绘事发微》:"岂独山水,虽一草一本,亦莫不有性情,若含蕊舒叶,若披技行干,虽一花而或含笑,或大放,或背面,或将谢,或未谢,俱有生化之意。"通过对客观事物直接观察和感受,体悟自然的生命意识和自我主体自觉性。"江南春色,算来是、多少胜游清赏"(宋陈亮《念奴娇》)。江南春秋胜景美不胜收,词人心理状态亦易投注到相应的景色中。欢愉时"风暖云开晚照明,翠条深映凤凰城"(徐铉《柳枝词》);悲伤时"每到春来,惆怅还依旧"(冯延巳《鹊踏枝》)。

唐五代词因词体自身发展和功能的限制,大体上多儿女之情,形成了写景则闺阁亭台之景,抒情则伤春怨别之情的特点,因而词作中抒情主人公的情感

---

① 宗白华:《美学散步》,第25页。

多依附于春秋之景,如花间词人毛文锡"因梦江南春景好,一路流苏羽葆。笙歌未尽起横流,锁春愁"(《柳含烟》);温庭筠"荡子天涯归棹远,春已晚,莺语空肠断"(《河传》);顾敻"秋夜香闺思寂寥,漏迢迢"(《杨柳枝》)。南唐词四时作品中,也有很多悲春悼秋之作,不过与花间词娱人取向不同,他们多是借用春恨悲秋、离愁别绪的主题,表现词人在特定环境下的感受和情怀,抒发国运家微的哀思。

如冯延巳《鹊踏枝》:

> 谁道闲情抛弃久?每到春来,惆怅还依旧。日日花前常病酒,镜里不辞朱颜瘦。河畔青芜堤上柳,为问新愁,何事年年有,独立小桥风满袖,平林新月人归后。

冯词多置主人公于春秋之景,雨打疏荷、秋雨淅淅、寒山烟笼,倍增伤春悲秋之感,凸显女性之纤弱,真可谓愁心似醉兼如病。这首词便是典型之作,因情造境,借景写情。抒情主人公身份不俗,却闲情不寻常,每到春来,惆怅依旧,极言惆怅之深之绵长,即使锦衣硕食,亦掩不住日渐消瘦的容颜。愁谓何,何事愁,读者却终不得解。

冯延巳似乎对"独"、"孤"、"愁"、"寒"钟情,如"独倚梧桐"、"独自寻欢"、"开眼新愁"、"楼上春寒山四面"、"独立小楼风满袖,平林新月人归后。"并且词中"孤灯"、"孤月"、"孤雁"、"寒风"、"寒衣"、"寒月"、"寒山"、"寒屏"、"寒江"等意象层出不穷。这些意象往往重叠交错使用,并置于春暮秋寒中,衬以这些意象,主人公似乎也总是满腹心事无端惆怅,不可名状却又挥之不去。以这首《更漏子》为例:

> 雁孤飞,人独坐,看却一秋空过。瑶草短,菊花残,萧条渐向寒。帘幕里,青苔地,谁信闲愁如醉。星移后,月圆时,风摇夜合枝。

这首词有民歌趣味,却用语疏淡凄清抒写孤寂秋思。"孤"、"独"、"残"、"寒"连用,重重渲染浓浓而萧瑟的秋意。秋心谓愁,瑟瑟秋风中人独立,伤心人见伤心事,草短,菊残,更觉迷蒙凄切,仿佛我亦萧条如斯。物非物,我非我,只是不堪看,只能遥想他日重逢月圆。此阕情语景语相生,不事雕琢胜雕琢,寓主人公不胜凄寂心绪。

李璟存词不多,仅以《摊破浣溪沙》"菡萏香销翠叶残,西风愁起绿波间"为例,词作生动显现秋风初至,夏荷将凋,池中荷叶随绿波浮沉的景象,季节交替的敏感,眼前景似唤起中主心头隐隐的愁情。与杜牧《齐安钧中偶题》"多少绿荷相倚恨,一时回首背西风"有异曲同工之妙。

李煜词中出现春20次,秋14次,后主本是感情细腻之人,观察力和感受力极为细致和敏锐,况且胸有所郁,触处伤怀,故自然界的一草一木都能激起其内心波澜。春秋代序,更引其诗绪如潮。如这首《蝶恋花》:

> 遥夜亭皋间信步,乍过清明,早觉伤春暮。数点雨声风约住,朦胧淡月云来去。桃李依依春暗度,谁在秋千,笑里低低语?一片芳心千万绪,人间没个安排处。

喧嚣罢入夜独自闲庭信步,眼前风收残雨,映以淡月。欢情不觉岁月老,春去春来春又逝,留不住这春光无限,可叹春愁几许,天地之大,竟无处寄托。又如《清平乐》:

> 别来春半,触目柔肠断,砌下落梅如雪乱,拂了一身还满。雁来音信无凭,路遥归梦难成。离恨恰如春草,更行更远还生。

这首词的本事,多数人视作是为想念留宋的皇弟从善而作。971年李后主听说宋灭了南汉并屯兵汉阳,十分恐惧,派弟郑王从善朝贡宋,从善由此羁留宋。974年李后主上表宋太祖请求遣从善归,宋太祖不答应。后主痛惜手足情深,自从善不还,取消了每年游宴。陆游《南唐书·从善传》云:"(从善不还)后主愈悲思,每凭高北望,泣下沾襟,左右不敢仰视。"这首小词写词人春日睹花思人,如词中所描,落梅如雪,"触目"惊心,拂了一身还满,说明人久立花前,也含蓄指出心中愁绪,始终挥之不去。下片由实到虚,心中想念的人音信渺茫,眼前春日芳草无涯,离恨亦似此。

李煜后期词作多悲春悼秋,并渗入了深刻的社会、生命含义。如"林花谢了春红,太匆匆,无奈朝来寒雨晚来风"(《乌夜啼》)之语,不正面写风雨之猛烈,狂风催花,花片纷扬之狼藉,只写春逝花谢之结果,用意极为蕴藉,仿佛一切都了无痕迹,却顷刻间换了天地,使人从中体会到未道破的非同一般的、重大的变化和感情起伏。"太匆匆"之语,饱含太多无奈和酸楚,这种丰富的情感显然不同于前期伤春迟暮平常之情。

再看后主两首著名的秋词：

《乌夜啼》：

> 无言独上西楼，月如钩。寂寞梧桐深院，锁深秋。剪不断，理还乱，是
> 离愁。别是一般滋味，在心头。

"词固言情之作，然但以情言，薄矣。必须融情入景，由景见情"。[①] 这首词作于深秋之夜，小楼、冷月、寂寞梧桐，处处渲染词人不胜凄冷孤寂之意。

《浪淘沙》：

> 往事只堪哀，对景难排，秋风庭院藓浸阶，一任珠帘闲不卷，终日
> 谁来？

这首词很明显写于被俘之后，凄苦心情伴随着瑟瑟秋风，往事已不堪，"对景难排"，"排"，说明心中哀怨何等之深之真；"终日谁来"，不止是冷清，更觉一种煎熬和痛苦。谁来？谁会来？还有谁来？谁愿意来？此词极尽被囚生活之悲愤。

下面将李煜词按词调、季节、表现主题做一统计：

表 1：李煜词中的时序与表现主题

词调	季节	时间	主题
虞美人（风回小院庭芜绿）	春	日、夜	故国之思
乌夜啼（昨夜风兼雨）	秋	夜	忧愤之情
乌夜啼（林花谢了春红）	春	日	无常之感
乌夜啼（无言独上西楼）	秋	夜	孤寂之情
子夜歌（人生愁恨何能免）	秋	夜	故国之思
清平乐（别来春半）	春	日	怀远之情
临江仙（樱桃落尽春归去）	春	夜	孤寂之情
望江南（多少恨）	春	夜	忧愤之情、故国之思
蝶恋花（遥夜亭皋闲信步）	春	夜	无常之感
捣练子（云鬓乱）	春	夜	闺怨

---

① 陈匪石：《旧时月色斋词谭》，江苏古籍出版社 2002 年版，第 212 页。

词调	季节	时间	主题
浪淘沙(往事只堪哀)	秋	夜	故国之思
浪淘沙(帘外雨潺潺)	春	夜	故国之思
谢新恩(冉冉秋光留不住)	秋	日	怀远之情
采桑子(庭前春逐红英尽)	春	夜	闺怨
采桑子(辘轳金井梧桐晚)	秋	不确	怀远之情
长相思(云一緺)	秋	夜	怀远之情

从表中可以看出,李煜伤春悲秋极少数用于表现闺怨,多数用来表达故国之思、怀远、忧愤之情,尤其是后期词作,几乎全是残春暮秋,伴随孤灯夜影。

从美学的角度看,"有生命的自然事物之所以美,既不是为它自身,也不是由它本身为着显现美而创造出来的。自然美只是为其他对象而美,也就是说,为我们,为审美的意识而美"。① 从审美对象获得的审美感受,往往是与主体自身的主体感受和审美情感相契合。这种契合有赖于审美对象到审美意象的升华,审美意象是审美主体消除了物我界限,审美活动中外在物象与主体意趣情感的交融体。这种审美意象带有某种象征意义,象征着超越它本身之外的另一个情感世界。南唐王朝之兴衰,来自于强邻的危机感,国家与个人前途渺茫,这种社会心理和个体反映在文学创作中,就显得比较深沉,萦绕着一种忧郁而惶惶不安的情绪,趋向清寒、淡雅并沉淀为沉郁、感伤的情趣。因此,心即象,象即心,南唐词人在景物意象乃至审美意象选取上,虽同样为典型江南之景,但多集中于杨柳疏烟、芳草烟深、帘卷萧萧雨、荒池斜日、暮景、征鸿等迷离凄清之景,将眼前之景物化为情感体验,这些进入诗人审美知觉的客体其外在感性形态与主体内在情趣产生丰富的对应关系,营造出凄冷萧瑟,格调忧郁的意境,蕴含着怅惘与难以排解的失意之情,以要眇且修的词体来传达这种情愫更显情致幽微。

---

① (德)黑格尔著,朱光潜译:《美学》第一卷,商务印书馆1979年版,第160页。

（二）江南吴声

词是一种音乐与文学结合的特殊文体，词与音乐关系密切，词不称"作"而称"填"，说明它有声律上的特殊要求。吴熊和先生认为："词是随着隋唐燕乐的兴盛而起的一种音乐文艺，它的产生除了政治、经济等社会条件外，还需要必不可少的乐曲条件。"①以吴歌为代表的江南传统声乐不可避免地会对词产生影响。

1. 吴音概述

明人王骥德《曲律》言："古四方之音不同，而为声亦异，于是有秦声，有赵曲，有燕歌，有吴歈，有越唱，有楚调，有蜀音，有蔡讴……"吴歈，屈原《楚辞·招魂》中云"吴歈蔡讴，奏大吕些"。汉代王逸注："吴、蔡，国名也。歈、讴，皆歌也。大吕，六律名也。"左思《吴都赋》亦称："荆艳、楚舞、吴愉、越吟，此皆南方之乐歌，为《诗三百篇》所未收者也。"江南是吴歌西曲的发源地。"吴歌"一词最早见于宋代郭茂倩的《乐府诗集》第四十四卷，郭茂倩在书中描述吴歌：

> 《晋书·乐志》曰"吴歌杂曲，并处江南；东晋以来，稍有增广。""其始皆徒歌，既而被之管弦"。盖自永嘉渡江之后，下及梁、陈，咸都建业，吴声歌曲起于此也。

西曲则产生于以江陵为中心的荆楚地区。②"西曲歌出于荆、郢、樊、邓之间，因其方俗而谓之西曲"。③《南齐书·州郡志下》载"江左重镇，莫过荆扬"。吴声西曲最初即指流传于这些地区的民间小曲。徒歌，意指无伴奏，清唱。据《尔雅·释乐》："徒吹谓之和，徒歌谓之谣。"清人纳兰性德《渌水亭杂识》卷二释："唯人声而无八音谓之徒歌，徒歌曰谣。"初始，这些民歌大都产生于田间劳作，后采撷入乐，被之管弦，得到上层统治者的爱好。据《古今乐录》，吴声有十曲，分别是《子夜》《上柱》《凤将雏》《上声》《欢闻》《欢闻变》《前溪》《阿子》《丁督护》《团扇》。《晋书·乐志下》言："凡此诸曲（《子夜歌》《凤将雏歌》

---

① 吴熊和：《唐宋词通论》，浙江古籍出版社 1985 版，第 1 页。

② 江陵，今湖北省江陵县，六朝时是长江中游第一重镇。

③ （宋）郭茂倩：《乐府诗集》卷47，四库全书本。

等),始皆徒歌,既而被之管弦。"

六朝刘宋时期,南朝相对繁盛的经济和贵族阶级嗜好音乐的前提下,吴声西曲得到了良好发展机遇。其时单纯的物质享受已未能满足南朝贵族富商,他们进而追求声色之欲,《南齐书》卷四六萧惠基传云:"自宋大明(孝武年号)以来,声伎所尚,多郑卫淫俗,雅乐正声,鲜有好者。"这里的"郑卫淫俗"主要就是指吴声西曲。六朝时统称为清商乐。《旧唐书》卷二十九《音乐二》记载:

> 清乐者,南朝旧乐也。永嘉之乱,五都沦覆,遗声旧制,散落江左。宋、梁之间,南朝文物,号为最盛,人(民)谣国俗,亦世有新声。后魏孝文、宣武,用师淮汉,收其所获南音,谓之清商乐。隋平陈,因置清商署,总谓之清乐。

清乐是清商乐的简称,是汉魏六朝俗乐的总称(传统的说法认为历代祭祀和朝会典礼的音乐谓之雅乐,源自民间、用于宫廷娱乐的音乐谓之俗乐),包括汉魏的旧乐和六朝的新声。词是"胡夷、里巷之曲"①,作为当时一种新兴的歌诗,它独有的特点并在发展过程中特征渐趋明显。它所结合的音乐属于另一个音乐系统,即新乐燕乐。远在北魏、北周时期,西域乐由印度、中亚经新疆、甘肃传入中原。隋唐文化交流频繁,都市商业繁荣,这种以胡乐为主的新乐大量传入并流行开来。唐初循隋旧制,用九部乐。唐太宗平高昌后增高昌乐,又造燕乐而去礼毕曲,遂成十部乐,包括谯乐、清商乐、西凉、天竺、高丽、龟兹、安国、疏勒、高昌、康国。广义的燕乐即指这种南北交融,声辞繁多的十部乐,有宫廷音乐的性质。

燕乐研究专家丘琼荪亦视隋唐燕乐"为古今中外,兼收并蓄,包罗万象的一个新乐种"②。词乐虽不是直接起源于吴歌西曲,但从燕乐的形成来看,根源却在民间,"唐宋词和前代的乐府诗有着历史的继承关系"。③ 因此以吴歌西曲为主的清商乐也可视作燕乐的来源之一。据任半塘先生《教坊记笺订》考证,《教坊记》所录343曲中,有82曲是清商乐,其中直接来自南朝的则有十余

---

① (五代)刘昫、张昭远等:《旧唐书·音乐志》。
② 丘琼荪:《燕乐探微》,上海古籍出版社2007年版,第29页。
③ 夏承焘、吴熊和:《读词常识》,中华书局1981年版,第1页。

曲。对于清乐在隋唐后的发展,史载:

> 隋开皇二年,齐黄门侍郎颜之推请冯梁国旧事,考寻古典。高祖拒之曰"梁乐亡国之音,奈何遣我用耶?"(《隋书》卷十四《音乐志》)

> 遭梁、陈亡乱,所存盖鲜。隋室已来,日益沦缺。(《旧唐书》卷二九)

> 今之清商,实由铜雀,魏氏三祖,风流可怀,京洛相高,江左弥重,谅以金县干戚,事绝于斯!而情变听改,稍复零落,十数年间,亡者将半!(宋沈约《宋书乐志》)

> 西汉时,今之所谓古乐府者渐兴,晋、魏为盛。隋氏取汉以来乐器、歌章、古调,并入清乐,余波至李唐始绝。(宋王灼《碧鸡漫志》)

> 自唐天宝十三载(754),始诏法曲与胡部合奏,自此乐奏全失古法,以先王之乐为雅乐,前世新声为清乐,合胡部者为宴乐。(宋沈括《梦溪笔谈》卷五《乐律一》)

从这几则史料可以确知,清乐入隋唐后渐衰,不过并不能就此推断清乐销声匿迹。清乐被纳入宫廷音乐系统后,统治者的喜好和音乐自身的发展及历史因素是其衰落的重要原因,对此史料亦有记载。《通典》卷一四六曰:

> 自周、隋以来,管弦杂曲将数百曲,多用西凉乐,鼓舞曲多用龟兹乐,其曲度皆时俗所知也。唯弹琴家犹传楚、汉旧声及清调、琴调,蔡邕五弄、楚调四弄调,谓之"九弄",雅声独存。非朝廷郊庙所用,故不载。

《太平广记》卷二〇五:"唐玄宗洞晓音律……尤爱羯鼓(胡乐),常云'八音之领袖,诸乐不可为比'。"

但在朝廷音乐体系外,清乐的音乐母体吴声西曲仍然在民间流行,并随时代的变化自行更新,获得更多的发展。《苕溪渔隐丛话后集》卷二转引于兢《大唐传》:"湖州德清县南前溪村,则南朝集乐之处。今尚有数百家习音乐,江南声伎,多自此出,所谓舞出前溪者也。"

2. 吴音声乐特点和美学特征

《颜氏家训·音辞篇》云:

> 南方水土和柔,其音轻举而切诣,失在浮浅……北方山川深厚,其音

沉浊而铋钝,得其质直。①

因地域环境而成的南北音殊异。广义上的吴歌包括使用吴方言的长三角地区。江南吴语方言对吴歌的旋律和音乐影响很大。吴语的语音不同于官话方言,保留了更多的古音因素。吴语的代表是苏州方言,苏州方言有27个声母,43个韵母,7个声调,声调类型较多,单元音较为丰富是其突出的特点,由此形成期旋律线的曲折细致,而众多方言词语的运用,又表现了吴语特殊的轻快、柔和、细腻和圆润,这对吴歌的声腔音调产生重要的影响。吴方言中称"你"为"侬",隋炀帝就曾嘲弄宫婢罗罗诗曰"个侬无赖是横波",帝自迁广陵,宫中多效吴言,故称个侬。②

在吴歌的旋律中,以五声音阶进为主,特点就是小跳较少,乐汇的音域较窄。五声音阶的旋律特性很强,几乎听不到尖锐的半音音程和相对强烈的半音倾向,装饰性较少,表现出柔美倾向。可以说,江南水乡孕育的吴歌,有着鲜明的地域特色,如涓涓溪流,明艳清新,柔韧而含情脉脉,不同于北方民歌的热烈奔放、率直坦荡、豪情粗犷、高亢雄壮。人们也常用委婉清丽、含蓄缠绵、隐喻曲折来概括其特点。对江南文化研究颇深的刘士林先生称吴音是"中国民族语言文化中一个最富有诗意的地方语音"③,其特点可概括为"软、糯、甜、媚"。

吴音本声极具音乐性,适合演唱。李渔《闲情偶寄》提到"选女乐者,必自吴门……乡音一转而即和昆调"。昆曲,从侧面也印证了江南吴音侬语的声乐之美。著名的昆曲名作《牡丹亭》:"原来姹紫嫣红开遍,似这般都付与断井残垣,良辰美景奈何天,赏心乐事谁家院……朝飞暮卷,云霞翠轩,雨丝风片,烟波画船,锦屏人忒看的这韶光贱",读来便觉字字珠玑,回环婉转之美,可以想象吴音歌之更有余音绕梁之感。"古之能歌者,韩娥、李延年、莫愁"④,都出自江南。《通典》卷一四五载:"(韩娥)东之齐,至雍门,匮粮,乃鬻歌假食,既而去,余响绕梁,三日不绝。"莫愁,金陵女子也。有乐府诗云:"莫愁在何处?住

---

① 庄明辉:《颜氏家训译注》,第323页。
② (清)查继超:《词学全书》,书目文献出版社1986年版,第82页。
③ 刘士林:《人文江南关键词》,第154页。
④ (唐)段安节:《乐府杂录》,古典文学出版社1957年版,第2页。

在石城西。艇子打雨浆,催送莫愁来。"宋人张炎《词源》论及诗与词曰:"词婉于诗,盖声出于莺吭燕舌间。"江南女子歌词具有先天的声乐优势:

> 梁有吴安泰,善歌,后为乐令,精解声律。方改西曲别江南、上云乐,内人王金珠善歌吴声西曲,又制江南歌,当时妙绝。令斯宣达选乐府少年好手,进内习学。吴弟,安泰之子,又善歌。次有韩法秀,又能妙歌吴声读曲等,古今独绝。①

盛唐被玄宗称为歌值千金的宫妓许和子,原为吉州(江西吉安市)乐家女,(技艺高超)开元末选入宫,以永新名之。《乐府杂录·俳优》载:

> 时有蛇皮琵琶,观者数千万,众喧哗聚语,莫得鱼龙百戏之音。上怒,欲罢宴。中官高力士奏请命永新出歌楼一曲,必可止喧,上从之。永新乃撩鬓举袂,直奏曼声,至是广场寂寂,若无一人。喜者闻之气勇,愁者闻之肠绝。

白乐天《霓裳羽衣歌》中云:"移镇钱塘第二年,始有心情问丝竹。玲珑箜篌谢好筝,陈宠觱篥沈平笙。"诗中提到的玲珑、陈宠、沈平皆来自江南,善歌舞。

江南地区的繁荣是孕育吴声的前提。《南齐书·良政传序》云:

> 永明之世,十许年中,百姓无鸡鸣犬吠之惊,都邑之盛,士女富逸,歌声舞节,袨服华妆,桃花绿水之间,秋月春风之下,盖以百数。

江南良好的物质条件,便捷的水上交通,生活的优裕,礼教约束力相对其他地区小,加之清秀、柔媚水乡风情的熏陶,"美其芳晨丽景,嬉游得时"。因此吴歌形成了以"情"为中心的美学特征。南朝郭茂倩编的《乐府诗集》中收集的342首"吴声歌曲",几乎都是情歌。用罗根泽先生的话说就是表现"异常优美的生活和异常微妙的情感"。如"始欲结郎时,两心望如一。理丝入残机,何司不成匹"(《子夜歌》),"阿子复阿子。念汝好颜容。风流世希有。窈窕无人双"(《阿子歌》),多是五言四句,歌词在内容方面几乎全是表现男女感情生活的。并善用比兴、双关、谐音等手法,用水乡景物来表现个体内心情感,体现出

---

① (唐)杜佑:《通典》卷145,四库全书本。

朴素自然、清新活泼的特点。

3. 南唐词中的吴声元素

南唐都城金陵,是吴歌西曲的发源地和兴盛地,声乐传统上有着得天独厚的条件。

据《历代诗余》卷 120 考证,梁代《吴声歌曲》,句有短长,音多柔曼,已渐近小词。以传情为主的吴歌,"桑间濮上,郑卫之声……以绮艳为高,发乎情而非止乎礼义"①,对后世文学尤其是词曲产生了深远影响,"遂使唐宋以来之情词艳曲,得沿其流波,而发荣滋长,而蔚为大国"。② 罗根泽在《乐府文学史》评价:"词律之长短错纵,词风之柔媚纤丽,皆与乐府,尤与南朝乐府有相似者。"③这与胡适《白话文学史》中对南方文学的见解极为相似,"南方民族的文学特别色彩是恋爱,是缠绵宛转的恋爱"。④ 我们看早期民间词"莫攀我,攀我太心偏。我是曲江临池柳,这人折去那人攀,恩爱一时间";"天上月,遥望似团银。夜久更阑风渐紧,为奴吹散月边云,照见负心人"等,明显承继水乡文学柔性浪漫之特点。刘永济《唐五代两宋词简析》中分析了五代词与前代文学的关系,指出:"齐、梁小乐府和民间歌曲以及唐人入乐的律、绝,本来多是描写男女情爱的,因之,五代的词可算是他们的继承者。"五代紊乱年代,"山河破碎,民有偕亡之愤,士无致果之勇。而江南歌舞宛若承平"。⑤ 南唐赖于优越的地缘环境和富庶经济,歌舞升平,时人称为"禁中仙乐无时过"⑥。著名的御用伶人王感化、曹生、杨花飞、李家明、杨名高等,大都才华冠绝。《十国春秋》卷三二载:"王感化,建州人。善讴歌,声韵悠扬,清振林木。初隶光山乐籍,后入金陵,系乐部为歌板色","杨花飞者,保大初居乐部","李冠者,散乐也。善吹洞箫,悲壮入云"。音乐的繁盛为词作兴起准备了条件,词在南唐富庶之地找到了持续发展的社会空间和心理空间。当然南唐词不可避免地带有乱世偏安的时代特色,词作

① 萧涤非:《汉魏六朝乐府文学史》,人民文学出版社 1984 年版,第 259 页。
② 同上。
③ 罗根泽:《乐府文学史》,东方出版社 1996 年版,第 146 页。
④ 胡适:《白话文学史》,百花文艺出版社 2002 年版,第 66 页。
⑤ 李冰若:《花间集评注》自序,河北教育出版社 1999 年版,第 1 页。
⑥ (宋)无名氏:《江南余载》卷下,影印文渊阁四库全书。

多细腻的情感描绘,堪称儿女情多,风云气少。如"脸慢笑盈盈,相看无限情","铜簧韵脆锵寒竹,新声慢奏移纤玉。眼色暗相钩,秋波横欲流"(李煜《菩萨蛮》)。"谷莺语软花边过,水调声长醉里听"(冯延巳《抛球乐》)。

　　相比较同时期的词作,南唐词中不尽然是儿女之情。南唐先主李昪满足于做一个割据政权之君,错失统一中原的良机,中主以唐室苗裔自居,颇有慨然"经营四方之志"。① 即位不久先是趁闽楚内乱淮上用兵,起闽楚之役,致使疲兵东南。拓境失败后又因兵援兖州而北结周怨,周世宗连续亲征南唐,呈咄咄逼人之势,迫使南唐割地称臣尽献江北诸郡。《南唐书》卷八这样评述当时南唐政局:"……时丧败不支,国几亡,稽首称臣于敌,奉其正朔,以苟岁月,而君臣相语乃如此"。待后主即位,江南亡形已现,"后主尝怏怏以国蹙为忧,日与臣下醻宴,愁思悲歌不已。"②国蹙家危,君臣之忧可谓"一片芳心千万绪,人间没个安排处"。南唐词人把自身的不安、世事无常之感融入词里,并结合清乐表现之。

　　《古今乐录》记载"吴声歌,旧器有箜篌、琵琶,今有笙、筝"。据王运熙先生考证,琴、笛亦应在其中。③ 从现存的南唐词来看,当时宫廷中主要演奏的乐器即为笙、箫、笛、塞管等。如:

> 凤笙休向泪时吹。(李煜《望江南》)
>
> 笛在明月楼。(李煜《望江梅》)
>
> 笙箫吹断水云开。(李煜《玉楼春》)
>
> 仿佛梁州曲,吹在谁家玉笛中。(冯延巳《抛球乐》)
>
> 寒山碧,江山何人吹玉笛。(冯延巳《归自谣》)
>
> 秦楼不见吹箫女。(李煜《谢新恩》)
>
> 依旧竹声新月似当年。(李煜《虞美人》)
>
> 细雨梦回鸡塞远,小楼吹彻玉笙寒。(李璟《摊破浣溪沙》)
>
> 塞管吹幽怨。(冯延巳《虞美人》)

---

① (宋)马令:《南唐书》卷4,第39页。

② (宋)欧阳修:《新五代史》卷62。

③ 王运熙:《六朝乐府与民歌》,古典文学出版社1957年版,第40页。

风雁过时魂断绝,塞管数声呜咽。(冯延巳《清平乐》)

塞管声呜咽。(冯延巳《鹊踏枝》)

一声羌笛,惊起醉怡容。(李煜《谢新恩》)

乐器的选择,反映出南唐词人不同于其他地区的审美趋向和审美心理。对此我们可以参考《菌阁锁谈》中一段重要评论加以分析:

厄言谓花间犹伤促碎,至南唐李主父子而妙。殊不知促碎正是唐余本色。所谓词之境界,有非诗之所能至者,此亦一端也。五代之词促数,北宋盛时啴缓,缘缘燕乐音节蜕变而然。即其词可悬想其缠拍。花间之促碎,羯鼓之白雨点也。乐章之啴缓,玉笛之迟其声以媚之也。

羯鼓是源于西戎羯族的音乐,唐玄宗好此乐,称羯鼓为八音之领袖,诸乐不能与它相比。"盖本戎羯之乐,其音太蔟一均,龟兹、高昌、疏勒、天竺部皆用之,其声焦杀,特异众乐"。① 玄宗与李龟年谈论羯鼓云:"杖之弊者四柜。"用力如此,其为艺可知也。② 燕乐中羯鼓、胡鼓等打击乐的声音特点为声繁节促,铿锵而不复闲缓。《通典》卷一四二形容其乐"感其声者,莫不奢淫躁竞,举止轻飙,或踊或跃,乍动乍息,蹻脚弹指,撼头弄目,情发于中,不能自止"。羯鼓表演妙在"头如青山峰,手如白雨点"。即头项不动,以手击鼓,鼓点碎急。

笛、笙、箫都是属于江南清乐的乐器种类。《淮南子本经训》高诱注:"商清宫浊。"《礼记·月令》言:"商声应秋天。"商声的清越与凉秋节侯相应。《说文》亦称:"商,秋声也。"这些乐器演奏的特点为清越,哀怨动人。笛有雅笛和羌笛之分,"唐人李谟尝吹笛江上,廖亮逸发,能使微风飒至,舟人贾客有怨叹悲泣之声"。③ 由此清乐也形成独特的声乐特点。《旧唐书》卷二九记载:沈约《宋书》恶江左诸曲哇淫,至今其声调犹然。观其政已乱,其俗已淫,既怨且思矣,而从容雅缓,犹有古士君子之遗风。这些乐器运用于南唐词中,更易于表现词要眇且修之特征和低回委婉之情感,流露南唐词人内心的矛盾、抑郁感伤,进而体现出一种悲剧美感。

---

① (宋)欧阳修等:《新唐书》卷22,中华书局1975年版。
② (宋)沈括:《梦溪笔谈》卷5,影印文渊阁四库全书。
③ (明)胡震亨:《唐音癸签》,上海古籍出版社1981年版,第155页。

南唐词中的吴音元素还表现在南唐词人深厚的文学修养和音乐修养所沉淀的对清乐的喜爱和继承上。

冯延巳"工诗,尤喜为乐府词",陈世修评论其"思深语丽,韵逸调新,又能不矜不伐,以清商自娱"。① 杨慎《古今词话词辨》卷上云:"无限江南新乐府,君王独赏后庭花。"《后庭花》本清商曲。《隋书卷十三音乐志》言:"陈后主于清乐中造《黄鹂留》及《玉树后庭花》《金钗两臂垂》等曲,与幸臣等制其歌词,绮艳相高,极于轻薄。男女唱和,其音甚哀。"李后主、冯延巳都以此调作词,今仅存李后主《后庭花破子》:

> 玉树后庭前,瑶草妆镜边。去年花不老,今年月又圆。莫教偏,和月和花,天教长少年。

再如南朝吴地流行《子夜歌》,《乐府古题要解》卷上录,晋有女子曰子夜,所作声至哀。后人依四时行乐之词,谓之《子夜四时歌》,吴声也。《唐书·乐志》曰:"《子夜歌》者,晋曲也。晋有女子名子夜,造此声,声过哀苦。"《大子夜歌》云:"歌谣数百种,子夜最可怜。慷慨吐清音,明转出天然。"《子夜歌》具有"天然"的民歌音乐风格,民歌特有的质朴与率真的特点,极具生活气息和江南的地方风情。如《子夜四时歌》咏:"春林花多媚,春鸟意多哀。春风复多情,吹我罗裳开。""秋风如窗里,罗帐起飘扬。仰头看明月,寄情千里光。"以常见的春秋景物起兴,以明月寄思念之情,写出了女子寂寞怀人的情愫。

李煜的《子夜歌》在内容和思想感情方面都有较大的突破:

> 人生愁恨何能免?销魂独我情何限!故国梦重归,觉来双泪垂。高楼谁与上?长记秋晴望。往事已成空,还如一梦中。

唐圭璋评论此词,起句两问,已将古往今来之人生及己之一生说明,接下两句"言梦归故国,及醒来之悲伤。换头,言近况之孤苦","上下两'梦'字亦幻,上言梦似真,下言真似梦也"。② 这首词是李煜作于亡国之后,从一国之主沦为阶下囚,可推想后主心中极度的屈辱与悲愤,又不敢言不敢怒,词中充满

---

① 刘毓盘:《词史》,上海书店影印1985年版,第55页。
② 唐圭璋:《唐宋词简释》,上海古籍出版社1981年版,第41页。

着追忆和对故国的思念,至哀至真。

　　其他诸如《南歌子》《长相思》《乌夜啼》《采桑子》等词调的流传,也体现了吴歌的影响。李煜的词作《虞美人》(春花秋月何时了)被史家誉为绝命词,李后主因之被祸,此词调亦出自吴声。《虞美人》,调名取自项羽美姬虞,项被汉围,饮帐中,歌曰虞兮虞兮奈若何,虞亦答歌。《益州草木记》云:"雅州名山县出虞美人草,唱《虞美人》曲,应拍而舞。吴任臣曰,虞美人,吴声也。"①

　　有些南唐词表现出了明显的江南风情和民歌气息。如李煜《长相思》:

　　　　云一緺,玉一梭,淡淡衫儿薄薄罗,轻颦双黛螺。秋风多,雨相和,帘外芭蕉三两棵,夜长人奈何?

　　以清淡白描化之手法勾画出人物的容貌、装束、情态,人物形象极具韵味,富有意境美,人物动作情态又与景物相映照,用语浪漫不绮艳,婉丽不张扬,凝练不晦涩,不失清新自然的江南民歌气息。再如《一斛珠》:

　　　　晓妆初过,沉檀轻注些儿个。向人微露丁香颗,一曲清歌,暂引樱桃破。罗袖残殷色可,杯深旋被香醪涴。绣床斜凭娇无那,烂嚼红茸,笑向檀郎唾。

　　李煜的这首词尽显真率、自然,"些儿个"是吴地口语,即"些子儿"、"一点"。展现出女子俏皮可爱、顾盼生辉、摇曳多姿的形象,真切可感,亦富有民歌的情趣。

　　地方文化总是和人文情感紧密联系,吴歌产生自以金陵为中心区域的江南水乡,歌中不乏秀丽旖旎的水乡风光,"驶风何曜曜,帆上牛渚矶,帆作伞子张,船如侣马驰"。② 水不仅与日常生活密切相关,而且也成为水乡儿女情感的寄托和表达。吴歌中善将水与人的情感联系起来,水见证着他们的劳作、欢娱和离别:

　　　　闻欢下扬州,相送楚山头。探手抱腰看,江水断不流。(《莫愁乐》)

　　　　啼相忆,泪水漏刻水,昼夜流不息。(《子夜歌》)

---

①　(清)查继超:《词学全书》,书目文献出版社 1986 年版,第 39 页。
②　(宋)郭茂倩:《乐府诗集》卷 45,四库全书本。

再如《华山畿》中"泪落枕将浮,身沉被流去","长江不应满,是侬泪成许"。想象泪水如江水之多,如江水将身体沉没,想象力堪称非凡。冯延巳作《三台令》:

> 南浦。南浦。翠鬓离人何处。当时携手高楼。依旧门前水流。流水。流水。中有伤心双泪。

南浦当初携手之处,离别之处,如今只见流水悠悠。"依旧"二字慨叹物是人非。词意显然与吴歌水乡别愁联系紧密。

南唐词作中"水"之丰富自不必赘言,南唐词中"水"无处不在,灵动千姿。李煜后期词作,多以水喻愁,以水之无边无际,滔滔不绝形容内心愁苦之深之切之真。如《虞美人》:"问君能有几多愁,恰似一江春水向东流。"《乌夜啼》:"世事漫随流水,算来一梦浮生。""自是人生长恨,水常东。"水似乎承载着人的全部感情起伏。虽然气象上吴歌无法与之媲美,但两者都将情感与江水相连,将人的精神贯注其中。这也许不只是地域的因素,饱读诗书的南唐词人对吴歌应很熟悉,吴歌对他们的思维和审美方面产生着潜在的延续性的影响。

(三)江南文化的其他表征

每首词都有调名,表明词所依据的曲调乐谱。各词调都是"调有定句,句有定字,字有定声"。唐五代及宋初,很少把词体单称为词,一般根据它的歌词性质称之为曲、曲子、曲词或曲子词。如敦煌藏唐代《云谣集杂曲子》,欧阳炯《花间集序》中称其所集为"诗客曲子词"。曲子词,即有歌词之意。清人宋翔凤《乐府余论》说"以文写之则为词,以声度之则为曲。"乐、曲、词不是平行发展的,词体经过三者渐次迭兴得以最终确立。唐人元稹《乐府古题序》云:"后之审乐者,往往采取其词,度为歌曲,盖选词以配乐,非由乐以定词也。"又云:"在音声者,因声以度词,审调以节唱,句度短长之数,声韵平上之差,莫不由之准度。"前者即指声诗,后者为曲子词,简称词。

词学界普遍认为词的发生,大致有两种情况,其一由乐府演变而来,借用声诗,五七言律绝,填实和声成为长短句;其二为依谱填词。黄坤尧先生《唐词长调考》认为,"唐五代词体裁主要分为声诗及长短句两体,虽多受诗律句法支配，仍以配乐为主"①。声诗，一般指唐所盛行的五、七言绝律，被乐工伶人谱曲，杂以泛声、和声、散声或衬字以取得抑扬顿挫效果，还不是严格意义上的词，但可视作词的发源途径之一。"依谱填词，把曲同词两者适当结合起来，做到词曲相应，声字相称，这种方式不同于前代乐府，它是经过长期尝试然后逐步形成和完善的，中间还相伴着以齐言的五、七言律诗绝句配乐的'声诗'阶段。确定了声、词相配的原理，有了依谱填词的方式，所用的曲谱始同时兼为词调"。② 以词合乐的方式出现后，"依曲拍为句"，这时候曲调才转为词调。词被视作"上不类诗，下不类曲"，所依之曲，既不同于南北朝以前之乐府，也不同于金元以后之南北曲。燕乐的兴盛是词体产生的音乐前提，词体的成立是乐曲流行的必然结果。词调源于唐宋乐曲。很多词调原是当时的流行歌曲。温庭筠词多用《菩萨蛮》调，就是因唐宣宗爱唱《菩萨蛮》曲。教坊曲是唐代乐曲调名最丰富的著录，作为盛唐乐曲的总汇，为词的兴起准备了乐曲条件。词调论乐曲源流大都会上溯到教坊曲。《通鉴》卷一八记载，隋大业三年（607）十月，于洛水之南置十二坊以处诸郡"艺户"。胡三省注为，艺户谓其家以伎艺名者。《隋书·音乐志》又谓"大业六年（610）于关中为坊，以置魏、齐、陈乐人子弟。"《旧唐书·职官志》云："武德（618～628）以来，置于禁中，以按雅乐，以中宫人充使。则天改为云韶府，神龙复为教坊。"

教坊曲名详见于崔令钦《教坊记》，其中杂曲 278，大曲 46，共 324 曲。《全唐文》卷三百九十六录崔撰《教坊记·序》谓：

今中原有事，漂寓江表，追思旧游，不可复得，粗有所识，即复疏之。

此书当作于安史乱中崔令钦避地江南时，不过多数曲调当是开元、天宝间已经流行并演奏于教坊的。

王国维在《宋元戏曲史》中也说：

兼歌舞之伎，则为大曲。至唐而雅乐、清乐、燕乐、西凉、龟兹、安国、天竺、疏勒、高昌乐中，均有大曲。然传于后世者，唯胡乐大曲耳，其名悉

---

① 《词学》第二辑，华东师范大学出版社 1983 年版，第 61 页。

② 吴熊和：《唐宋词通论》，第 10 页。

载于教坊记,而其词尚略存于乐府诗集近代曲辞中。宋之大曲,即自此出。教坊所奏,凡十八调四十大曲。①

唐五代词调同《教坊记》曲对照比勘,演变为唐五代词调的,有下列79曲:

抛球乐	清平乐	贺圣朝	泛龙舟	春光好	凤楼春
长命女	柳青娘	杨柳枝	柳含烟	浣溪沙	浪淘沙
纱窗恨	望梅花	望江南	摘得新	河渎神	醉花间
思帝乡	归国遥	感皇恩	定风波	木兰花	更漏长
菩萨蛮	临江仙	虞美人	献忠心	遐方怨	送征衣
扫市舞	凤归云	离别难	定西番	荷叶杯	感恩多
长相思	西江月	拜新月	上行杯	鹊踏枝	倾杯乐
谒金门	巫山一段云	望月	婆罗门	玉树后庭花	
儒士谒金门	麦秀两歧	相见欢	苏幕遮	黄钟乐	诉衷情
洞仙歌	渔父引	喜秋天	梦江南	三台	柘枝引
小秦王	望远行	南歌子	鱼歌子	风流子	生查子
山花子	竹枝子	天仙子	赤枣子	酒泉子	甘州子
破阵子	女冠子	赞普子	南乡子	拨棹子	何满子
水沽子	西溪子	回波乐			

词调中有一些带"子"的,如《采莲子》《破阵子》等,"子"就是曲子的省称。王重民辑《敦煌曲子词集》录调47,见于《教坊记》者37调;《花间集》录调77,见于《教坊记》者54调;《尊前集》录调61,见于《教坊记》者29调。南唐词中53个词调有25调与教坊曲重名。

教坊曲有的来自边地或外域。宋洪迈《容斋随笔》卷十四曰:"今乐府所传大曲,皆出于唐,而以州名者五:伊、凉、熙、石、渭也。《凉州》今转为《梁州》,唐人已多误用,其实从西凉府来也。"有的依大曲、法曲制成,词调中有"摘编"一类,就是从大曲、法曲中提取可独立演奏的一遍来单唱,句法曲度与原遍不尽相同。如《水调歌头》《六州歌头》《泛清波摘遍》等。有的为乐家翻新之作,唐

---

① 王国维:《宋元戏曲史》,百花文艺出版社2002年版,第37页。

段安节《乐府杂录》云:"《雨霖铃》者,因唐明皇驾回至骆谷,闻雨淋銮铃,因令张野狐撰为曲名。"有些曲名则显然来自民间,如《麦秀两歧》《到礁子》《拾麦子》《生查子》《浣溪沙》《浪淘沙》《渔父引》《摸鱼子》《拔掉子》《送征衣》《怨胡天》《怨黄沙》。其中一部分反映了江南水乡人民的生活。其他如《采桑》《清平乐》本为清商西曲,《望江南》从曲名即可知出自江南,本作《谢秋娘》,是李德裕镇浙西时,为妾谢秋娘所制。

唐末最流行的四大词调:《菩萨蛮》《梦江南》《浣溪沙》《江城子》,有三种明显与江南有关。如敦煌曲子词之《浣溪沙》:

浪打轻船雨打蓬,遥看蓬下有渔翁。蓑笠不收船不系,任西东。

即问渔翁何所有,一壶清酒一竿风,山月与鸥长相伴,五湖中。

说明当时人们对江南曲调的喜爱。

除词调外,南唐词中出现了众多南方特色的植物、动物、物象等。南方植物:梅、焦、荷、丁香、樱桃、蒹葭、兰芷、丹桂、杨花、薏、芦花、蓼花、瑶草、茱萸、青梅、芭蕉;

南方动物:鲛、鸳鸯、双燕、雁、鹦鹉、莺、蟋蟀、黄鹂、鸠、沤鹭;

南方物象:竹簟、竹、绣幌、箔、画阁、画梁、橘州、笛、笙箫、雕檐、画堂、画船、棹、舟、巫峡、荷衣(屈子有"制芰荷以为衣兮,集芙蓉以为裳"之语)等。

江南地区的口语,《浣溪沙》"酒恶时拈花蕊嗅","酒恶"就是喝酒到带醉的时候,普通叫"中酒"。宋赵令畤《侯鲭录》卷八云:"金陵人谓'中酒'曰'酒恶',则知李后主诗云'酒恶时拈花蕊嗅',用乡人语也。""乡人语"即为口语,李煜词擅用口语,使词意浅显易懂,其他如"晓妆初过,沉檀轻注些儿个"(《一斛珠》),"些儿个"也是当时口语,即"些子儿"、"一点"之意,用在词中栩栩如生展现出女子俏皮可爱的形象,真切可感。南唐词中女子的别称有秦娥、玉娥等,如"管咽弦哀,慢引萧娘舞袖回"(冯延巳《采桑子》),"玉娥重起添香印"(冯延巳《采桑子》),玉人、婵娟、萧娘等亦多出自江南地区的典故。《南史·梁临川靖惠王宏传》云:"宏受诏侵魏,军次洛口,前军克梁城。宏闻魏援近,畏懦不敢进。魏人知其不武,遗以巾帼。北军歌曰:'不畏萧娘与吕姥,但畏合肥有韦武'。"言宏怯懦如女子,后遂以"萧娘"泛称女子,萧郎泛称男子。

四、江南文化的深层影响

法国史学家丹纳在《英国文学史》中说："当你在翻阅年代久远的一个文件夹的发了硬的纸张时,在翻阅一份手稿———一首诗、一部法典、一份信仰声明———的泛黄的纸张时,你首先注意到的是什么呢? 你会说,这并不是孤立造成的。它只不过是一个铸型,就像一个曾经活过而又死去的动物化石。在这外壳下有着一个动物,而在那文件背后则有着一个人。如果不是为了向你自己描述这动物的话,你又何必研究它的外壳呢? 同样,你之所以要研究这文件,也仅仅是为了了解那个人。外壳和动物都是尤生命的残骸,它们只是作为了解完整的活生生的存在的一个线索才是有价值的。我们必须返回到这种存在中去,努力地塑造它。"① 这说明任何文学作品或作家都不是孤立的,想要真正地了解它,我们需要还原作品的生存和存在语境,还原出当时时代的精神风貌,解读其中包含的文化内涵,对于南唐词的研究亦如此。南唐词对江南这一地域文化的充分接收不仅显示出明显的表象特征,而且江南文化深入影响了南唐士人的精神心理和审美观念,我们从南唐词这一有价值的"线索",可以对南唐社会思想精神、文化心理作一构建与还原,进而理解五代时期江南文化对南唐文化尤其是南唐词渗透性的潜在的巨大影响。

---

① (德)恩斯特·卡西尔:《人论》,甘阳译,上海译文出版社1985年版,第246页。

(一) 五代江南伎乐兴盛

1. 南唐伎乐情况概述

南唐的前身杨吴政权统治江淮时期,经济增长迅速,为其后南唐的发展奠定了良好的经济和社会基础,但文化艺术建设相对薄弱,当时未有大的发展。当时见称于史书的伶人只有申渐高。《十国春秋》卷十二记载:"申渐高,不知何地人。事睿宗为乐工,常吹三孔笛,卖药于广陵市。"①马令《南唐书》卷二十五亦记载云:"申渐高,在吴为乐工。"其时"吴多内难,伶人不得志"。说明杨吴尚处于割据政权的建设初期,音乐人才匮乏且境况不尽如人意。

南唐初年,重视文治的烈祖对音乐建设颇留意,专门设立教坊掌管乐事,恢复江南伎乐。"昇元初,案籍编括,渐高以善音律为部长"②,与杨吴统治时期相比,南唐不仅有了专门的教坊部,而且初具规模,用于邦交。"昇元二年,(高丽)遣使来贡方物,烈祖宴于崇英殿,出龟兹乐,作番戏,召学士承旨孙忌侍宴"③。南唐妓乐的兴盛主要是在中主后主时期。中主后主不仅自身有较高的音乐修养,身边亦多音乐才华突出之人,因此朝中形成了浓厚的伎乐文化氛围。(晋王景遂)"间与朝士官属饮宴赋诗,尝以玉杯行酒,座客传玩以为宝"④。元宗"初嗣位,春秋鼎盛,留心内宠,宴私击鞠,略无虚日"⑤。"多与宗戚近臣曲宴,如冯延巳、陈觉、魏岑之徒,喧笑无度",⑥"暴师百万于外,宴乐击鞠,未尝少止"⑦。后主对音乐有很深造诣,沉溺于乐事,"因亦耽嗜好,废政事。监察御史张宪切谏,赐帛三十定,以旌敢言,然不为缀也"⑧。大周后,精通诗词,善歌舞,琵琶尤工。后主与大周后"尝雪夜酣燕,(后)举杯请后主起舞。

---

① 《十国春秋》卷 12,第 161 页。
② 马令:《南唐书》卷 25,第 170 页。
③ 陆游:《南唐书》卷 15,第 355 页。
④ 马令:《南唐书》卷 7,第 62 页。
⑤ 《十国春秋》卷 32,第 459 页。
⑥ 马令:《南唐书》卷 7,第 63 页。
⑦ 《十国春秋》卷 26,第 388 页。
⑧ 《十国春秋》卷 18,第 265 页。

后主曰：'女能创为新声，则可矣。'后即命笺缀谱，唯无滞音，笔无停意。俄顷谱成，所谓《邀醉舞破》也"。① 盛唐时，《霓裳羽衣》为大曲，遭战乱毁坏，大周后"得残谱，以琵琶奏之，于是开元、天宝之遗音，复传于世"。② 小周后，从史书"入宋宫，为宴乐"③的记载可知亦通乐律。又后主嫔御流珠，"性通慧，工琵琶。后主常制《念家山破》，昭惠后制《邀醉舞》、《恨来迟》二破，流传既久，乐籍多忘之。后主追念昭惠后，理其旧曲，顾左右无知者，流珠独能追忆无失，后主特喜"。④ 朝臣韩熙载"审音能舞"，内史舍人徐铉、孙晟亦知音。南唐传世画作《韩熙载夜宴图》，分"听乐"、"观舞"、"歇息"、"清吹"、"散宴"五个场景，颇能说明南唐伎乐的规格和盛况。史籍中多处记载南唐君主宴饮乐伎乐场面，甚而中主数与近臣曲宴无节制，齐王景达曾对此甚为不满，"每呵责之。尝与延巳会饮，延巳欲以诡佞卖恩，佯醉抚景达背曰，尔不得忘我。景达大怒，入白元宗，请致之死，元宗慰谕而出……景达由是罕预曲宴"。⑤ 另据《江南余载》，"元宗宴于别殿，宋齐丘以下皆会。酒酣，出内宫声乐以佐欢。齐丘醉狂，手抚内人于上前，众为之悚栗，而上殊不介意，尽兴而罢"。统治者这种宽松的态度对伎乐文化的发展无疑推波助澜。

南唐伎乐文化兴盛的另一表现就是士大夫家伎的盛行。伎，东汉许慎的《说文解字》解释为"妇人"，古代指靠歌舞立身的女子。六朝以降，家伎盛行。王书奴先生在《中国娼妓史》一书中指出："家妓，就是蓄养在家庭中的妓女，而不是在坊曲的。……家妓大半是能歌舞乐曲的……其地位似介于婢、妾之间。"⑥南唐远离中原战火，偏安富甲一方，士大夫生活亦渐趋奢靡，"以豪侈相高，利于广声色"⑦。从徐铉《抛球乐》："歌舞送飞球，金觥碧玉筹。管弦桃李月，帘幕凤凰楼。一笑千场醉，浮生任白头。"可知当时士大夫生活的惬意富

---

① 《十国春秋》卷18，第264页。

② 同上。

③ 《十国春秋》卷18，第268页。

④ 同上，第269页。

⑤ 马令：《南唐书》卷7，第63页。

⑥ 王书奴：《中国娼妓史》，上海三联书店1988年版，第56页。

⑦ 陆游：《南唐书》卷12，第329页。

足。徐铉自己"畜伎乐,饮醇酒,怡然自得,聊以卒岁"①。名相孙晟"以家妓甚众,每食不设食几,令众妓各执一食器,周侍于其侧,谓之'肉台盘'"②。蓄养家伎当然也是一笔不菲的开销,刘承勋"家畜妓乐,迨百数人,每置一妓,费数百缗,而珠金服饰,亦各称此"③。以风流著称的韩熙载蓄伎亦颇有名,《钓矶立谈》称其"后房蓄声妓,皆天下妙绝,弹丝吹竹,清歌艳舞之观"。韩为此支出庞大,甚至朝廷俸禄都显不足。

2. 南唐伎乐文化繁盛成因

南唐伎乐文化的兴盛首先得益于南朝以来江南伎乐文化的发达。"家伎制度,六朝时最为盛行"。④ 南朝尤其齐梁间江南社会生活安定,经济富足,良畴美柘,畦畎相望,阡陌如绣。富庶的经济、繁荣的商业以及秀美的山水,催生了南朝世人的娱乐心理;中央政权的频繁变更、玄学的盛行,又使他们感觉到人生的短暂无常,因而更重视眼前的物质享受。《梁书》卷二八鱼弘传云:"弘常语人曰,丈夫生世,如轻尘弱草,白驹之过隙,人生但欢乐,富贵几何时。"伎乐是他们享受人生的重要一环。上至王侯将相,下至士族武将,都以纵情山水,拥伎欢愉为乐。东晋名流谢安,就曾畜妓东山,每出游,必以女妓从。最高统治者,亦有所好,宋废帝时"户口不能百万,而太乐雅郑,元徽时校试,千有余人。后堂杂伎,不在其数"⑤。"陈后主嗣位,耽荒于酒,视朝之外,多在宴筵。尤重声乐,遣宫女习北方箫鼓,谓之《代北》,酒酣则奏之。又于清乐中造《黄鹂留》及《玉树后庭花》《金钗两臂垂》等曲,与幸臣等制其歌词,绮艳相高,极于轻薄"。⑥ 所谓"上好之,下必有甚焉",当时君主贵族"每饮会,必盛设女伎杂乐,备尽羌胡之声,音律姿容,并一时之妙"。⑦ 王侯缙绅、豪门富室多制新声,蓄伎,如"颜师伯,颇解声乐……多纳货贿,家产丰积,伎妾声乐,尽天下之选,

① 清董浩:《全唐文》卷887,中华书局1983年版。
② 《旧五代史》卷131《孙晟传》。
③ 马令:《南唐书》卷22,第153页。
④ 王书奴:《中国娼妓史》,上海三联书店1988年版,第106页。
⑤ 《南齐书》卷28。
⑥ 《隋书》卷13志第八。
⑦ 《陈书》卷11列传第五。

园池第宅,冠绝当时"。① 夏侯亶,晚年颇好音乐,有妓妾十数人,并无被服姿容。每有客,常隔帘奏之,时谓帘为夏侯妓衣。其弟夏侯夔,性奢豪,后房伎妾曳罗绮饰金翠者百数。

江淮金陵和扬州赖于自然条件和地理条件的优越,六朝以降渐趋成为商业中心,商贾往来,交通便利,伎乐更为兴盛。扬州伎乐最负盛名。唐于邺《扬州梦记》说:"扬州胜地也。每至城夕娼楼上常有纱灯无数,辉耀罗列空中……九里三十步街中,珠翠填咽,邈若仙境。"唐人徐凝《忆扬州》诗云:"天下三分明月夜,二分无赖是扬州。"扬州声妓繁华,如此之盛,可见一斑。文人多冶游于此,艳史尤多。温庭筠就曾在扬州冶游,"乞食扬子院,犯夜,为虞候所击,败面折齿"②。江淮间素多名妓,杜牧《杜秋娘诗序》云:"杜秋,金陵女子也。"刘禹锡《泰娘歌》中所记的"泰娘"也是吴地人。

隋唐结束分裂局面后,政治经济得到迅速恢复,伎乐文化也在新的环境中得到更充分的发展。作为一种重要的音乐文化现象,伎乐几乎渗透到唐代社会的各个阶层和领域,名目众多,有宫伎、营伎、官伎、家伎等。《新唐书·礼乐志》载:"唐之盛时,凡乐人、音声人、太常杂户子弟隶太常及鼓吹署,皆番上,总号音声人,至数万人。"场面堪称蔚为壮观。唐伎乐在玄宗时达到极盛,玄宗既知音律,又酷爱法曲,置左右教坊于京都,专掌徘优、歌舞杂戏。玄宗本人于听政之暇,教太常乐工子弟三百人为丝竹之乐,亲自纠正音色之误,号为皇帝弟子,又云梨园弟子,玄宗还亲制新曲四十余,又新制乐谱。这一时期太常寺的太乐鼓吹两署、教坊和梨园是同时并存的伎艺机构,反映了盛唐高度繁荣的音乐文化,为词的兴起准备了音乐条件。

中唐以后,新声迭起。唐安史之乱前五品以上官员即有丝竹蓄伎之乐,当时许多贵族、文人有家伎,《新唐书·河间王传》"后房歌舞伎百余",孟棨《本事诗》云:"宁王受贵盛,宠妓数十,皆绝艺上色。"畜养家伎、携伎游乐,进而成为士大夫名士的一种风尚。甚而有"十万人家火烛光,门门开处是红妆"(唐张

---

① 《宋史》卷77。
② 《旧唐书》卷190。

萧远《观灯》)的描述。

白居易在中晚唐文人中蓄伎是比较有名,白居易出守杭州,徙苏州,历五年,自云:"两地江山游得遍,五年风月咏将残。"诗人在苏杭等地做官,携伎游乐。伎乐文化在杜甫《观公孙大娘弟子舞剑器行》、白居易《霓裳羽衣舞歌》、李端《胡腾儿》等中都有所体现。随着宴乐之风席卷社会整个阶层。以酒筵为媒介,歌舞伎乐蓬勃发展。《旧唐书·穆宗纪》载:

前代名士,良辰宴聚,或清谈赋诗,投壶雅歌,以杯酌献酬,不至于乱。
国家自天宝以后,风俗奢靡,宴席以喧哗沉湎为乐。

《北里志序》亦云:

自大中皇帝好儒术,特重科第……进士自此尤盛,旷古无俦。由是仆马豪华,宴游崇侈。

伎乐的发展兴盛伴随着复杂的社会文化心理变迁。"安史之乱"和唐末战乱期间,宫中大量教坊歌女散落民间。相对动乱不居的中原,富庶安定的南方尤其是西蜀和江南地区,成为许多教坊伶工乐人的避难所。唐末以来蜀地赖于地险境富,文化较为繁荣,宋初教坊乐工很大一部分来源于蜀地,他们在宋初教坊中占据重要地位。史载:

石深,故唐乐工也,别号石司马,亦云:"琵琶石深"。……乱后来蜀,多游诸显官家,以宾客待之。一夕与军将数人饮酒,深以琵琶擅场,在座非审音者,殊不倾听。漂乃扑槽而垢曰:"深曾为中朝相国供奉,今日与健儿弹,而不蒙我听,何其酷也!"于时识者皆叹讶之。[1]

唐末乐工流入江南比较著名的有李龟年。《明皇杂录卷下》载:唐开元中,乐工李龟年、彭年、鹤年兄弟三人,皆有才学盛名。彭年善舞,鹤年、龟年能歌,尤妙制《渭川》,特承顾遇。于东都大起第宅,僭侈之制,逾于公侯。宅在东都通远里,中堂制度甲于都下。其后龟年流落江南,每遇良辰胜赏,为人歌数阕,座中闻之,莫不掩泣罢酒。杜甫尝作诗赠之:"岐王宅里寻常见,崔九堂前几度闻。正值江南好风景,落花时节又逢君。"

---

[1] 《十国春秋》卷45,第655页。

《乐府杂录》中也有关于唐乐人流落江南的逸闻。尹永新,江西庐陵永新县人。《乐府杂录·歌》条云:"开元中,内人有许和子者(《唐人轶事汇编》称为尹氏女),本吉州永新县乐家女也,开元末选入宫,即以'永新'名之,籍于宜春院。明皇尝独自召李谟吹笛逐其歌,曲终管裂,其妙如此。泊渔阳之乱,六宫星散,永新为一士人所得。韦青避地广陵,因月夜凭栏于小河之上。忽闻舟中奏水调者,曰:'此永新歌也。'乃登舟与永新对泣久之。"①这些训练有素颇具音乐素养的宫廷乐人流居江南同时也为江南伎乐的发展做出了一定的贡献。王建《温泉宫行》中"梨园弟子偷曲谱,头白人间教歌舞"描述的就是这种社会状况和音乐文化的传播。

五代南方各偏安小国普遍崇尚文艺,著名的前蜀帝王建墓伎乐俑,刻有舞伎乐伎浮雕24人,分别演奏琵琶、筝、鼓、笙、钹、箜篌等乐器,形态各异,反映了当时高超的伎乐文化水平。当时各割据小国不仅伎乐兴盛而且伶人地位有了很大的提升,动辄加官晋爵,有的甚至成为皇室亲信,宠臣。后晋齐王"赏赐优伶无度,战士重伤者,赏不过帛数端。今优人一谈一笑称旨,往往赐束帛、万钱、锦袍、银带"②。

伎乐之好莫过于后唐庄宗,庄宗知音度曲好俳优,且重用伶工,"敬新磨,河东人。为伶官,大为庄宗所宠惜"。③ 伶人景进官至银青光禄大夫检校左散骑常侍兼御史大夫上柱国,时"四方藩镇货赂交行,而景进最居中用事。庄宗遣进等出访民间,事无大小皆以闻"。甚至"诸伶人出入宫掖,侮弄缙绅,群臣愤嫉,莫敢出气,或反相附托,以希恩幸"。④ 所好到了令人发指地步。

3. 南唐伎乐文化的特点及功能

王克芬《中国舞蹈史·隋唐五代部分》指出:"五代十国各宫廷乐舞制度、机构等,多承袭唐制,但已远不如唐代兴盛,规模也小得多。特别是南唐,统治

---

① (唐)段安节:《乐府杂录》,古典文学出版社1957年版,第5页。
② 《资治通鉴》卷285。
③ 《五代史补》卷2后唐20条。
④ 《新五代史》卷37。

者以唐代帝王的子孙后代自居,其典章制度方面极力模仿唐代。"①前朝的伎乐成就特别是唐代较为成熟的伎乐文化为南唐伎乐的发展兴盛提供了必要的人才、技艺储备等,并且南唐的伎乐环境和伎乐文化由于统治者的自身修养、乐工素养以及南唐社会风雅的社会文化心理实有别于他国。这点从西蜀和南唐的伎乐文化比较中可以看出。五代时西蜀经济富庶堪比南唐,西蜀伎乐也颇兴盛,很多相关史书都记载了西蜀君臣唱和宴乐之场景。前蜀后主王衍会作曲,好宫词。西蜀亦不乏曲艺才华横溢之人,"欧阳迥雅善长笛,宋太祖常召于偏殿,令奏数曲"②。前蜀内枢密使潘炕之美妾解愁者,"有国色,喜为新声及工小词"。后蜀后主孟昶之妃花蕊夫人徐氏能诗,通音律,其所著《宫词》百首,时人多称许之。及后蜀亡,花蕊夫人有诗:"君王城上竖降旗,妾在深宫哪得知。十四万人齐解甲,更无一个是男儿。"流传于世。但西蜀君臣文化修养品位远不及南唐,并且受文化传统及地理位置所限,两地伎乐文化也呈现不同的面貌。宋人张唐英《蜀梼杌》(卷上)载后主王衍:

> 乾德二年八月,衍北巡以宰相王揩判六军诸卫事,族旗戈甲百里不绝,衍戎装披钑珠帽锦袖,执弓挟矢,百姓望之,谓如灌口神。后妃饯于升仙桥,以宫人二十人从,至汉口驻西湖,与宫人泛舟奏乐饮宴弥日。九月,驻军西县,自西县还至益州昌,泛舟巡间中,舟子皆衣锦绣,衍自制《水调银汉曲》,命乐工歌之。

> 乾德五年三月,上巳宴怡神亭,妇女杂坐,夜分而罢,衍自执板唱《霓裳羽衣》及《后庭花》《思越人曲》。

西蜀统治者伎乐心理多属此类,品位较低。从《花间集》中的西蜀词作我们也可看出其市井俗乐的词乐环境,"家家之香径春风,宁寻越绝;处处之红楼夜月,自锁嫦娥"。"自南朝之宫体,扇北里之娼风"。③ 北里秦楼楚馆、市井歌乐是他们主要的活动场所,这些与宫廷直属的教坊相去甚远。

①　王克芬:《中国舞蹈史·隋唐五代部分》,文化艺术出版社1987年版,第289～290页。
②　《十国春秋》卷52,第768页。
③　(五代)欧阳炯:《花间集序》,引自李冰若《花间集评注》,人民文学出版社1993年版,第1页。

南唐伎乐环境与此相异,中主和后主的宴饮词主要与教坊及宫中的伎乐文化背景有关,冯延巳等近臣的歌词则相当一部分在家妓歌乐及宾朋宴集的环境中产生。南唐伶工主要是教坊御用乐工和家伎。著名的御用伶人如王感化、曹生、杨花飞、李家明、杨名高等,都是才华冠绝,名噪一时。除这些御用伶工外,士大夫的家伎也多色艺俱全,趋于风雅。《南唐近事》载:严续相公歌姬,唐镐给事通犀带,皆一代之尤物也。唐有慕姬之色,严有欲带之,因雨夜相第有呼卢之会,唐适预焉。严命出姬解带较胜于一掷,举座屏气观其得失。六般数巡,唐彩大胜,唐乃酌酒命美人歌一曲以别相君,宴罢拉而偕去,相君怅然遣之。南唐以大唐后人自居,人文环境、文化心理总体趋雅,伎乐文化也随之带有"雅"的特征。乐舞环境和歌妓身份的变化,势必会影响到士大夫的艺术涵养和审美品位,加之自身不俗的修养,因此词作很少涉淫靡。

受唐宋特殊时代风貌的影响,士大夫、文人与歌妓舞女关系密切,朋僚宴集,家伎献艺,也成为江南士大夫雅致生活的有机组成部分。南唐社会尚文、崇文的环境无疑是伎乐进一步发展的土壤。伎乐发展为一种文化,它不仅仅是声色享乐,同时还与文化制度,当时的社会风习,人们的社交方式,以及文人的特殊心态等社会心理相关,并且它的社交功能与娱乐功能相伴而行。从南唐一些诗文史料记载中可以作一了解。徐铉《徐公文集》十八《北苑侍宴诗序》:"(969年)岁躔己巳,月属仲春,主上御龙舟游北苑。新王旧相,至于近臣,并偁华缨,同参曲宴。节乃命即席分题赋诗。"又后主李煜自从善被宋扣留不还,取消了每年的游宴。

南唐宫廷伎乐宴饮盛行,参透文艺气息。在私人宴乐上,歌舞助兴,也使社交活动具有更为高雅的性质,韩熙载蓄伎皆天下妙绝,"是以一时豪杰如萧俨、江文蔚、常梦锡、冯延巳、冯延鲁、徐铉、徐楷、潘佑、舒雅、张泊之徒,举集其门"。文人日常生活也充满宴享之乐,汤悦便与歌伎月真是好友,经常携其出游。徐铉与京城名伎越宾诗酒相酬,钟谟有诗《代京妓越宾答徐铉》云:"一幅轻绡寄海滨,越姑长感昔时恩。欲知别后情多少,点点凭君看泪痕。"潘慎修《宴会》:

> 红叶深严肃广筵,嘉招仍许厕群仙。忽窥哀翰云龙动,乍揭天醉日月

悬。散作楷模珍宝惜,永刊金石共流传。况当牧马从容地,仍集班扬侍从贤。

南唐伎工不仅仅是歌儿舞女供人娱乐消遣,某些情况下也凭借过人的智慧和胆识为国效力。据《南唐近事》载,宋翰林学士陶谷出使南唐时,自恃国势,下视江左,辞色毅然不可犯。韩熙载用计密令金陵名伎秦弱兰诈称驿卒女,每日弊衣持帚扫地,陶悦之并狎,赠词名《风光好》云:"好因缘,恶因缘,只得邮亭一夜眠。别神仙,琵琶拨尽相思调,知音少。待得鸾胶续断弦,是何年?"几日后后主设宴,陶辞色如前,不期然请出弱兰歌此词劝酒,陶方悟大沮,即日北归。

南唐伎乐文化还具有讽谏的功能。宋齐丘事先主昪及中主璟,皆为右仆射。一日,中主选景于华林广园,以明妆列侍,召齐丘共宴,试小妓羯鼓。齐丘即席献《羯鼓诗》曰:

　　巧斫牙床镂紫金,最宜平稳玉槽深。因逢淑景开佳宴,为出花奴奏雅音。掌底轻慑孤鹊噪,杖头乾快乱蝉吟。开元天子曾如此,今日将军好用心。

又尝献《凤凰台诗》,中有"我欲烹长鲸,四海为鼎镬。我欲罗凤凰,天地为矰缴"之句。皆欲讽其跋扈也,而主终不听。[1]

南唐潘佑文才很受后主赏识,后主曾在宫中作红罗亭,四面栽红梅,让潘佑以词曲记事。潘佑作词曰:"楼上春寒山四面。桃李不须夸烂漫。已失了东风一半。"当时南唐已失淮南,只剩半壁江山,岌岌可危,此曲可见潘佑之用心。中主嗣位之初,正值南唐春秋鼎盛时期,遂乐得日日宴游,名伎杨花飞恐中主沉溺其中而荒废国政,借进酒辞而讽谏,只反复唱"南朝天子爱风流"一句,意希望中主当以国事为重,莫步南朝后尘。

伎乐环境是南唐词人的主要创作环境之一,伎乐在满足声色娱乐需求的同时,歌舞侑觞,也为君臣文人的创作注入了灵感和激情,客观上提供了词作产生的生活基础与情感源泉,成为词体繁荣的内在因素。史称晋王景遂"不喜

---

① (宋)文莹:《湘山野录》卷下,四库全书本。

政事,每与宾客朝士燕游,惟以赋诗为乐"①。《诗话类编》云:"李嗣主宴苑中,有白野鹊飞集,嗣主令感化赋诗,应声曰:'碧树深洞恐游遨,天与芦花作羽毛。要识此来栖宿处,上林琼树一枝高。'嗣主大悦,手写《浣溪沙》赐之。"②马令《南唐书》卷二五亦载此事:"元宗尝作《浣溪沙》二阙,手书赐感化,'菡萏香销翠叶残'与'手掩珠帘上玉钩'是也。后主即位,感化以词札上之,后主感动,赏赐感化甚优。"

现存的南唐词中,大量涉及伎乐宴饮。后主词中多次提到宴饮场面,如"红锦地衣随步皱",这只是当时宫廷音乐场景中的一个片断和缩影。又:"何妨频笑粲,禁苑春归晚。同醉与闲评,诗随羯鼓成"(《子夜歌》);"佳人舞点金钗溜,酒恶时拈花蕊嗅,别殿遥闻萧鼓奏"(《浣溪沙》);"落花狼藉酒阑珊,笙歌醉梦间"(《阮郎归》);"笙箫吹断水云间,重按霓裳歌遍彻"(《玉楼春》)。表现出对宫中各种优秀的歌伎舞女品貌才情的欣赏和自身不俗的审美情趣。不仅小皇帝宴饮频频,冯延巳这位太平宰相生活亦歌舞相伴,快意人生。"双玉斗,百琼壶,佳人欢饮笑喧呼"(《金错刀》);"花满名园酒满筋,且开笑口对浓芳"(《莫思归》)。陈世修《阳春集序》云:"公(冯延巳)以金陵盛时,内外无事,朋僚亲旧,或当宴集,多云藻思,为乐府新词,俾歌者倚丝竹而歌之,所以娱宾而遣兴也。"即说明冯延巳有些词作的确产生于丝竹歌舞之兴以娱宾遣兴。

南唐词作所反映的不独是歌舞升平、及时行乐,后主的《虞美人》,以回忆的笔调遥念往日尊前笙歌,即全然没有当日风流之趣,而是别有一番滋味:

> 风回小院庭芜绿,柳眼春相续。凭阑半日独无言,依旧竹声新月似当年。笙歌未散尊前在,池面水初解。烛明香暗画楼深,满鬓清霜残雪思难任。

唐圭章曰:"此首忆旧词,起点春景,次入人事。回首柳绿,又是一年景色,自后主视之,能毋增慨。凭栏脉脉之中,寄恨深矣。'依旧'一句,猛忆当年今日。景物依稀,而人事则不堪回首。下片承上,申述当年笙歌饮宴之乐。"③时

---

① 陆游:《南唐书》列传卷13,第342页。
② 《十国春秋》卷32,第461页。
③ 唐圭璋:《唐宋词简释》,上海古籍出版社1981年版,第40页。

空跨越,往日笙歌丝竹、光景流连之情景更加映衬此刻形单影只,遂感凄凉倍增。

冯延巳一些词作更以风尘男女情感不偶的悲情,暗寓人生不如意之苦闷,表现词人纵有笙歌亦断肠的复杂心理。

值得一提的是,韩熙载虽号称放荡嬉戏,不拘名节,甚而破其家财,蓄伎乐数百人,及其荒淫,所得俸钱,亦分给诸伎,风流洒脱背后实另有因。据《钓矶立谈》:后主即位,适会朱元反叛,颇有疑北客之意。遭受猜忌的韩熙载为了明哲保身,故肆情坦率,不遵礼法,韩借酒色掩饰自己,颇有北人南来的苦衷。

(二)江南宗教之风

1. 多元文化并存情况

唐末五代,政权大一统丧失,随之而来的是礼崩乐坏,儒学式微,尤其在北方"陵迟逮于五季,干戈相寻,海宇鼎沸,斯民不复见诗、书、礼、乐之化"。① 南方各割据政权在政局相对稳定的情况下,为寻求大的发展,相对而言大都重视儒士,广纳文士。前蜀国主王建,"当唐之末,士人多欲依(王)建以避乱。建虽起盗贼,而为人多智诈,善待士"。② 南汉,王定保、倪曙、刘浚、李(殷)衡、周杰、杨洞潜、杨光裔等儒士皆受到刘氏君主重用,"为国制度,略有次序,皆用此数人焉"。③ 在各偏安政权中,江南地区的儒学之风处于领先地位。江南的崇儒之风有深厚的历史背景。六朝后,晋室东迁,衣冠南渡,以洛阳为中心的中原文化与以建康为核心的江南地区所固有的文化融合,江南随之成为发展和保存汉文化的重要地区。

五代时期,安定富庶的江南大地又一次成为饱受战乱之苦的北方士人的栖身之所。南唐文化发展迅速,儒风尤盛,大张于教育、科举、私学等诸多领域,出现了"儒衣书服盛于南唐"、"文物有元和之风"④的局面。这与统治者的

---

① 《宋史·艺文志》。
② 欧阳修:《新五代史》卷63《王建传》。
③ 同上,卷65《刘隐传》。
④ 马令:《南唐书》卷13,第100页。

提倡、北方士人的推动、当地有志之士的重视密切相连。南唐先主李昪崇尚儒术,施行文治,在辅佐吴时即"接礼儒者",设延宾亭招揽四方贤士。建立南唐后保境息民,施行仁政,被誉"有古贤者之风"。中主后主都饱读诗书,深谙儒学之道。后主常劝近臣多读儒书,"卿辈从公之暇,莫若为学为文"①,"方是时,废君如吴越,弑主如南汉,叛亲如闽楚,乱臣贼子无国无之,唯南唐兄弟辑睦,君臣奠位,监于他国最为无事,此亦为儒之效也"②。南唐其时儒者云集,如韩熙载、江文蔚、二徐、史虚白、刘洞、张泌、汤悦等皆一代名流,饮誉南北,他们在帮助统治者立国安邦,制定礼仪典章,推行有效的政治经济文化政策等方面做出了杰出的贡献。据《南唐书》儒者传,韩熙载,北海(今山东潍坊市)人,北海军乱奔吴,"烈祖山陵,元宗以熙载知礼,遂兼太常博士,谥法庙号,皆成于熙载之手"。③ 江文蔚,初为河南府巡官,"自为郎是,南唐礼仪草创,文蔚撰述朝觐会同、祭祀宴饷、礼仪上下,遂正朝廷纪纲"。④

江南不仅儒学发达,而且宗教文化发展迅速。早在南朝齐梁间,江南佛教在统治者倡导下发展空前,崇佛一度达到鼎盛。《世说新语·文学》云"至过江,佛理尤盛"。京城建康一时僧侣云集,译业大盛,讲经说法者甚众。僧人与朝廷、士大夫等上层人士的广泛接触,使佛教渗透到社会的各个阶层。《宋文帝集朝宰论佛教》载当时名流对佛教的态度:"中朝已远,难复尽知。渡江以来,则王导、周颛……亡高祖兄弟、王元琳昆季、范汪、孙绰、张玄、殷颛,或宰辅之冠盖,或人伦之羽仪,或置情天人之际,或抗迹烟霞之表,并禀志归依,厝心归信。"⑤《世说新语·言语篇》引《高僧别传》云:"和尚天资高朗,风韵遒迈。丞相王公一见奇之,以为吾之徒也。周仆射领选,抚其背而叹曰若选得此贤,令人无恨。"可见一时名僧所受的崇高礼遇。僧侣往往游栖山林"微吟穷谷,枯泉漱水……濯足流沙,倾拔玄致"(支遁《竺法护象赞》),一些名僧不仅精通佛

---

① 《徐公文集》卷18,《御制杂说序》,四部丛刊本。
② 马令:《南唐书》卷23,第161页。
③ 同上,卷13,第101页。
④ 同上,卷13,第103页。
⑤ 释僧编:《弘明集》,上海商务印书馆1936年版,第162页。

理而且文学修养颇深,如慧观、慧琳、僧彻等,与士人所崇尚的行为一致。"若慧琳者,实以才华致誉,而于玄致则未深入"。① 从外部因素看,江南的山水自然环境是重要的原因之一。"非必丝与竹,山水有清音"(左思《招隐》)。江南岚色苍苍,山水静谧,身处其中易使人超然于世俗之累,寂然冥思于空林,进而参悟佛理,获得心灵与自然同游。因此山水方滋的江南成为佛教兴盛的土壤。佛寺建筑选址也充分考虑到这一因素,"名山之中,一寺隐现,远观不见,近则巍然,建造之美。僧人结茅山间,详察地形、水源、风向、日照、景观、交通等,然后寻址,天下名山僧建多,皆最好之景点"。② 僧侣们大都居住在远离世俗城镇的山林,幽深的山林与佛教思想有环境、氛围的暗合之处,远离人世的喧闹,更有助于澄心净气。我们可以从一些以禅林、佛寺为描写对象的诗文中具体加以体会。如萧统《和武帝游钟山大爱敬寺》:

嘉木互纷纠,层峰郁蔽云。丹藤绕垂干,绿竹荫清池。舒华匝长陂,好鸟鸣乔枝。霏霏庆云动,靡靡祥风吹。谷虚流凤管,野绿映丹麾。

江总《入龙丘岩精舍》:

聊承丹桂馥,远视白云峰。风窗穿石窦,月牖拂霜松。暗谷留征鸟,空林彻夜钟。

金陵被称作佛都,除山水形胜因素外,从地缘上讲,中国文化南北的分界线在长江,金陵正位于一个南北相交的中间地段。作为南方政治、文化、经济中心,六朝以来金陵吸引着各地的文人学士。当时有名的思想家、科学家、文学家、史学家等,几乎都在此或长或短地生活过,各种文化成果在此交汇碰撞。明人钟惺言:"夫金陵自齐、梁以来,故佛国也。"佛教大师支谦和康僧会一北一南先后于金陵传播佛教,对金陵佛教事业做出过巨大贡献。③ 此后金陵佛教吸取南北佛学之精华并迅速得以弘扬光大,遂成为著名的佛教中心,在中国创立

---

① 汤用彤:《汉魏两晋南北朝佛教史》,武汉大学出版社 2008 年版。
② 陈从周:《陈从周散文》,花城出版社 1999 年版,第 81 页。
③ 东汉末年,西域月氏国人优婆塞支谦为避战乱从北方南迁建业,从事了几十年的佛经译著工作,使南京初识佛教。东吴赤乌十年(247),精通三藏的天竺僧人康僧会自交趾经广州北上来到建业传播佛教。

的大小乘各宗派无一不和金陵有关。《高僧传》所载的诸转读经师,都为晋以后人,且大都居住在金陵一带。我国最早的呗赞转读,也是在以金陵为中心的区域发展起来的。陈寅恪先生考证:"中国文士依据及模拟当日转读佛经之声,分别定为平上去之三声,合入声共计之,适成四声,于是创为四声之说。"①隋唐之际,江南的呗赞和唱导代表了当时佛教讲唱音乐的最高水平。五代时期的南唐,在江西境内,马祖法系洪州宗分化的临济宗和沩仰宗影响依旧,青原法系的传人清凉文益则在金陵创立了法眼宗。

"五季乱而五宗盛",佛教盛行于南唐,不仅有历史原因,而且有深刻的社会原因和广泛的社会基础。后主时期,崇佛日盛,崇佛为一时之风气,名士如孙晟、李建勋、宋齐丘、陈觉、韩熙载等人,都曾有诗文碑记等留于佛寺。后主笃信佛法"于宫中建永慕宫,又于苑中建静德僧寺,钟山亦建精舍,御笔题为报慈道场。日供千僧,所费皆后宫玩用"。甚而"宫中尝造佛寺十余,出余钱募民及道士为僧。都城至万僧。悉取给县官"。记载南唐国史的重要典籍《江南野史》评价后主"姿仪风雅,举止儒措,宛若士人。酷信浮屠之法,垂死不悟"。

史家认为南唐亡国与后主痴迷佛教有莫大的关系,《江南余载》云后主"素溺竺乾之教,度僧尼不可胜算,以崇佛故,颇废政事"。陆游在《南唐书》中做出这样的警示:"南唐褊国短世,无大淫虐,徒以寝衰而亡。要其最可为后世监者,酷好浮屠也。"②不过需细加分析,对于史书记载后主"亲削僧徒厕简,试之以颊,稍有芒刺,则再加修治"③之类,盖当时人附会之语,当为"委巷之谈"。《钓矶立谈》云:"(南唐)国亡之际,举朝持禄,相与沈沦,往往争言君之短长,以自媒炫",因此不足信。《宋史》卷二九六之语也可作旁证:"先是江南旧臣多言后主暗懦,事多过实。真宗一日以问慎修,对曰:'渠或昏理若此,何享国十余年'。"

除佛教外,南唐道教亦有发展。先主李昇就因迷信金丹,一时风气蔓延上至皇室,下至黎民,食金丹以延年益寿者不在少数。先主不幸于昇元七年

① 王瑶:《中古文学史论》,第217页。
② 陆游:《南唐书》卷15,第351页。
③ 马令:《南唐书》卷26,第175页。

(943)二月疽发于背,去世。他临终前始幡然悔悟告诫中主李璟:"吾服金石,欲求延年,反以速死,汝宜视以为戒。"①元宗李璟虽然没有服食丹药,与道教亦有很深渊源。《十国春秋》卷一六记载,李璟"少喜栖隐,筑馆于庐山瀑布前,盖将终焉,迫于绍袭而止"。女冠耿先生"保大中,游金陵,以道术修炼为事"②,元宗屡召见。元宗次子庆王李茂"雅言俊德,宗室罕伦",却未冠而薨。近臣劝慰:"臣闻仁而不寿,仙经所谓炼形于太阴之中。然庆王必将侍三后于三清,友王乔于玉除,伏望少寝矜念。"③君臣之间语道教语,可知当时道教的流行。南唐士人信奉道教者也不在少数,马令《南唐书》隐者传载,陈陶,声诗历象,无不精究,自料与齐丘不合,筑室西山,以诗酒为事,后以修养炼丹为事,作诗云"长爱真人王子乔,五松山月伴吹箫,任他浮世悲生死,独驾苍龙入九霄"。沈彬,隐于云阳山十余年,治方术,与僧虚中齐己为诗侣。即使一些声名远播的大儒,也颇有仙风道骨,如孙晟,少为道士,居庐山简寂宫,尝画唐诗人贾岛像,晨夕事之,后易儒服,踏入政坛,并以死报国。南唐多元文化并存的社会环境,一方面说明儒道本身都具有很强的包容性,另一方面反映出南唐社会思想领域儒教和佛道渐趋合流,士人援佛道入儒的倾向,对唐宋之际文化思想嬗变意义深远。

2. 南唐士人的复杂精神境遇

六朝以来江南文化发展突出,唐朝,江南地区文化已相当发达,为五代以降文化南移奠定基础。五代时较为安定的政治环境,礼遇文人政策吸引了大批南迁士人,在一定程度上造成了南唐士人群体多样性和复杂性。这些士人群体中有江南本土的士人群如秣陵人周宗、豫章人宋齐丘、广陵人冯延巳冯延鲁兄弟,彭城人徐阶、广陵人李德城、庐江人李章等他们的籍贯都在南唐境内,而高越、张延翰孙晟、史虚白、常梦锡、韩熙载、江文蔚、徐铉徐楷、李德明等悉为由北入南士人。这些士人群基于不同立场和思想、不同文化背景,利害相攻,引发持续数年的南唐党争。马令《南唐书》专作党与传:"南唐之士,亦各有

① 吴任臣:《十国春秋》卷15。
② 马令:《南唐书》,第168页。
③ (宋)郑文宝:《南唐近事》,丛书集成初编(卷2)。

党……或曰,宋齐丘、陈觉、李徵古、冯延巳、延鲁、魏岑、查文徽为一党,孙晟、常梦锡、萧俨、韩熙载、江文蔚、钟谟、李德明为一党。"①从中可见南唐政局复杂。这一点学界已有定论,本书存而不论。与北方"礼崩乐坏,文献俱亡"形成鲜明的对比,这些士人群体对江南社会尤其是南唐崇儒之风、社会风尚趋雅发挥了重要作用。从另一方面来说,南唐士人个性色彩浓烈,有着复杂的精神境遇。客观上,六朝以来,士人接受的思想已渐趋多元。鲁迅先生说:"晋以来的名流,每一个人总有三种小玩意,一是《论语》和《孝经》,二是《老子》,三是《维摩诘经》,不但采作谈资,并且常常做一点注解。"②五代在江南这一特定的自然、社会、人文环境中,道教、佛教与儒学的结合,进入了一个新的阶段,并共同作用形成了南唐人的思想基础,进而深刻影响了社会文化心理。南唐诸如孙晟、李建勋、徐铉等政治地位、文学地位颇高者,也常出入于僧、道之间。宗教文化对南唐士人的影响具体表现在几个方面:

异于传统文士之风。与传统名士相比,郑学檬用"风流才子"来形容南唐士人。五代时期,江南经济快速发展,城市生活、文化生活获得极大繁盛,士人的价值、思想意识也随之产生了新的变化,他们大都饱读诗书,才华横溢,且个性鲜明。"韩熙载之不羁,江文蔚之高才,徐锴之典瞻,高越之华藻,潘佑之清逸,皆能擅价于一时;而徐铉、汤悦、张洎之徒,又足以争名于天下,其余落落,不可胜数"。③ 与传统的儒教修养强调价值内在于心,重视人性中"高层"的一面,并往往混同外在的社会规范和内在的价值之源相比,他们身上有一点比较突出,就是不避物质享受,追求较高层次的精神享受。如宴享之乐、伎乐之乐、与歌伎交友、携伎出游。孙晟,"笃学,善文辞,尤工于诗",马令在《南唐书·义死传》中的说他"少为道士,居庐山简寂宫"。金陵将危时,孙晟为国效忠,堪称儒士典范,这只是他的一面,孙晟生活颇奢侈,"时名进士类修边幅,尚名检,晟豪举跌宕,不能蹈绳墨"④。且好伎乐,"每食不设食,令众妓各执一食器,周待

---

① 马令:《南唐书》,第140页。

② 鲁迅:《吃教》,《鲁迅全集》(第五卷),人民文学出版社1996年版,第310页。

③ 马令:《南唐书》卷13,第103页。

④ 《十国春秋》卷27。

于其侧谓之肉台盘"。韩熙载北人南渡,曾言江南若用他为相,当长驱以定中原,颇有张狂之气。"才气逸发,多艺能,善谈笑,衣冠常新格,为当时风流之冠"。① 他创制了一种轻纱帽,时人称之为韩君轻格,且多效仿。南唐名相李建勋,《澄怀录》记载:"建勋尝蓄一玉磬,以沉香节按柄扣之,声极清越。客或谈及狠语,则急起击磬数声,曰:聊代清耳。"又如史虚白,《南唐近事》中云:

> 虚白对客弈棋,旁令学徒四五辈各秉纸笔,先定题目。或为书启表章,或诗赋碑颂,随口而书。握笔者略不停辍,数食之间,众制皆就,虽不精绝,然词采磊落,旨趣流畅,亦一代不羁之才也。

史虚白平时如此恃才自傲,即使在最高统治者面前,他同样毫无顾忌,不拘礼节。"嗣主即位,熙载荐之,命登便殿宴饮,与之计事。虚白醉溺于阶侧。嗣主感慨曰:'真处士也'"。② 南唐士人的这些行为风范有些接近于魏晋士人之风神,但应区别视之。魏晋士人尤其是以嵇康、阮籍为代表的竹林七贤他们的思想行为与恐怖政治忧虑交织在一起,注重内心忽略外表,由于社会政治迫害加剧,遂企慕庄子逍遥游,外化为越名教而任自然的任荡放任行为。《晋书》嵇康本传说他:"长好老庄,常修养性服食之事。弹琴咏诗,自足于怀,以为神仙禀之自然,非积学所得","他们的放荡颇杂有汉代以来游仙的意味,而根本原因则在愤世嫉俗。"③魏晋士人好饮酒作乐行为常常惊世骇俗或,其实内心很苦闷,其行为是对现实和政治的逃避。不过两者身上确有一定共同的地方,都注重个体自由,南唐士人继承并发展了魏晋士人个体自觉精神,不仅从外化行为,而且从内在意趣表现之。"所谓个体自觉者,即自觉为具有独立精神之个体,而不与其他个体相同,并处处表现其一己独特之所在,以期为人所认识之义也"。④ 这也从一定程度上造就了南唐士人不同于其他时代士人个体意志为群体意识所压抑,结合相对富庶经济背景和崇文的社会环境而表现出特立独行、风流自诩的风貌。

---

① 《十国春秋》卷28。
② 《江南野史》,四库全书本。
③ 王瑶:《中古文学史论》,北京大学出版社1998年版,第32页。
④ 余英时:《士与中国文化》,上海人民出版社1987年版,第310页。

　　不同的价值取向。南唐士人构成成分复杂，加之复杂的社会环境，有些士人社会理想不尽然与所属阶层的利益完全符合。"士之全节者无几"。南唐有慷慨赴难九死而犹未悔者，如孙晟。金陵将覆时，周世宗屡召见之，问江南事，孙避而不答，只言李煜实北面无二心，后殉国；有不得志而隐居江湖者，如史虚白。史曾竭力进谏先主李昪抓住时机，北定中原。先主以建国伊始，宜辑睦邻境，未暇北顾而拒纳，虚白"意颇不平，耻其初言失，因褒衣博带，纵楫南游。至庐山，与佛老之徒耽翫泉石，以诗酒自娱，不干世务"。其处世可称作"时之来也，为云龙，为风鹏，勃然突然，陈力以出；时之不来也，为雾豹，为冥鸿，寂兮寥兮，奉身而退"（白居易《与元九书》）；有国亡变节侍新主者，如张洎、徐铉等，南唐国亡之后，这些人阿谀取荣，巧言晋升。《十国春秋》卷三十记载，李煜降宋后，生活甚贫，"洎尤丐索之，后主以白金器与洎，洎尚未满意"。毋庸讳言，虽然南唐儒学振兴，但儒、道之于乱世更多的是作为学问的代表，而不是道德规范和行为准则，正如徐铉《观人读〈春秋〉》中语"日觉儒风薄，谁将霸道羞"。南唐士人很少再恪守"不降其志，不辱其身"[1]、"非其君不事，非其友不友"[2]的儒教内在的人格规范，佛道思想成为他们新的精神寄托和超越，甚至是一种生活方式。一代名相李建勋的人生轨迹即说明了这一点。

　　李建勋，字致尧，广陵人，仕南唐为宰相，后罢，出镇临川。不久以司徒致仕，赐号"钟山公"。生活中常伴有琴、磬、《南华经》、湘竹簟。李建勋受佛教影响很深，"志尚散逸"，多从仙侣参究玄门。时宋齐丘有道气，在洪州西山，建勋造谒致敬，欲授真果，题诗赠云："春来涨水凉如活，晓出西山势似行。玉洞有人经劫在，携竿步步就长生。"[3]《玉壶清话》卷十亦云其不喜华靡，屏斥世务，喜从方外之游。李建勋父亲居南唐要职，李建勋仕途可谓平步青云。虽居要职，但李很懂得趋利避害。元宗嗣位后，礼贤下士，勤政为民，人皆欣然望治，独李建勋私下说，君主宽仁大度，胜过先主，但性情远未成熟，需要有贤士时刻谏议，否则，未能守住南唐基业。南唐平湖南后，李建勋料想南唐前途堪危，称

---

　　① 《论语·微子》。
　　② 《孟子·公孙丑》。
　　③ 《唐才子传》卷10。

病辞官,在钟山怡然闲适终老,并留遗训,勿树碑立传,以防他日毁斫之祸。后及南唐亡,果公卿贵族之墓尽遭挖掘,独李建勋墓因不知在何处而幸免。李建勋一生可称生尽享富贵,死后亦全其身。不过似乎相悖于传统儒道,陆游评其:"其智独施一己,视覆军亡国,君父忧辱,若己无与者。"①在传统的儒士看来,儒家思想是他们的精神支柱,固守之有种自我实现的理想,奋发必于是,颠沛必于是,苦难亦必于是。"一种学术思想之流行除因其具实用之价值外,又必须能满足学者之内心要求"。② 唐末五代时期,如欧阳修云"由三代而下,治出于二,而礼乐为虚名"③,儒学重心与功能在于人伦纲常,维持稳定,唐末以来,儒学旧有的安定作用受到极大挑战,已渐失普遍性和安定性,显然不能满足士人内心的需求,以李建勋为代表的南唐士人不独以儒教为典范,修身齐家治国平天下之精神遂退回个人精神生活领域,流露出他们内心有着更为复杂的价值之源。

隐逸之风。隐逸思想几乎漫延于中国文化的历史进程中,对士大夫思想生活影响深远。古代文士在仕途进取、施展才能中遭遇挫折时,在社会环境混乱或与自我意志相违背时,通过它进行自我心理的调适,以适应社会变化,体现的是一种个体行为。实际上,隐逸动机更为复杂,"或隐居以求其志,或曲避以全其道,或静己以镇其躁,或去危以图其安,或垢俗以动其概,或疵物以激其清"。④ 从隐逸方式看,《庄子·缮性篇》云"古之所谓隐士者,非伏其身而弗见也,非闭其言而不出也,非藏其知而不发也,时命大谬也"。先秦隐逸思想中,避世全节,存身以待时命,是隐士的主要选择。隐逸思想既反映了士阶层与统治集团的张弛关系,也是士人独立人格的一种体现,反映出个体的自觉精神。六朝江左山水以滋,名士多居之。士人的隐逸思想和方式也有了新趋向,仕与隐行迹上不再有特别的矛盾,朝亦可隐,市亦可隐,他们游走在仕宦与隐逸之间,不独采取出世与社会隔绝的极端形式。《南史·袁湛传》载袁为中书令、丹

① 陆游:《南唐书》卷6,第286页。
② 余英时:《士与中国文化》,第352页。
③ 《新唐书》卷11。
④ 《后汉书》卷83。

阳尹时,"虽位任隆重,不以事务经怀。独步园林,诗酒自适。家居负郭,每杖策逍遥,当其意得,悠然忘反"。谢朓甚而诗云:"既欢怀禄情,复协沧州趣。"显示隐初在我、而不在物的境界。

南唐偏安日久,面临强敌压境,对文治武功的失落,迫使君臣寻求另一种满足。南唐士人承续六朝士人亦仕亦隐之风,更注重内涵和修养,内蕴个体理想人生的追求。徐铉自叹为伤弓之鸟,"今朝我作伤弓鸟,却羡君为不系舟"(《陈觉放还至泰州,以诗见寄,作此答之》),流露出国运日蹙,乱世隐忧之下士人避世的复杂情怀。廖凝,曾做彭泽令,据《十国春秋》卷二九记载,慕陶处士为人,已而笑曰:"渊明不以五斗折腰,吾宁久为人役?"即解印归衡山。归去时,只随身携带诗卷、酒瓢而已,并作诗言志:"五斗徒劳漫折腰,三年两鬓为谁焦。今朝官满重归去,还挈来时旧酒瓢。"

对于南唐士人的隐逸思想,马令《南唐书》有一段评述:

> 故隐士儒术,出处虽异,易地则皆然也。或曰,江梦孙、沈彬尝仕矣,而列于隐士;刘洞、史虚白尝隐矣,而列于儒术,何载?曰:彬与梦孙志于隐而仕,不得已焉;洞与史虚白志于仕而隐,不得已焉。

揭示出南唐士人在特殊时代环境中的复合型人格特点。与古之隐者"道德足乎己,而时命大谬,则泊然自适于性命之真,而非违物离人以为高也"①有很大不同。

南唐时,一些名士栖隐聚集于庐山,如诗僧若虚隐于庐山,累征不就。许坚早年为性舒野,多谈神仙之事,后寄寓简寂观。《十国春秋》载:"坚喜作诗,梦中多吟咏诗句……保大时,以异人召,坚耻其名,不起。"处士陈贶志操古朴,好学,不苟于仕进,游庐山,刻苦钻研,后诗名闻于四方。隐于山麓,元宗欲授之以官,贶固辞。这些人的诗文大多表现山居生活的闲散情怀,寺院庙观的清幽景致及其落寞的隐逸心理。另有一些作品则体现士人游仙访道的意向,如查文徽《寄麻姑仙坛道士》:

> 别后相思鹤信稀,郡楼南望远峰迷。人归仙洞云连地,花落春秋水满

_____

① 马令:《南唐书》,第112页。

溪,白发只应悲镜锬,丹砂犹待寄刀圭。方平车驾今何在? 常苦尘中日易西。

隐逸思想对中主和后主也产生了很大影响。《全唐诗》载后主病中诗云:"……窥其辞情,似由叠遭国忧家难,故发逃世之思,虽迹同梁武,初心殆有殊也。"①后主的"逃世"思想,并非完全由于国忧家难,在他早期的作品中即可窥见吉光片羽。如《渔父》词:

> 浪花有意千重雪,桃李无言一队春。一壶酒,一竿身,世上如侬有几人。一櫂春风一叶舟,一纶茧缕一轻钩。花满渚,酒满瓯,万顷波中得自由。

渔父疏朗雅致的生活场景、色调,与词人的隐逸情趣相吻合。李煜虽不似张志和烟波钓徒那样自由快意人生,享受普通人的山水之乐,但内心对隐逸、自由生活的向往却是真切的。可以想象"出则渔弋山水,入则言咏属文",应是后主理想的人生状态。

中主李璟少喜栖隐,太和二年(930)于庐山瀑布前建读书堂。从冯延巳为李璟作的《开元寺记》可知中主当时心态:

> 皇帝即位之九年,诏以庐山书堂旧基为寺。寺成,会昭义当作武军节度使冯延巳肆观于京师,上赐从容于便殿,语及往事,顾谓曰:"庐山书堂已为寺矣,朕书堂之本意,卿亦预知,颇记忆否。"

3. 佛道思想与文学的结合

中国文学自西汉后,几乎都受到儒、道两家直接与间接的思想影响。六朝起,又加上佛教。② 五代乱世,宗教兴盛,南唐文学中亦可觅其踪迹。著名诗人李中常与僧士交往,与僧道酬唱的诗歌达 40 篇。名篇如《赠上都先业大师》:"有时乘兴寻师去,煮茗同吟到日西。"《寄庐山白大师》:"一秋同看月,无夜不论诗。泉美茶香异,堂深盘韵迟。"《全唐诗》收录李建勋 14 篇与佛寺僧人相关的诗歌。名士陈陶以隐居出名,生活中方外之人接触密切,也写了不少关于

---

① 夏承焘:《唐宋词人年谱》,第 131 页。
② 徐复观:《中国文学精神》,华东师范大学出版社 2001 年版,第 7 页。

佛、道的诗歌,如《怀仙吟》《步虚引》等。

　　宗教不同于日常生活的情感,属于人们认识把握世界的特殊方式,源自对超自然力量的心理向往和崇拜,伴随着净化、自我安慰,以获得精神超越和寄托。这种超越方式某些方面恰与审美功能一致,"审美造就了能够超越一切的一瞬,尽管它神秘而短暂,空灵而虚幻,像梦一样去来无迹。但是许许多多天才的心灵都将这短短的瞬间视为永恒,视为无限,视为人类唯一能走向自由的捷径"。① 宗教尤其是佛学之于心灵的超然和审美的超然不期然获得了内在的一致性。

　　试赏读王维的这首《辛夷坞》:

　　　　木末芙蓉花,山间发红萼。

　　　　涧户寂无人,纷纷开且落。

　　这首形象化的诗表现出佛理禅趣与文学的融合渗透,诗人从自然物象中参悟佛义的旨归,进而用高超的文字艺术,以诗的形式负载佛理。"艺术,就是所谓静观、默察;是深入自然,渗透自然,与之同化的心灵的愉快"。② 在静观、默察中,诗人精神世界也易与自然融为一体,空旷浩渺之景与淡泊宁静之情相契合,凝神远思,心冥空无。宋人李之仪《姑溪居士集》卷二九《与李去言》云:"说禅作诗,本无差别",可谓道出两者相通之处。

　　中晚唐有些诗歌极富于禅意:

　　　　千山鸟飞绝,万径人踪灭。孤舟蓑笠翁,独钓寒江雪。(柳宗元《江雪》)独怜幽草涧边生,上有黄鹂深树鸣。春潮带雨晚来急,野渡无人舟自横。(韦应物《滁州西涧》)

　　禅意入诗,如羚羊挂角,无迹可寻。词亦有禅意:

　　　　"明月几时有",词而仙者也。"吹皱一池春水",词而禅者也。……是故词之为境也,空潭印月,上下一澈,屏智识也。清磬出尘,妙香远闻,参净因也。鸟鸣珠箔,群花自落,超圆觉也。③

---

① 刘晓波:《审美与超越》,载《文学评论》,1988 年第 6 期。
② (法)罗丹:《罗丹艺术论》,广西师范大学出版社 2002 年版,第 10 页。
③ (清)江顺诒:《词学集成》卷7,上海古籍出版社 1995 年版,第 53 页。

又比如冯延巳之"细雨湿流光",看似清静的境界却流露心底的迷乱和无限慨叹,岁月无痕消失的感受表达的十分真切而吟味不尽。从李后主一些词文中我们可以进一步体会这种心物契合、空灵静谧的禅意之美。李煜《开元乐》云:"心事数茎白发,生涯一片青山。空山有雪相待,野路无人自还。""空"、"无"本参悟佛理境界,与"青山"、"雪"融为一体,体现出后主一无所傍,对非现实世界的寄托和企慕之情以及希望得到心神的超然无累思想。在词作中李煜还多用"月"、"夜"等高度形象化的意象,来烘托静与虚的境界,体现禅意。如:

> 樱花落尽阶前月。(《谢新恩》)
>
> 蝶翻金粉双飞,子规啼月小楼西。(《临江仙》)
>
> 归时休放烛花红,待踏马蹄清夜月。(《玉楼春》)
>
> 小楼新月,回首自纤纤。(《谢新恩》)

这些意象构思精巧,言浅意深、色彩清疏淡雅、倍增空寂幽美之感。

> 无奈夜长人不寐,数声和月到帘拢。(《捣练子令》)
>
> 千里江山寒色远,芦花深处泊孤舟,笛在月明楼。(《望江南》)
>
> 晚凉天净月华开,想得玉楼瑶殿影,空照秦淮。(《浪淘沙》)
>
> 月寒秋竹冷,风切夜窗声。(《三台令》)

月、夜、江、秋等清冷意象的组合极易生成空、寒、幽、寂的意境。王鹏运《半塘老人遗稿》评述李煜这种超凡之气:"莲峰居士(按:李煜别号)词,超逸绝伦,虚灵在骨。芝兰空谷,未足比其芳华;笙鹤瑶天,讵能方兹清怨?后起之秀,格调气韵之间,或月日至,得十一于千首。若小晏、若徽庙,其殆庶几。断代南流,嗣音阒然,盖间气所钟,以谓词中之帝,当之无愧色矣。"①

从一定程度上,宗教也可看作是南唐士人深层生命意识的体现。南唐以大唐后人自居,却迫于强邻,国蹙家危,构成了诸多压迫感、家国人生的失落感和强烈的不安全感。在这种时代氛围下他们的心理呈现畸形扭曲,形成了通过借用或创造外在精神客体求得补偿的心态。对于他们而言精神世界无法得

---

① (清)王鹏运:《半塘老人遗稿》,王兆鹏主编:《唐宋词汇评》(唐五代卷),第521页。

到满足,无所依傍,此时审美和宗教宛如两条出口,使他们游离于现实和虚幻之间,"梦里不知身是客",暂时超越现实生活的苦恼,弥补现实中的缺憾,进而弥补心灵的落空。南唐人将特定的时代精神结构和自身体验用艺术的形式凝定,并且这种受多元思想文化而浸润形成的时风士风和社会心理的影响深远,尤其是对宋士大夫人格的形成上影响明显,宋士人的一些特点在南唐士人身上已初见端倪。宋代立国重文轻武,文人生存境遇堪称理想。因此,一方面宋代文化快速发展,宋学尤其是词体之地位堪比先秦子学、两汉经学、魏晋玄学、唐诗学,但另一方面宋冗官冗兵,财政消耗巨大,并屡有农民起义和外族侵扰的忧患,国力渐弱。王禹偁上疏真宗:"兵威不振,国用转急,其义安在? 所蓄之兵冗而不尽锐,所用之将众而不自专故也。"①在这种复杂社会环境中,两宋士人的精神世界亦更为复杂丰富。他们在政事之外致力于融会贯通儒释道的精神。宋太宗认为"清静政治,黄老之深旨也。夫万务自有为以至于无为,无为之道,朕当力行之"。宋徽宗更以道君自居。杨亿、周敦颐,南宋的张九成、陈与义等受禅宗思想影响很深。可以说多元思想文化为南唐及宋文人开辟了新的可供选择的精神空间。"他们追求一种能够将现实关怀与个体性精神享受融为一体的新型文化人格"。② 在这一点上,苏轼的一段话也可资参考:

> 古之君子,不必仕,不必不仕。必仕则忘其身,必不仕则忘其君。譬之饮食,适于饥饱而已。③

(三)江南文化的审美品格

韦勒克在其经典著作《文学理论》一书中明确指出:"人文科学的研究重心在于具体和个别的事实,而个别的事实只有参照某种价值体系——这不过是文化的别名——才能被发现和理解。"④一个地方的自然环境和社会环境,文化心理以及文化价值观,对作家和地区文学的影响是深远的。说起江南,多数

---

① 《续资治通鉴》卷42。
② 李春青:《在文本与历史之间》,北京大学出版社2005年版,第228页。
③ 苏轼:《灵璧张氏园记》,《苏轼文集》卷11,中华书局1986年版,第369页。
④ (美)勒内·韦勒克奥斯汀·沃伦:《文学理论》,文化艺术出版社2010年版,第5页。

人会想到"暮春三月,江南草长,杂花生树,群莺乱飞","春水碧于天,画船听雨眠"。山温水软,充满诗意的画面并心生向往。在文化心理上,江南文化有种超出其他地域文化和地方意识的普遍意义上的影响力。学者胡晓明称之为"文化认同"。江南文化本身具有丰富的思想和人文内涵。"江南文化的'诗眼',使它与其他区域文化真正拉开距离的,在于江南文化中有一种最大限度地超越了儒家实用理性,代表着生命最高理想的审美自由精神"。① 江南之富庶和尚文不必多说,江南文化之特殊之处正在于比"财富"与"文人"多一些东西,即是代表着生命最高自由理想的审美气质和品格。与齐鲁文化为代表的北方政治——伦理型话语不同,江南文化最突出最重要的维度是审美。如本书前面部分论述的南北方自然条件和物质条件不一样,进而影响形成南北学术不同的精神气质。在北方,人与自然的矛盾较为突出。"不幸而有荒年,则伐桑枣,卖子女,流离失所,草芽木皮无不食者……而淮北、山东为甚"②。尤其是魏晋南北朝和五代乱世时期,长安衰落乃至"城中,户不盈百,墙宇颓毁,嵩棘成林……众唯一旅,公私有车四乘"③。迫于生计,北方士人多关心基本的衣食住行以及教化人伦、国计民生,表现出切实的实用性。相形之下,南方,尤其是江南地区资源丰富,自古川泽沃饶,多负山控海。负山则泉深而土泽,控海则潮淤而壤沃。

　　江南文化的审美精神与江南之山水形胜有着天然的联系。仅发现自然的美显然不够,文学艺术的高超之处还在于入乎其内超乎其中,有从第一自然中衍生第二自然的能力。这种更高层次上的审美,需要更发达的审美主体才能实现。正是在江南这片土地上,六朝士人,向外发现了自然,向内发现了人,诞生出一种灌注了"诗性"气质的人文精神,亦称其为"文的自觉"和"人的自觉"。正如钱钟书在《管锥篇》中作评:"人于山水,如'好美色',山水于人,如'惊知己',此种境界,晋、宋以前文字中所未有也。"④他们关注的重点从先秦

---

① 刘士林:《江南文化精神》,上海大学出版社,第7页。
② (明)丘浚:《大学衍义补》,四库全书本。
③ 《晋书·愍帝纪》。
④ 钱钟书:《管锥编》第三册,三联书店2007年版,第1038页。

延伸下来的比德说一变而为"越名教而任自然",不再以道德伦理意义上的人格理想化为目的,而是追求个性心灵和精神的自由与表现,追求老庄那种内心冥寂、与时而动、与物而化的逍遥游,和扶摇直上、乘天地之正的审美人生与境界,并且发展了多种审美视角。"有情灵摇荡、流连哀思的情感因素,有宫征靡曼,唇吻遒会的声律美感,还有绮縠纷披的缤纷藻饰"。① 他们奏响了江南文化审美自由的乐章,审美开始从道德、实用中剥离开来,沉淀下来,真正意义上的审美精神撒播在江南大地上,并对生于斯长于斯的江南人产生潜移默化的影响。

"每个人都降生在一个先他而存在的文化环境之中,这一文化自其诞生之日起便支配着他,并随着他成长和成熟的过程,赋予他以语言、习俗、信仰和工具"。② 南唐地处江南,江南文化对南唐词有延续性的影响,为江南文化所化之人的南唐人继承发展了六朝士人的审美品格,表现出江南文化的精髓。以李璟、李煜、冯延巳为代表的南唐词词风清雅,一扫花间词浮艳香软、雕红刻翠之弊,不仅为一代文学之宋词提供审美范式,而且如千年词史第一瓢芬芳甘美的醇醪,为后世带来连绵不尽的审美享受。

据薛居正《旧五代史》,历史上南唐最盛时期"其地东暨衢婺,南及五岭,西至湖湘,北据长淮,凡三十余州,广袤数千里"。统治区域相当于今江西全省及安徽、江苏、福建和湖北、湖南等省大部。江南是南唐主要的统治区域③,可以说南唐文化是一个历史阶段江南文化的缩影,江南文化的"审美"精神再现于南唐词人的生活和深层的生命体验之中。

1."山水风景好,自古金陵道"

南唐都城金陵自古山水极佳,境内长江江面宽阔,气象万千。城中重峦叠嶂,曲水环绕,群山拥翠,且有众多名胜古迹园囿亭台。著名山川有钟山、凤凰山、秦淮、玄武湖、桃叶渡、白鹭洲;亭台有白鹭亭、赏心亭、佳丽亭、半山亭、翠微亭、越台、凤凰台;寺院则有蒋山寺、半山寺、定林寺、清凉寺、栖霞寺等。南

---

① 吴功正:《六朝美学史》,江苏美术出版社 1994 年版,第 838 页。
② (美)怀特著,曹锦清等译:《文化科学》,浙江人民出版社 1988 年版,第 162 页。
③ 南唐历史上建都金陵和洪州,今江西南昌。

唐先主李昇曾作北郊于玄武湖西,并放诸州所献珍禽奇兽于钟山,大臣李建勋亦建别墅于钟山泉石极佳处。清凉山,李昇在建国之前,就在此设石头清凉大道场,后李煜又在此建消暑纳凉之行宫。五代著名画家石涛的名作《清凉山》,便于幽深宁静中充分体现自然之趣。清凉山上有翠微亭,登临此处,视野开阔,俯瞰金陵城中繁华市井和村舍,亦可远眺湖光山色,归帆去棹。"若有前山好烟雨,与君吟到暝钟归"。江南的一弯烟雨将南唐才士的文思发挥得淋漓尽致,南唐词中处处可见江南秀美景色。如:

> 风厌轻云贴水飞,乍晴池馆燕争泥。(李璟《浣溪沙》)
>
> 船上管弦江面绿,满城飞絮混轻尘,忙杀看花人。(李煜《望江梅》)
>
> 帘外雨潺潺,春意阑珊。(李煜《浪淘沙》)
>
> 南国日暮起春风,吹散杨花雪满空。(徐铉《柳枝辞》)

呈现出江南文化特有的清丽疏朗之风。即使在宫城内,南唐君臣"足不出户",亦可尽享小桥流水、绵绵芳草、片片花飞、小塘春水的美景。相形之下,此时的北方正是战乱频仍,民不聊生之际。据《旧唐书》卷120当时的黄河流域:

> 久陷贼中,宫室焚烧,十不存一。百曹荒废,曾无尺椽,中间畿内,不满千户。井邑榛棘,豺狼所嗥,既乏军储,又鲜人力。东至郑、汴,达于徐方,北自覃怀,经于相土,人烟断绝,千里萧条。

类似的史书记载不绝如缕。不难想象,正在经历或面对如此惨景的北方士人,何以生发丰富的审美情趣和审美机能?

审美之所以是人的本体自由的象征,主要还在于审美是以人的生命、特别是人的情感为核心的综合性精神活动。徐复观先生在《中国艺术精神》中说:"山水可居可游,即人的超越世俗的精神可以寄托之处,即山水精神所聚之处。"①在南唐词人的审美感受中,山水不仅仅是客体,它与词人创作、日常生活发生着密切的关系;山水往往不单独呈现,也不是描写的目的,而是以有限传无限,超越山水形体形态之美而别具情愫。

如李煜的《长相思》:

---

① 　徐复观:《中国艺术精神》,华东师范大学出版社2001年版,第110页。

一重山，两重山，山远天高烟水寒，相思枫叶丹。菊花开，菊花残，塞雁高飞人未还，一帘风月闲。

词人精心选取远山、烟水、枫叶、菊花、塞雁等深秋意象，结合的行云流水，描绘出一幅清爽怡人的秋景。在这样的深秋之致中，相思之闲情越发显得寂寞幽远。注入了主体充沛感情的景物，与主体的感情飘荡在一起难以分离，恰如俞陛云所评："此词以轻淡之笔，写深秋风物，而兼蒹怀远之思，低回不尽，节短而格高……"①总体而言，"画桥、流水、秋千、院落、小楼、飞絮、细雨、梧桐"词一系列敏感而典型意象与江南地域环境有自然的联系，成为南唐词人阴柔气质、内在心性的表达。

2."金炉次第添香兽"

明代地理学家王士性认为：

> 杭、嘉、湖平原水乡，是为泽国之民；金、衢、严、处丘陵险阻，是为山谷之民；宁、绍、台、温连山大海，是为海滨之民。三民各自为俗，泽国之民，舟楫为居，百货所聚，易于富贵，俗尚奢侈，缙绅气势大而众庶小；山谷之民，石气所钟，猛烈鸷凛，轻犯刑法，喜习俭素，然豪民颇负气，聚党羽而傲缙绅；海滨之民，餐风宿水，百死一生，以有海利为生不甚穷，以不通商贩不甚富，与缙绅相安，官民得贵贱之中，俗尚居奢俭之半。②

五代时期的偏安割据政权，尤其是江南地区，确实可称作易于富贵，俗尚奢侈。前蜀后主宣华苑建筑殿、宫、亭阁土木之功，穷极奢巧；南汉高祖作南宫，建殿阁秀华诸宫务极丽；即使以简朴王审知亦不惜民力筑南北夹城，合大城而为三，周二十六里四千八百丈。南方各国服饰款式多华丽，贵族阶级锦袍绯衣互相炫耀，崇尚褒衣博带以示潇洒风度。南唐王崇文"位兼将相，终始富贵，而平居褒衣博带，与士大夫谭宴，风度萧散，时人亲重之"。③

时北方则以质朴为主，丈夫遗之布袴，妇女裙衫，时民间尚衣青，妇人皆青

---

① 俞陛云：《唐五代两宋词选释》，上海古籍出版社1985年版，第132页。
② 《元明史料笔记丛刊》，中华书局1997年版。
③ 《十国春秋》卷22，第311页。

缉为之。① 宋人陶谷《清异录》装饰开元御爱眉条云:五代宫中画开元御爱眉、小山眉、五岳眉、垂珠眉、月棱眉、分梢眉、涵烟眉,由此亦可窥见五代宫廷生活的奢靡。南唐因地制宜发展经济"以国之东裔熬天池以为盐,国之南偏撷地利以为茗,岁贡数百,膳五千师其诸胶漆之财,玉帛之货,山川之利,租庸之常不足纪也"。② 因此南唐的富庶,在十国中是首屈一指的。大将军皇甫继勋,资产优赡,名园甲第,冠绝金陵。多蓄声伎,厚自奉养,珠翠环列,儗于王者。③ 大小周后之周宗父家是南唐最显贵的家族之一,多年经商聚财,钟鸣鼎食。"资产巨亿,俭啬愈甚。既卑于财而贩易,每自淮上通商以市中国羊马"。④ 其时南唐不仅都市经济发展迅速,农村经济也稳步增长。李建勋有诗《田家三首》云:

> 不识城中路,熙熙乐有年。木梁擎社酒,瓦鼓送神钱。霜落牛归屋,禾收雀满田。

王操《田家》亦言:

> 地僻乡音别,年丰酒味醇。风光吟有兴,桑麦暖逢春。

从诗中可知南唐农业生产稳定繁荣,民众安居乐业。殷盛的经济在为南唐君臣提供丰厚物质保障的同时,也有助于发展多方面的审美情趣,包括在其他地区不易见到的人文审美。南唐的奢华与雅致审美品位并行,十国中最为著名。

六朝流传著名书法家王献之桃叶渡的故事:某日,王献之闲来无事,前往岸边迎接爱妾,"桃叶复桃叶,渡江不用楫。担渡无所苦,我自迎接汝"。这段风流趣事也成为当时名士审美风尚的典型。"十国时,风雅才调,无过于南唐后主"⑤,后主之情趣毫不逊于桃叶渡。陆游《南唐书》卷十三记载:

> 时后主很宠幸小周后,于群花间作亭,雕镂华丽,而极迫小,仅容二

---

① 《旧五代史》卷63,中华书局1974年版。
② 邹劲风:《南唐文化》,南京出版社2005年版,第147页。
③ 《十国春秋》卷24,第340页。
④ 《五国故事》,《丛书集成初编》本,中华书局1985年版。
⑤ (清)吴衡照:《莲子居词话》,《词话丛编》本,第2455页。

人,独与后在其中畅饮。

宫中有舞者名叫窅娘,善舞,后主作了高六尺饰之宝物细带璎珞且绣五色瑞云的金莲。窅娘用帛绕脚使脚呈新月状,穿上金莲曼舞,据称观之有凌云之态。颇值得一提的是著名的李后主江南香。晚唐、五代词中经常提到"帐中香"或"沉香",如:

  小金鸂鶒沉烟细,腻枕堆云髻。(顾敻《虞美人》)

  晓来闲处想君怜,红罗帐,金鸭冷沉烟。(毛熙震《小重山》)

  翠被已消香,梦随寒漏长。(李煜《菩萨蛮》)

在宋代,人们经常将江南地区出产的名香与南唐宫廷联系起来,认为是南唐余韵。《陈氏香谱》中提到几种香的配方,其中就有"江南李主帐中香"四方,"开元帏中衙香"一方,"苏州王氏帏中香"一方。洪刍《香谱》记载:"江南李主帐中香法,用丁香檀香麝香各一两,甲香三两,细挫,加以鹅梨十枚,研取汁,于银器内盛,蒸三次,梨汁干,即用之。"①宋代黄庭坚有诗《有惠江南帐中香戏答六言》云:

  百炼香螺沉水,宝熏近出江南。一穟黄云绕几,深禅相对同参。螺甲割昆仑耳,香材屑鸂鶒斑。欲雨鸣鸠日永,下帷睡鸭春闲。

从诗句"宝熏近出江南",可知宋代当以江南地区出产的香为上品。此"香"不同于现代意义上的"香",我们现在所说的多为点线香。线香出现的历史相对晚近,在古代生活中,焚香使用的香,是经过合香方式制成的各式香丸、香球、香饼或者散末。②古人对焚香是很有讲究的,香炉中的炭火要求火势低微,以便香气慢慢挥发出来,香味低回悠长而少烟气为上境界。古代,香炉中香灰如雪,上面香饼袅袅芬烟,氤氲香气,是文人及闺阁生活常见的景致。红袖添香,想象曼妙女子用纤纤玉手拈一粒如弹丸、如鸡头米般大的小香丸或小香饼,放入炉中,本身就是很优美的场景。了解这一点,我们就更容易读懂南唐词中的这些相关句子了。如:

---

① 夏承焘:《唐宋词人年谱》,上海古籍出版社,第124页。

② 孟晖:《花间十六声》,三联书店,第128页。

> 金炉烟袅袅,烛暗纱窗晓。（冯延巳《菩萨蛮》）

> 玉堂香暖珠帘卷,双燕来归。（冯延巳《采桑子》）

> 玉娥重起添香印,回倚孤屏。（冯延巳《采桑子》）

李煜《浣溪沙》中亦有"红日已高三丈透,金炉次第添香兽"的描述。"香兽",洪刍《香谱》卷下"香之事"记载:"香兽,以涂金为狻猊、麒麟、凫鸭之状,空中以燃香,使烟自口出,以为玩好,复有雕木埏土以为之者。"①宫中香炉、香兽的造型颇显示皇家气派与威仪。南唐"香"从植物取用、存放器皿,到制作、功用等已有一套完整的形式,具有多种审美价值。从史料中我们可以对南唐整套的焚香器皿略知一二。《说郛》六十一载李煜伪长秋周氏,居柔仪殿,有主香宫女。其焚香之器曰把子莲,三云凤、折腰狮子,小三神,凤口缶,玉太右,容华鼎,凡数十种,金玉为之。古人还讲究香炉中终日微火不断,炉中不能断火,即不焚香,应使其长温,因灰燥宜燃,故称作活火。倘若香饼燃尽,合香不再散发香气,香灰也自然会冷却下来,便是平常所说的香断灰冷。这原本是一自然现象,与人联系便生发出特别的审美内涵。南唐词中多用香印成灰,香冷,空袅等来寄予感情的受挫失落与内心的惆怅。如:

> 香印成灰,独背寒屏理旧眉。（冯延巳《采桑子》）

> 香印灰,阑烛小,觉来时。（冯延巳《酒泉子》）

> 绣帐已阑离别梦,玉炉空袅寂寥香。（冯延巳《浣溪沙》）

> 夜寒不去寝难成,炉香烟冷自亭亭。（李璟《望远行》）

> 炉香闲袅凤凰儿,空持罗带,回首恨依依。（李煜《临江仙》）

> 绿窗冷静芳英断,香印成灰。（李煜《采桑子》）

3."相看无限情"

江南繁盛的都市经济和秀美的自然山水共同营建了南唐词发展的文化场。南唐杨吴构筑金陵城后,秦淮河便被分隔为内外秦淮,河床变窄。外秦淮河便是南京城南的护城河,内秦淮河便是代表着南京繁华的名扬四海的"十里

---

① 孟晖:《花间十六声》,三联书店,第154页。

秦淮"①。尽管南唐偏安一隅,内有党争外有强敌压境,却并不影响南唐小朝廷的歌舞升平,笙箫不断,时人形容"禁中仙乐无时过"。② 士大夫生活钟鸣鼎食,渐趋奢靡,"以豪侈相高,利于广声色"。③ 徐铉《抛球乐》云:"歌舞送飞球,金觞碧玉筹。管弦桃李月,帘幕凤凰楼。一笑千场醉,浮生任白头。"五代的西蜀和南唐经济发达,生活富足,政治安定,为歌儿舞女、倚红偎翠的词作发展提供了社会空间和心理空间。两地词作都带有儿女情多、风云气少的鲜明时代特点,其题材大都集中于宫廷、闺阁,甚至风月场,女子成为主要的描写对象,词史上往往将南唐词与花间词并举。词史上评:"词至西蜀、南唐,作者日盛,往往情至文生,缠绵流露。"虽两派词人都擅作闺音,实有审美品位上的较大差异。总体而言,南唐词极大地降低了词的媚俗性、应歌性,描写的重点不再是对女性体态或闺房器物的欣赏和对感情的单纯追求,表现出更为高雅的文人审美意趣。

试以两首词作一比较,其一为《花间集》中后晋词人和凝的《临江仙》:

披袍率地红宫锦,莺语时转轻音。碧罗冠子稳犀替,凤凰双颭步摇金。肌骨细匀红玉软,脸波微送春心。娇羞不肯入商衰,兰膏光里两情深。

小词着意描写绮筵绣幌的女子妆容体态,红、锦、碧、金,色彩的运用夺目绚丽,莺语、肌骨、娇羞、兰膏之语则极具声色风情。茅暎《词的》卷三评之"娇怯可思",况周颐云其"奇艳绝伦"。读之确有此感。

再看南唐词人冯延巳的《鹊踏枝》:

谁道闲情抛弃久?每到春来,惆怅还依旧。日日花前常病酒,不辞镜里朱颜瘦。河畔青芜堤上柳。为问新愁,何事年年有?独立小桥风满袖,平林新月人归后。

这是冯延巳最为人知赏的一首词,读小词宛若见一深婉寂寞的佳人独沐春风,富贵生活难消她的闲情、惆怅与新愁,难以确指词中愁谓何,但可以感受

---

① 邵建光:《略论地理环境对南京文化的影响》,载《南京社会科学》,1995 年第 12 期。
② (五代)史虚白:《江南余载》卷下,《丛书集成初编》本,中华书局 1985 年版。
③ (宋)陆游:《南唐书》列传卷第 12,第 329 页。

到她并非只为一般的情爱落寞，而是交织着种种纠结的心绪。这首词典型地代表了此类南唐词的风格，以秾丽之景蓄蕴藉之情，与花间词流连于本意，词意较为单纯的特点相比，似更能引领读者由直觉感知通往无限绵眇想象的审美境界。

值得注意的是冯词中多"帘"的意象。《全唐五代词》所选冯词中"帘"出现 34 次，如：

开眼新愁无问处，珠帘锦帐相思否。(《鹊踏枝》)

庭院深深深几许，杨柳堆烟，帘幕无重数。(《鹊踏枝》)

屏掩画堂深，帘卷萧萧雨(《醉花间》)。

帘本为古代居室寻常之物，古人用之以遮风、避雨、挡光等，在冯词中它却别具韵致。银烛、流苏、帘幕、美人，影影绰绰营造出迷离朦胧之境，不由让人想象帘幕那边伊人惊艳的芳容、窈窕的身姿。伴随着心中千千结，那重重帘幕似乎还生出几多感伤、幽怨和期许，遐想无边，产生独特的艺术审美效果。

李后主词以"真"贯穿，描写女子形象的词也不例外，如：

抛枕翠云光，绣衣闻异香。潜来珠锁动，惊觉银屏梦。脸慢笑盈盈，相看无限情。(《菩萨蛮》)

绣床斜凭娇无那，烂嚼红茸，笑向檀郎唾。(《一斛珠》)

佳人舞点金钗溜，酒恶时拈花嗅。(《浣溪沙》)

对瞬间细节画面的捕捉，极富表现力和感染力，这些女子形象饱满而真实，字里行间流露出词人真诚的爱与欣赏。后主作词与传统的"发乎情，止乎礼义"的诗教相悖，将男女情爱表现得如此动人，大大丰富了文学的审美对象。这些词作也成为后主词作中最富有色彩、最斑斓的一部分。

许昂霄《词综偶评》谓《菩萨蛮》(花明月暗笼轻雾)是"情真景真，与空中语自别"。后主词作自非"空中语"，而是有真实的主体的情感介入。但正如叶嘉莹先生所说："中国的士大夫们则长久被拘束于伦理道德的限制之中，因此遂一直无人敢正式面对小词中所叙写的美女与爱情之内容，对其意义与价值做出正面的肯定性的探讨。"①李煜《一斛珠》被李渔《窥词管见》斥为娼妇倚门腔,甚而被视作"把贵族阶级华贵、腐朽、淫逸生活毫不掩饰的勾画"。② 这些评论带有很大的时代局限性。

4."云雨已荒凉,江南春草长"

江南文化的深层精神,实际上应当是指以审美为核心的诗性气质。南唐词人植根于江南文化,有与生俱来的质有而虚灵的审美气质和审美感觉,和滥觞于六朝的审美品格,即努力将生命价值实现于个人行为之中,并将这一精神化入他们的创作活动之中;而且因为有像李璟、李煜、冯延巳这样的帝王将相颇具影响力的词人存在,江南文化有了自己的话语形式。其间南唐君臣较高的文化修养和底蕴,也是审美层次提升的必要条件。南唐君臣之深厚的文化修养和底蕴多见称于史书,如中主李璟"天性雅好古道,宛同儒者,时时作为歌诗,皆出入风骚","趣尚清洁,好学而能诗";后主李煜"幼而好古,为文有汉魏风","精究六经,旁综百氏"。他们身边云集的饱学之士,儒者之盛,亦灿然可观。除冯延巳外,韩熙载、江文蔚、徐楷、高越、潘佑、徐铉、张洎等皆为一代名流。不过正如冯延巳《菩萨蛮》中云"云雨已荒凉,江南春草长",在江南繁华之地而咏荒凉。南唐国运日蹙、岌岌可危的局面,是不容回避也无从逃避的,敏感多思的文人气质、道义良知等都使南唐词人不可能置身事外,因此南唐词中贯穿着对人生无常的深悟和悲哀,贯穿着忧生忧世之嗟和为摆脱困境而作的挣扎。词体风格的形成与其身份地位、国势政局、个体气质修养紧密相关,当他们的个性气质、学识和穷途末路、瞻前顾后的社会、个人悲剧感受结合起来时,词作的境界便会冲出五代词章相思闺怨题材的藩篱,提升至闳约扩大。唯其如此,南唐词更显示出审美的深度与力度。这些为江南文化所化之人不失审美自由的心灵,在政治人生的冲突之外,超越现实利害而重获自己的精神空间,开出审美一脉,为江南文化注入了新的元素和活力。

---

① 叶嘉莹:《迦陵论词丛稿》,河北教育出版社 1997 年版,第 216 页。
② 谭丕模:《我对于李煜词讨论的一些意见》,载《光明日报》,1955 年 12 月 11 日。

(四)金陵意象

1. 金陵历史概述和意象特征

对于南唐都城金陵的由来,说法不一。卢文弨曰:

> 说金陵者各不同,惟张敦颐六朝事迹序为明晰,言楚威王因山立号,置金陵邑。或云,以此有王气,故埋金以镇之。或云,地接金坛之陵,故谓之金陵。秦时望气者云:"五百年后,有天子气。"始皇东巡,乃凿钟阜,断金陵长陇以通流,改其地为秣陵县。①

金陵的历史可上溯到公元前 333 年,楚灭越,占领了吴、越旧地。原越城"南依聚宝山,北凭秦淮河,当时它控制着秦淮河入江的孔道,而且这里江面较窄,易于舟楫,北蔽长江天险,形势十分优越……楚威王并在今清凉山上筑城,设置了金陵邑。当时长江紧靠着清凉山麓流过,它在军事上的地位比越城更突出。这座城垣,就是此后东吴孙权所筑石头城的前身"。② 又因此地是当年吴王夫差冶炼兵器之处,所以金陵又称"冶城"。可以看出金陵从建城之始就显示出它地理和军事上的特殊地位。

汉时金陵从发展状况和规模上尚属于江南地区的一个县邑。东汉末年,金陵乃至江南迎来了发展的历史机遇。孙权定都金陵以及其后对周边地区的建设发展,对金陵和江南都产生了重大影响。关于孙吴政权定都秣陵,《三国志》记载:

> 江表传曰:纮谓权曰:"秣陵,楚武王所置,名为金陵。地势冈阜连石头,访问故老,云昔秦始皇东巡会稽经此县,望气者云金陵地形有王者都邑之气,故掘断连冈,改名秣陵。今处所具存,地有其气,天之所命,宜为都邑。"权善其议,未能从也。后刘备之东,宿于秣陵,周观地形,亦劝权都之。权曰:智者意同。遂都焉。③

----

① 《颜氏家训集解》卷第七,《四库全书》本。
② 汪永泽、王庭槐:《南京的变迁和发展》,南京师范学院地理系江苏地理研究室编《江苏城市历史地理》,江苏科学技术出版社 1982 年版,第 5 页。
③ 陈寿:《三国志·吴书·张纮传》,中华书局 1959 年版,第 1246 页。

公元221年,孙权定都秣陵,并将之改名为建业。西晋灭吴后,分建业为建邺和秣陵,西晋建兴元年(313),为避晋憨帝司马邺之讳,改为建康。此名称为东晋、南朝所沿用。除地理因素外,孙吴定都秣陵应该还有很重要的政治原因,东吴的许多政要来自吴郡、会稽的名门望族,是统治势力不可缺少的政治基础。此后金陵的地形地理优势日趋明显。历史上先后有东吴、东晋、南朝宋、齐、梁、陈、南唐、明初洪武朝和南明弘光朝、太平天国、"中华民国"等十余个统治政权建都于金陵,其中金陵的地缘环境是建都的重要因素之一。

明末清初地理学家顾祖禹在《读史方舆胜览》中说金陵:"前据大江,南临重岭,凭高探深,形势独胜","舟车便利,则无艰阻之虞,田野沃饶,则有转输之籍。金陵在东南,言地利者自不能舍此而他及也"。金陵集山、水、平原于一体,呈三面环山、一面临江之势。李白有诗赞叹:"地拥金陵势,城回江水流。"地理上恃江山之险,进可以战,退可以守,与富庶的太湖流域、钱塘江流域毗连,享鱼盐谷帛之利,溯江西上,可衔接江汉平原,并可贯通巴蜀天府之国,且地处南北之间,过江可与北方相交,自古有东南要会之称,古云:"欲王西北,必居关中;欲营东南,必守建康。"有些诗文赞叹了金陵的王者之气,如谢朓《入朝曲》:"江南佳丽地,金陵帝王州。"范成大《赏心亭再题》:"天险东南重,兵雄百二尊。拂云干雉绕,截水万崖奔。赤日吴波动,苍艳楚树昏。向无形胜地,何以控乾坤。"陆游《入蜀江》也提到:"望石头山不甚高,然峭立江中,缭绕如垣墙。凡舟皆此下至建康,故江左有变,先固守石头,真控扼要地也。"虽然金陵的地理优势使其具备成为政治军事中心的天然条件,但"形胜未可全恃",①梁启超曾评价过南北建都之别,认为:"建都北方者,其规模常弘远,其局势常壮阔。建都南方者……其规模常清隐,其局势常文弱。"②《读史方舆纪要》亦说金陵作为都城"局促于东南,而非宅中图大之业也"。③

历史上建都金陵的王朝都国运祚短,尤其是六朝,短短200年,金陵经历了

---

① 陆岩司等:《〈读史方舆纪要〉选译》,山西人民出版社1978年版,第70页。

② 梁启超:《中国地理大势论》,《饮冰室全集》第二册,中央书店1935年版,第244~266页。

③ 陆岩司等:《〈读史方舆纪要〉选译》,第72页。

六个朝代,清人郑板桥《六朝》感叹:"一国兴来一国亡,六朝兴废太匆忙。南人爱说长江水,此水从来不得长。"清代劳之辨《眺玄武湖歌》云:"自古盛衰如转烛,六朝兴废如棋局",都鲜明地指出了六朝的时代特征。六朝建都金陵也是基于其地理环境而成的军事优势。"长江天堑,古来限隔,虏军岂能飞渡!"[1]当时北方少数民族兴起,五胡乱华,导致中原地区社会动荡,经济文化受到极大摧残;而以都城建康为中心的南方地区虽然也是频繁地改朝换代,但相对来说有长江天堑阻隔,极大地避免了北方的战乱,社会获得了比较稳定的发展。这一时期江南地区尤其是金陵的经济文化发展迅速,"六朝南京是当时中国的政治、文化、经济中心,也是南京城在历史上第一个黄金时期。六朝繁华,盛极一时。北方移民带垦良田、炼钢、造纸和制瓷等技术,农业和手工业的发展史上也日趋繁荣。建康城改土墙为砖墙,宫殿建筑更为富丽堂皇。秦淮河上架有很多浮桥,大船可以直接从长江驶入秦淮河,使商业高度发达。十里秦淮河两岸已是繁华的商业区和居民地,建康城的人口已过百万,成为中国第一大城市"。[2] 金陵"当时百万户,夹道起朱楼"(李白《金陵三首》),"贡使商旅方舟万计"。[3] 六朝统治者满足于金陵的偏安富庶,失去进取之心,及至陈后主沉溺声色、奢华无度,终导致朝政废弛,国破身亡。公元589年,隋军攻陷建康,并毁城,六朝古都化为废墟。

从初唐王勃《江宁吴少府宅饯宴序》我们可纵观金陵兴衰的历史:

> 蒋山南望,长江北流。伍胥用而三吴盛,孙权困而九州裂。遗墟旧壤,数万里之皇城;虎踞龙蟠,三百年之帝国。阙连石塞,地实金陵;霸气尽而江山空,皇风清而市朝改。昔时地险,曾为建业之雄都;今日太平,即是江宁之小邑。

金陵屡遭陵谷巨变,其繁华与衰败都宛如过眼烟云,因此当后人流连于烟柳长堤的金粉旧地时,心中难免五味杂陈。如唐汝询所言:"虽千官之冢树犹存,而六代之阙庭已尽,惟余石燕江豚,作雨吹风而已。然英雄虽去,而青山盘

---

① 《南史》卷77。

② 南京市地方志编纂委员会办公室:《话说南京》,南京出版社2006年版,第43页。

③ (唐)房玄龄:《晋书》,四库全书本。

郁,足为帝都,徒使我对之而兴慨耳。"①六朝留给后人的是盛极又衰极度的形象,易唤起沉痛的历史伤感。这种伤感情绪不断地被后人所重现,并为他们的现实感受所同化,赋予了新的内涵,从而沉淀为悲怆的美感情绪形式。相比其他城市,金陵更具有历史感,金陵特别容易引发沧桑巨变和荒凉落幕之感。因此关于金陵的怀古诗很多,其中李白《登金陵凤凰台》颇为著名:

> 凤凰台上凤凰游,凤去台空江自流。吴宫花草埋幽径,晋代衣冠成古丘。三山半落青天外,二水中分白鹭洲。总为浮云能蔽日,长安不见使人愁。

凤凰台,在金陵凤凰山上,相传南朝刘宋永嘉年间有凤凰萃集于此山,乃筑台。诗人登台怅望,慨叹凤去台空。五代词人韦庄亦有著名的金陵怀古词,《金陵图台城》:

> 江雨霏霏江草齐,六朝如梦鸟空啼。无情最是台城柳,依旧烟笼十里堤。

文化意义上的金陵总是与奢华、怀古、悲怆联系在一起,或凭吊,或思索,或感伤。

2. 南唐词中"金陵"表征

烈祖李昇建立南唐政权后,以建康为西都,广陵为东都。重建金陵城墙,"金陵城廓周长四十五里,西据石头岗阜之脊,南接长干山势,东以白下桥为限,北以玄武桥为界,城高三丈五尺,上阔二丈五尺,下阔三丈五尺"②。李璟嗣位后又在原有基础上筑起了宫城。南唐境内尤其是复兴后的金陵地区仍有众多六朝遗址。《江南余载》卷下:

> 德明宫,本南唐烈祖之旧宅,在后苑之北,即景阳台旧址。有太湖石特奇异,非数十人不能运致,即陈后主之假山遗址,其下有井,石栏有铭,字迹隐隐犹在。

甚至中主在宫中建楼,萧俨曰:"比景阳,但少一井耳。"③玄武湖是六朝帝

---

① (明)唐汝询:《唐诗解》,河北大学出版社 2010 年版,第 46 页。
② 《江南文化的诗性阐释》,第 245 页。
③ 陆游:《南唐书》列传卷 12,第 329 页。

王的游乐之地,"玄武湖中玉漏催,鸡鸣埭口绣襦回",李商隐的《南朝》描述了皇帝夜半出行,宫女陪同的情景。六朝皇家园林多围绕玄武湖而建。陈后主数次"舆驾幸玄武湖,肆舻舰阅武,宴群臣赋诗"①。南唐时,此地亦多皇家园林,《南唐近事》载:"(湖)周回十数里,幕府、鸡笼二山环其西,钟阜、蒋山诸峰耸其左,名园胜境,掩映如画,六朝旧迹,多出其间。"南唐君臣多在此赏花观景,作诗游乐。开宝二年969年,游北苑,徐铉等应制作诗,徐铉《北苑侍宴诗序》云:

> 主上御龙舟游北苑,亲王旧相,至于近臣,并俨华缨,同参曲宴。时也风轻景淑,物茂人和,望蒋峤之口,祝为圣寿,泛潮沟之清浅,流传天波。

美国文学批评家韦勒克在《文学理论》一书中提到,"意象"是一个既属于心理学,又属于文学和文学研究的题目。在心理学中,"意象"一词表示有关过去的感觉上、知觉上的经验在心中的重现和回忆。南唐都城金陵本是六朝兴起之地,也是六朝覆亡之所,六朝兴衰,有太多的"有关过去的感觉上、知觉上的经验"、自然和人文意象,让南唐人"重现和回忆"。

南唐留有多首金陵怀古诗,如著名诗人刘洞作《石头城怀古》:

> 石城古岸头,一望思悠悠。几许六朝事,不禁江水流。

刘洞还有断句"千里长江皆渡马,十年养士得何人","翻忆潘郎章奏内,惜惜日暮泪沾巾"等。

南唐人还借南朝旧事来讽谏南唐当朝君主莫荒废国政。《十国春秋》卷三二载:

> 元宗初嗣位,春秋鼎盛,留心内宠,宴私击鞠,略无虚日。常乘醉命花飞奏水调词进酒,花飞惟歌"南朝天子爱风流"一句,如是者数四,元宗悟……且曰:"使孙、陈二主得此一语,固不当有衔璧之辱也。"②

诗人陈觊《景阳台怀古》也有借怀古流露出对国事忧虑和统治者的劝诫之意:

---

① 《陈书》本纪卷6。
② 《十国春秋》卷32,第459页。

景阳六朝地,运极自依依。一会皆同是,到头谁论非。酒浓沉远虑,花好失前机。见此尤宜戒,正当家国肥。

对于南唐人来说,金陵盛衰之感不止是"重现和回忆",也不止是文化上延续性的影响,还有现实的忧生忧世之感。南唐人国蹙家危却束手无策,自然很容易有世事无常之感,身处曾经的六朝金粉之地又很容易与金陵兴废历史相联系。如南唐诗人沈彬的《再过金陵》:

玉树歌终王气收,雁行高送石城秋。

江山不管兴亡事,一任斜阳伴客愁。

"江山不管兴亡事,一任斜阳伴客愁",石城,千载悠悠,江山无痕,人世却已几经沧桑。诗作斜阳下怀古,历史与现实,具象与幻象,虚实相生,表现空间极大,更以自然的永恒不变,映衬人世的无常如过眼云烟,此中不难看出诗人对家国兴亡和个人前途的担忧。

定都金陵的王朝几乎都是偏安国势,都有鲜明的今昔对比之感。在承平岁月,美酒佳人,宴安逸乐,是花柳繁华地,温柔富贵乡;在离乱时,则金钿委地,人去楼空,满目悲苦和颓放,徒留"万里伤心极目春,东南王气只逡巡"(罗隐《春日登上元石头故城》)的无奈和"霸业鼎国人去尽,独来惆怅水云中"(李群玉《秣陵怀古》)的感伤。

南唐的盛衰荣辱亦如此,安定奢靡时:

车如流水马如龙,花月正春风。(李煜《望江南》)

笙箫吹断水云间,重按霓裳歌遍彻。(李煜《玉楼春》)

侍臣舞蹈重拜,圣寿南山永同。(冯延巳《寿山曲》)

衰微覆亡时,繁华散尽:

凤笙何处高楼月,幽怨凭谁说。(冯延巳《虞美人》)

旧欢前事杳难追。(冯延巳《临江仙》)

雕栏玉砌应犹在,只是朱颜改。(李煜《虞美人》)

甚而李煜亡国后有"世事漫随流水,算来梦里浮生"(《乌夜啼》)的感慨,似韦庄《上元县》中所叹:

南朝三十六英雄,角逐兴亡尽此中。有国有家皆是梦,为龙为虎亦

133

成空。

当一切烟消云散后,遂有终极意义上的万事皆空的感触。不过亲身经历王朝覆灭的巨变使后主感慨愈深。

学者刘士林形容金陵文化是"源远流长然而伤痕累累的文化","一方面丰厚的经济基础与发达的思想文化,必然地要求在政治与意识形态上得到保障与反映;但另一方面,历史上每一次斗争又总是武装的先知战胜文化的先知"①,与其他地域文化相比,金陵文化心态上多一种忧郁和迟暮感,缺乏昂扬雄壮、奋发有为的气魄,进而孕育出特有的感伤与富贵并存,注重日常审美的诗性气质。受其文化熏陶,南唐词人内心的彷徨、矛盾、沉郁是一种建构在当时社会氛围之上的、与时代氛围协调的,而又先于时代总体精神的人生感伤,带有对富贵优游的生活中繁华渐逝的戒惧,对暂时表面的圆满能否长久的担忧,以及对未来前景不可确知又无能为力之感。

词的一些文体特点与江南文化中的一些因素暗合,在南唐词中我们可以随处感知江南气息、江南风物以及富于地方特色的吴音。南唐词也是这一时期江南文化的重要表现形式,并显示了地域文化延续性的影响,不过江南文化对南唐词的巨大影响绝非仅仅停留于这些表象特征。在南唐社会,词同时具有娱乐功能、抒情功能和社交功能,词体的发展有赖于江南的政治经济,文化心理,社会状况等。诸如江南伎乐文化的发展,五代宗教风气与词体本身和南唐社会都产生了直接和广泛的联系。南唐都城"金陵",亦不是一个简单的地理指称,它本身极具丰富的内涵,对于南唐人而言,今昔富庶之地荒凉之情,是何等相似又何等真切。

---

① 刘士林:《江南文化精神》,上海大学出版社 2009 年版,第 46 页。

五、南唐词与西蜀词辨异

（一）西蜀词概述

明人胡应麟《诗薮》杂编卷四云："大率五代词人，与南北朝绝类。中原最寥落，觉江、淮为盛，楚、蜀次之。"①从现存史料来看，此评论甚为中肯。以张璋、黄畬编的《全唐五代词》为例，五代时段存词共 803 首。北方的梁、唐、晋、汉、周和南方的吴、荆南、吴越八国，共存词 73 首，前后蜀共存词 430 首，南唐存词 214 首。从数量对比即可看出西蜀南唐词作之丰。西蜀和南唐不仅词作丰富，并且在五代词中具有特殊的地位，形成两个重要的，影响后世词体发展深远的文人词创作流派，西蜀词和南唐词。对于西蜀和南唐两地词作繁盛的原因，龙沐勋先生编选的《唐宋名家词选》中的一段话可资重要参考：

> 唐末五代之乱，整个社会经济萎缩，因而影响及于这新兴词体的幼苗，不能够很迅速地茁壮成长。只有西蜀、南唐，获得了一个比较安定的局面。这歌词种子，也就在这两个地方生起根来，以至开花、结子，再散播到各地方去。②

五代时期，西蜀和南唐两地社会生活的相对安定，经济繁盛和文化生活的需要，成为词体兴起的温床。

---

① （明）胡应麟：《诗薮》，上海古籍出版社 1958 年版，第 291 页。
② 龙沐勋：《唐宋名家词选》，上海开明书店 1934 年版。

1. 五代西蜀南唐词兴起语境

五代时期，中原地区"天下大乱，中国之祸，篡弑相寻"①之际，南方一些地区受战争波及较小，统治者取得割据政权后，大都采取保境息民、促进农业生产的措施，推进当地经济和社会的繁盛。这些小国中首推西蜀和南唐。欧阳修在《新五代史》卷六十一称"蜀险而富"。早在唐时，陈子昂《谏讨生羌书》就云："蜀为西南一都会，国家之宝库，天下珍货聚出其中，又人富粟多，顺江而下，可以兼济中国。"杜甫《论巴蜀安危表》中也说："蜀之土地膏腴，物产繁富，足以供王命也。"五代时期前后蜀凭恃山川天险偏安一隅，成就了割据政权。

前蜀王建统一两川后，统治区域北到兴元（今陕西汉中）、南及黔州（今四川彭水县）、东至夔州（今四川奉节县）、西有永平（今川西崃、雅安等地）。取得政权后，王建十分注意休养生息，采取劝课农桑、鼓励农耕等政策恢复农业经济。910 年下诏劝农桑：

朕以猥眇，讬居人上，爰念蒸民久罹干戈之苦，而不暇力于农桑之业。今国家渐宁，民用休息，其郡守县令务在惠绥，无侵无扰，使我赤子乐于南亩，而有豳风七月之咏焉。②

这一政策的实施，取得了明显的效果。西蜀粮食、桑、麻、茶叶等都有较大幅度的增长，国家一度"仓廪充盈"③。

后蜀孟知祥出镇成都，"蠲除横赋，安集流散，下宽大之令，与民更始"。后蜀百姓"富庶，米斗三钱"，为农业经济的持续发展奠定了基础。因此，虽然前后蜀在统治后期政局腐败，农业发展速度缓慢，但未出现根本性的农业经济危机。

同时期在江南地区，南唐经过吴杨行密、徐温和先主李昪的经营，俨然江淮大邦，"江、淮之民，富庶甲天下，文教兴焉"。④

从一些史料及诗文中可知这一时期西蜀和南唐偏安富庶的盛况。《宋史》

① 《新五代史》卷 61，《吴世家》。
② 《十国春秋》卷 49，第 511 页。
③ 《资治通鉴》卷 274。
④ （清）王夫之：《读通鉴论》卷 27，第 843 页。

卷八八载：

> 江南东、西路，盖《禹贡》扬州之域，当牵牛、须女之分。东限七闽，西略夏口，南抵大庾，北际大江。川泽沃衍，有水物之饶。永嘉东迁，衣冠多所萃止，其后文物颇盛。而茗苑、冶铸、金帛、粳稻之利，岁给县官用度，盖半天下之入焉；成都士庶，帘帏珠翠，夹道不绝……人物富盛。①

西蜀和南唐相对安定的政治环境和良好的经济发展，为两地文化建设尤其是统治者的享乐生活创造了条件。宋人王灼《碧鸡漫志》卷二云："李重光、王衍、孟昶、霸主钱俶，习于富贵，以歌酒自娱。"西蜀四主均尚奢靡享乐，前蜀后主王衍，"奢纵无度，日与太后、太妃游宴贵臣之家，及游近郡名山，所费不可胜纪"。"乐饮缯山，陟旬不下。山前穿渠通禁中，间乘船夜归，令宫女秉蜡炬千余照之，水面如昼"。②"高祖晚年专务奢侈，寝室常设画屏七十张，关百纽而合之，号曰嬗宫"。③后主孟昶"至溺器皆以七宝装之"。乃至宋太祖见此物，撞碎曰："汝以七宝饰此，当以何器贮食，所为如此，不亡何待。"

南唐中主李璟"嗣位之初，春秋鼎盛，留心内宠，宴私击鞠，略无虚日"，④朝中曲宴频繁。后主李煜，史称其"谙声色、不恤国事"，在位时，宫中极尽奢华，"尝于宫中以销金红罗幕其壁，以白金钉玳瑁以押之。又以绿钿刷隔眼中，糊以红罗，种梅花于其外"，"每七夕延巧，必命红白罗百匹以为月宫天河之状，一夕而罢，乃歌之"。⑤宫中以华贵的丝绸、玳瑁等为装饰，每年的七夕，都要以百匹以上的红白丝绸模拟月宫天河。据说，宫中以大明珠代替蜡烛，入夜悬挂光照如白昼。后宫粉黛在色艺双全的大小周后以外，见于史书的还有流珠、乔氏、薛九、宜爱、意可、窅娘、秋水、小花蕊等。诸多内宠生活奢华冠绝当时，宋朝人修整南唐宫城故地时，在地下掘出大量水银，据称是由当年南唐宫女所弃的脂粉沉积而成。

---

① 《十国春秋》卷37，第542页。
② 《十国春秋》卷37，第533、536页。
③ 《十国春秋》卷49，第741页。
④ 郑文宝：《南唐近事》。
⑤ 《五国故事》卷上，台湾影印文渊阁《四库全书》本。

两地统治者皆好音乐和文学,臣下复逢迎讴颂,竞创新声。西蜀之地如唐圭璋先生言"五代十国之际,乱象如沸。惟蜀偏安一隅,暂得享乐。又以北接秦中,故一时文士,咸来避地"①。后主王衍经常宴会群臣"帝以上巳节,宴怡神亭","帝以重阳节,曲宴群臣于宣华远"。② 花蕊夫人的《宫词》形象地描述了孟昶在位时的宫廷生活:

> 舞头皆著画罗衣,唱得新翻御制词。每日内庭闻教队,乐声飞上到龙挥。

南唐亦君臣唱和,日事歌舞,宴饮之风盛行。中主、后主即位后宴乐击鞠未尝少辍。宋人陈世修《阳春集序》提到冯延巳词作的创作环境:

> 金陵盛时,内外无事,朋僚亲旧或当宴集,多运藻思为乐府新词,俾歌者倚丝竹歌之,所以娱宾而遣兴也。

"艺术意味着自由、享乐、放荡——它是灵魂处于逍遥闲逸的状态时开出的花朵"③。五代中原地区战火不断,民生凋敝,诗学不振,西蜀、南唐两地却歌儿舞女,由于特殊的时代原因和社会环境,在两地出现了词代诗兴的现象。

2. 西蜀词主要词人及词风

西蜀先后有前蜀的王建、王衍父子(907~925)和后蜀的孟知祥、孟昶父子(934~965)割据,有国四十余年。西蜀词,不独是西蜀人如欧阳炯④创作,还包括流寓西蜀之人如韦庄⑤、薛昭蕴⑥、牛峤⑦、毛文锡⑧牛希济⑨,和成名于西

---

① 唐圭璋:《唐宋两代蜀词》,《词学研究论文集》,上海古籍出版社 1988 年版,第 253 页。

② 《十国春秋》卷 37,第 538 页。

③ 伍蠡甫:《欧洲文论简史》,人民文学出版社 1985 年版,第 355 页。

④ 益州华阳人,事高祖后主,历官武德军判官,翰林学士,中书舍人。《十国春秋》本。

⑤ 京兆杜陵人也……庄早尝寇乱,间关顿踬,携家来越中,弟妹散居诸郡。(《唐才子传》卷十)。

⑥ 河东人,唐薛存诚后裔,仕蜀官至侍郎。

⑦ 陇西人,宰相僧孺之后。博学有文,以歌诗著名。乾符五年孙偓榜第四人进士,仕历拾遗、补阙一尚书郎。王建镇西川,辟为判官。及伪蜀开国,拜给事中。(《唐才子传》卷九)。

⑧ 高阳人,唐太仆卿龟范子,年十四登进士第,已而来成都,从高祖,官翰林学士。(《十国春秋》卷41)。

⑨ 牛峤之侄,仕蜀官至御史中丞。

蜀,后流寓他乡者这三部分人所写的词。

张璋、黄畲所编的《全唐五代词》中,列入前蜀的词人有王衍、韦庄、薛昭蕴、牛峤、张泌、牛希济、尹鹗、李珣、毛文锡、庾传素、魏承班11人,共274首词作;列入后蜀之词人有顾夐、韩琮、鹿虔扆、阎选、毛熙震、孟昶、花蕊夫人、欧阳炯、欧阳彬、刘保乂、许岷、文珏12人,计156首词作。《全》将五代孙光宪列作荆南词人。对于孙光宪是否为西蜀词人,学界有不同的看法,如陈匪石《声执》认为《花间集》中,温庭筠、皇甫松、和凝、张泌、孙光宪,与前后蜀不相关。据《全唐词》,孙为陵州贵平(今四川省仁寿县)人。唐陵州判官,后赴荆南,官至御史中丞。著有《荆台笔佣》《橘齐》《巩湖》《北梦琐言》等。《十国春秋》卷120记载:孙光宪,贵平人。家世业农,至光宪,独读书好学。唐时为陵州判官,有声。天成初(约926),避地江陵。武信王(高季兴)奄有荆土,招致四方之士,用梁震荐,入掌书记。光宪事南平三世,皆处幕中,累官荆南节度副使、检校秘书少监。后教高继冲悉献三州之地。宋太祖嘉其有功,授光宪黄州刺史。乾德末年(968)卒。性嗜经籍,聚书凡数千卷。或手自钞写,孜孜校雠,老而不废。据此推断,孙光宪,曾任前蜀陵州判官,后仕于荆南,他离蜀之前应已以文著称,可看做是成名于西蜀后流寓他乡者。

《全》录孙词85首,这样包括孙光宪在内,《全唐五代词》所统计的西蜀词人共计24家,存词合计515首。另外还有花蕊夫人《采桑子》半阕,李珣失调名词之断句一句。西蜀词人词作多被五代时期后蜀人赵崇祚编辑的《花间集》选录而得以流传。据欧阳炯《花间集序》,此集当成书于后蜀广政三年(940)。其时赵崇祚为卫尉少卿。在1900年敦煌石室藏《云谣集》发现之前,《花间集》被认为是最早的词选集。《花间集》收录了唐文宗开成元年(836)到后晋高祖天福五年(940)间18位词家的500首词作,分10卷。18位词人除温庭筠、皇甫松、和凝、张泌与蜀无涉外,其余14位或生于蜀中,或宦旅蜀中,他们是韦庄、薛昭蕴、牛峤、毛文锡、顾夐、牛希济、欧阳炯、孙光宪、魏承班、鹿虔扆、阎选、尹鹗、毛熙震、李珣。对于《花间集》名称由来,现存史料未能确指,概得名于作品内容多写上层贵妇美人日常生活和装饰容貌,女人素以花比,写女人之媚的词集故称"花间"。因此西蜀词人亦被称作花间词人或花间词派。温庭筠虽与西蜀无涉，但西蜀词人受其影响最大，故花间集收录其词数量最多，且列于首位，《艺概》称其为花间鼻祖。西蜀词人多延续温词风，以小令见长，以情爱相思、离愁别恨为主要描写对象，词风婉美绮艳。

20世纪，最早对花间作家作品进行辑录整理的是王国维先生，于1908年至1909年初整理《唐五代二十一家词辑》，包括李璟、李煜、韩偓和《花间集》中的18家。50年代出版了李一氓精校本《花间集校》，该书吸收了王本的校勘成果，并详参南宋绍兴十八年的晁谦之本和宋鄂州册子本及明、清诸本。是迄今为止《花间集》版本中校勘较为精良的。

西蜀词和南唐词有相当数量的词作是为歌台舞榭的宫廷享乐生活而写，以资娱乐和消遣。词作着重描写女子容饰和金樽风月，意多柔靡，用字极多风云月露，红紫芬芳，极具视觉性，追求耳目之悦和感官享受。如毛文锡《甘州遍》："春光好，公子爱闲游，足风流。……寻欢逐胜欢宴，丝竹不曾休。"李煜《浣溪沙》："红日已高三丈透，金炉次第添香兽，红锦地衣随步皱。"张泌《月宫春》："红芳金蕊绣重台，低倾玛瑙杯。"李璟《望远行》："玉砌花光锦绣明，朱扉长日镇长扃。"冯延巳《金错刀》："双玉斗，百琼壶，佳人欢饮笑喧呼"等。词中充满了绮罗绣幌、金玉香红之类的意象，弥漫着浓重的贵族脂粉气。

两词派亦善以蕴藉之语写风流之情，一些伤春别秋之作，咏物又似写人，别具一种幽情别致，引人艳思。

如尹鹗《临江仙》：

> 深秋寒夜银河静，月明深院中庭。西窗幽梦等闲成。逡巡觉后，特地恨难平。红烛半消残焰短，依稀暗背银屏。枕前何事最伤情。梧桐叶上，点点露珠零。

这首词在堆金砌玉、声色绮艳中独树一帜。秋夜秋寒，愁思，触人心绪。结句含有余不尽之意，以景结情。似温词《更漏子》"梧桐树，三更雨，不道离情正苦。一叶叶，一声声，空阶滴到明"，雨滴梧桐，晶莹欲滴，彻夜无休，似在替人诉说，代人垂泪。

又如李璟《浣溪沙》：

> 风厌轻云贴水飞，乍晴池馆燕争泥，沈郎多病不胜衣。沙上未闻鸿雁

信,竹间时有鹧鸪啼。此情惟有落花知。

此词为伤春之作,前两句风云碧波微澜,燕衔泥,实良辰;下句接沈郎多病,愁缘病起,鸿雁、鹧鸪更惹相思,脉脉情深惟系落花。李于鳞这样评述:"上是惜郎病,深情最隐,下是假落花,知己难言。"①

词学家很重视西蜀、南唐词的文学价值,"词至西蜀、南唐,作者日盛,往往情至文生,缠绵流露。不独为苏、黄、秦、柳之开山,即宣和、绍兴之盛,皆兆于此矣"。② 从词史的发展和对后世的影响而言,西蜀南唐词实为功不可没。经西蜀南唐数十年的发展,"诗客曲子词"渐脱离了它源自民间里巷杂曲之原始面目,日趋走向精妙渊雅。在这之前,文人词只将填词作为一种尝试,作品不多,并且从形式风格上都与近体诗相似。从温庭筠和其他西蜀词人开始,文人作词已不再是偶尔涉足,而是把词变为一种文学形式自觉地加以运用,专门进行创作,并在词的韵律上进行尝试摸索,使其形式上趋于定型化,格律趋于规范化。南唐词则进一步增强了自我抒情的色彩。西蜀词和南唐词处于唐五代词的成熟发展时期,"前者标志着真正的文体独立,建构起自我的艺术精神、操作规范与价值取向,后者循此而作补充、更益、扩大、抒怀写绪"③。南唐词和西蜀词还有一点比较突出,就是儿女情多,尤其是西蜀词描写男女之情的占多数,充分显示了乱世之中世衰道丧,人性和情爱意识的复苏和高涨,一定程度上具有解放思想的意义。杨海明先生高度评价了两者的价值意义:"只有当晚唐五代文人词起来之后,文学舞台上才始出现了人情(尤其是儿女柔情)空前洋溢和人性空前高昂的新气象和新景观,而文学的娱乐功能和审美功能也得到了人们的高度重视。这不能不归功于晚唐五代词人的努力。"④不过也应该看到早期民间词,敦煌曲子词中相对丰富的题材,在西蜀、南唐两地特定环境下发展趋向艳情怨思。

---

① 张璋、黄畲:《全唐五代词》,第 443 页。
② (清)王弈清:《历代词话》,《词话丛编》,第 1138 页。
③ 乔力:《蕴涵辉煌唐五代词概论》,载《东岳论丛》,2001 年第 3 期。
④ 杨海明:《略论晚唐五代词对于正统文化的背离和修补》,载《文化遗产》,2001 年第 3 期。

　　五代的西蜀和南唐在政治、经济、文化等方面有诸多相似之处。纵观西蜀词与南唐词这两大词派,同属唐五代文人词范畴,在反映时代精神、地域奢华享乐生活的方面相近,词体创作上均采用小令形式,题材上具有风云气少、儿女情多的特征,却于境界和气象上呈现出明显的不同。西蜀词基本上是伶工之词、应歌之作,建立在艳科娱人泛情基础之上,大量复制和衍化了"谢娘心曲",香软秾丽的特点显著;南唐词则个性色彩渐浓,词作融入较多的个体经验、身世之感,朝向诗化道路复归。对此,历代词话亦有比较评述。如胡应麟云:"后主乐府为宋人一代开山。盖温、韦虽藻丽而气颇伤促,意不胜辞。至此君方是当行作家,清便宛转,词家王、孟。"王国维《人间词话》云:"词至李后主而眼界始大,感慨遂深,遂变伶工之词而为士大夫之词。""温飞卿之词,句秀也;韦端己之词,骨秀也;李重光之词,神秀也。""读《花间》、《尊前集》令人回想徐陵《玉台新咏》。"①

　　下面对西蜀词和南唐词各选取词话中代表性的评语制表作比。并对两者词风的差异,从社会文化渊源、创作主体、宗教影响差异等方面加以分析。

表2:重要词话典籍中对主要西蜀和南唐代表词人词风的评述

西蜀词人	代表性评语	出处
温庭筠	温飞卿词精妙绝人,然类不出绮怨	刘熙载《艺概》
	"画屏金鹧鸪"飞卿词品似之	王国维《人间词话》
韦庄	情意凄怨	杨湜《古今词话》
	清艳绝伦,初日芙蓉春日柳,使人想见风度	周济《介存斋论词杂著》
薛昭蕴	清绮精艳	李冰若《栩庄漫记》
牛峤	莹艳缛丽	李冰若《栩庄漫记》
	善制小词	冯金伯《词苑萃编》卷三
毛文锡	流于率露	叶梦得《古今词话词评》上卷

---

　　①　王国维:《人间词话》,《词话丛编》本,第4242、4242、4251页。

续表

西蜀词人	代表性评语	出处
	比牛、薛诸人,殊为不及	王国维《人间词话》
牛希济	词亦富瞻	蒋一葵《尧山堂外纪》
	芊绵温丽极也	沈雄《古今词话词评》上卷
欧阳炯	婉约轻和	沈雄《古今词话词评》上卷
顾夐	浓淡疏密,一归于艳	况周颐《蕙风词话》
	顾词秾丽,实近温尉	李冰若《栩庄漫记》
孙光宪	措辞亦多精练,少闲逸之致	《白雨斋词评》
	婉约精丽	李冰若《栩庄漫记》
魏承班	但为言情之作,大旨明净	元遗山《古今词话》
鹿虔扆	沉痛苍凉,秀美疏朗	李冰若《栩庄漫记》
阎选	多侧艳语,意多平衍	李冰若《栩庄漫记》
尹鹗	似韦而浅俗,似温而烦琐	李冰若《栩庄漫记》
	明浅动人	张炎《词源》
毛熙震	情致可爱,以浓艳见长	沈雄《柳塘词话》
李珣	清疏	《蕙风词话》
	清婉;介于温韦之间	李冰若《栩庄漫记》
南唐词人	代表性评语	出处
李璟	真意流露,音节凄婉	杨希闵《词轨》
	选声配色,恰是语言	王闿运《湘绮楼评词》
李煜	词至李后主而眼界始大,感慨遂深,遂变伶工之词而为士大夫之词。	王国维《人间词话》
	思深理约,致兼风雅	樊增祥《东溪草堂词选自序》
冯延巳	虽不失五代风格,而堂庑特大	王国维《人间词话》
	尚饶蕴藉	叶梦得《古今词话词评》

（二）西蜀和南唐的传统文化差异

蜀地即今四川盆地，位于长江上游，盆地四周崇山峻岭，交通闭塞，易守难攻，古有"四塞之国"之称。历史上蜀地相对偏安的社会环境和地理资源的丰盛使其获得了长足发展。早在秦末汉初，成都因受战争破坏较小，与广都、新都并称三都。宋末著名政治家文天祥《衡州上元记》中言："蜀自秦以来，数千年无大兵革，至于本朝，侈繁巨丽，遂甲于天下。"历来史家对蜀的富饶赞叹有加。南朝宋范晔《后汉书·隗嚣公孙述列传》云："蜀地沃野千里，土壤膏腴，果实所生，无谷而饱；女工之业，覆衣天下；名材竹翰，器械之饶，不可胜用，又有渔盐铜银之利，浮水槽远之便。"诸葛亮称蜀地"沃野千里，天府之土"。晋代著名史学家常璩在所著的《华阳国志》亦述："蜀沃野千里，号称陆海，旱则引水浸润，雨则杜塞水门，故记曰：水旱从人，不知饥馑，时无荒年，天下谓之天府也。"

蜀中不仅地理位置得天独厚，其气候条件也具优势。蜀属亚热带季风型气候，由于高山环绕，故又有典型的盆地气候特点。全年平均气温在16℃～18℃，土地肥沃，雨量充沛，春天来得早，春早冬暖的特点，有利于各种植物滋生繁茂。成都亦称锦城，因其自然地理条件优越，盛产锦帛而得名。汉朝时成都蜀锦织造业便已经十分发达，朝廷在成都设有专管织锦的官员，因此成都又被称为"锦官城"。

"锦工织锦，则濯之江流，而锦至鲜明，濯以他江，则锦色弱美"[①]。每到花开时节，锦城花团锦簇，满城生辉，我们可以在历代文人的作品中领略一番。

　　锦城春晓。苑陌芳菲早。川平烟雾开，游戏锦城隈。（周密《清平乐
杜陵春游图》）

　　登锦城散花楼，日照锦城头，朝光散花楼。金窗夹绣户，珠箔悬银钩。
（李白《登锦城散花楼》）

　　山花万朵迎征盖，川柳千条拂去旌。（岑参《奉和相公发益昌》）

杜甫有"晓看红湿处，花重锦官城"的名句，温庭筠则咏："江风吹巧翦霞

---

①　何一民：《中国城市史纲》，四川大学出版社1994年版，第48页。

绡,花上千枝杜鹃血。"

后蜀孟昶城中尽种芙蓉,九月间盛开,望之皆如锦绣。谓左右曰:"自古以蜀为锦城,今日观之,真锦城也。"孟昶还在宣华苑广植牡丹,"牡丹花凡双开者十,黄者白者三,红白相间者四,又有深红、浅红、深紫、浅紫、淡黄、洁白、正晕、倒晕、金含稜、银含稜、旁枝、合欢、重台,每朵至五十,叶面径七八寸,复有檀心如墨者,香闻至五十步"。①

蜀地有着独特的文化性格和传统。杜佑《通典》云:"巴蜀之人少愁苦,而轻易荡佚。"蜀地文学,"多斑彩文章",司马相如的《子虚》《上林》等赋作,"合纂组以成文,列锦绣而为质"②,辞藻华丽,极尽铺陈夸张之能事。成都自唐代号为繁庶,甲于西南,"侈丽繁华,而民物殷阜"。五代十国时期,西蜀山高水远,地理环境偏安艰险,易于割据政权的形成。据现有史料,蜀地不仅上层统治者,乃至黎民百姓,都以享乐为本位,奢靡之风盛行。《蜀梼杌》记载:

> 是时蜀中久安,赋役俱省,斗米三钱。城中之人子弟,不识稻麦之苗,以笋、芋俱生于林木之上,盖未尝出至郊外也。屯落间巷之间,弦管歌诵,合筵社会,昼夜相接。

蜀中富庶,与其他地方相比,蜀地一大特点就是游乐之风日盛。杨雄《蜀都赋》中即有"市廛所会,万商之渊。列队百重,罗肆巨千,贿货山积,纤丽星繁。都人士女,炫服靓妆"的描述。唐人卢求在《成都记序》中说益州(即成都)"江山之秀,罗锦之丽,管弦之多,使巧百工之富。富贵悠闲,岁时燕集,浸相沿习"。唐代成都有正月灯市,二月花市,三月蚕市,四月锦市,五月扇市,六月香市,七月七宝市,八月桂市,九月药市,十月酒市,十一月梅市,十二月桃符市。此外还有夜市,"锦江夜市连三鼓,石宝书斋彻五更"③。元代人费著《岁华纪丽谱》开篇云:

> 成都游赏之盛,甲于西蜀。盖地大物繁,而俗好娱乐。凡太守岁时宴集,骑从杂沓,车服鲜华,倡优鼓吹,出入拥导,四方奇技,幻怪百变,序进

---

① (宋)张唐英:《蜀梼杌》卷下,四库全书本。
② (西汉)刘歆:《西京杂记》卷2。
③ (宋)祝穆:《方舆胜览》卷51,《成都志》,中华书局2003年版。

于前,以从民乐。岁率有期,谓之故事。及期,则士女栉比,轻裘丫服,扶老携幼,阗道嬉游。

蜀在每年四月十九日,举办"浣花大游江",宴游于浣花溪畔。这是自唐代以来成都独有的习俗。据称这一天蜀人倾城出动,锦江舟接橹衔,两岸彩棚连座,十里不断。宋陆游在《老学庵笔记》卷八描述此盛况:"四月十九日……倾城皆出,锦绣夹道。自开岁宴游,至是而止,故最盛于他时。"

前后蜀经济的繁荣助长了整个社会游乐风气的兴盛。时"百姓富饶,浣花溪夹江皆创亭榭",前蜀后主王衍,"幸浣花溪,龙舟彩舫,十里绵亘,自百花潭至万里桥,游人士女,珠翠夹岸"。① 后蜀兵部尚书的王廷珪语此情境曰:"十字水中分岛屿,数重花外见楼台。"②韦庄《河传》其二记叙的正是这种场面:

> 春晚,风暖,锦城花满。狂杀游人,玉鞭金勒,寻胜驰骤起尘,惜良晨。翠娥寻劝临邛酒,纤纤手,拂面垂丝柳。归时烟里,钟鼓正是黄昏,暗销魂。

旁证之以《蜀梼杌》描述:"都人士女倾城游玩,珠翠罗绮,名花异草,望者有若神仙之境。"可知韦词并非虚言。

晚唐的时风、士风与蜀地本就具有的歌舞宴集好游乐之风融而为一,进而集时代风气与地域风尚于一体,孕育出带有典型文艺特征的西蜀词。西蜀词人长期生活于蜀地富庶艳丽的环境之中,其审美情趣自然会受到熏染。欧阳炯在《花间集》序中说西蜀词人善"镂玉雕琼,拟化工而迥巧;裁花剪叶,夺春艳以争鲜。"翻开《花间词》,此类蜀词比比皆是:

> 寻芳逐胜欢宴,丝竹不曾休。(毛文锡《甘州遍》)
> 昨日西溪游赏,芳树奇花千样。(毛文锡《西溪子》)
> 小檀霞,绣带芙蓉帐,金钗芍药花。(牛峤《女冠子》)
> 桃花流水荡纵横,春昼彩霞明。(毛文锡《诉衷情》)
> 春欲尽,日迟迟,牡丹时。(欧阳炯《三字令》)

---

① 《十国春秋》卷37,第538页。
② 《全唐诗》卷795。

　　　　花如双脸柳如腰。（顾夐《荷叶杯》）

　　　　小芙蓉、香旖旎。（魏承班《木兰花》）

　　　　花榭香红烟景迷。（毛熙震《浣溪沙》）

　　《花间词》词作多繁花似锦，显然是继承了蜀地的文化传统。

　　西蜀词人以温庭筠为花间鼻祖。温庭筠（812？～866），本名岐，《唐才子传》评其才情艳丽，尤工律赋。诗赋与李商隐齐名，时号温李。温庭筠身逢晚唐乱世，为人狂傲，不修边幅且放浪形骸，当时士大夫诋毁其有才无行，权贵也多排斥他。温自诩有辅佐王霸之业的"霸才"，《过陈琳墓》中有"霸才无主始怜君"之语。但因得罪权贵令狐绹屡试不第，官场不得志，遂游江东，行迹酒馆秦楼，这使他有更多的机会接触歌妓舞女，并因其文学和音乐的才能逐弦吹之音，作侧艳之词。温庭筠被视为第一个专力写词的文人，也是第一个专力描绘女子缠绵悱恻感情世界的词人。《花间集》中录温词18调、66首词作，其中有50多首专注于描绘女子形象。如描摹女子若隐若现、浅笑盈盈之"玉钩褰翠幕，妆浅旧眉薄"，"蕊黄无限当山额，宿妆隐笑纱窗隔"；活泼无邪之"绣衫遮笑靥，烟草粘飞蝶"（《菩萨蛮》）；极言女子纤纤腰肢、肤如凝脂"似带如丝柳，团酥握雪花"（《南歌子》）；诉美人惆怅相思之苦"谢娘惆怅倚兰桡，泪流玉箸千条"（《河渎神》）；楚楚动人之姿"含娇含笑，宿翠残红窈窕"（《女冠子》）。无怪乎《艺概》评价温词："精妙绝人，然类不出绮怨。"列举这首流传较广的《菩萨蛮》：

　　　　小山重叠金明灭，鬓云欲度香腮雪。懒起画蛾眉，弄妆梳洗迟。照花前后镜，花面交相映。新帖绣罗襦，双双金鹧鸪。

　　小词详细描绘了女子早起梳妆打扮的过程。从鬓到香腮，从画眉到帖面，足见女子对自己妆容之精心。镜中映照更显美艳动人，尤其是"度"字，着意写出女子鬓云半遮半掩、宛如惊鸿之貌。"懒起"、"梳洗迟"，看似慵懒的字眼却透露出女子情绪的低迷。原来纵使有新帖、金、花相映亦难掩寂寞深闺，对悦己者的渴望和心中的寂寞情怀，"双双"二字更反衬女子之孤寂纤细。这首词典型地代表了温词的艺术风格，温词善造语设色，辞藻密丽，华美物象随句拈来却仿佛专为女子心曲所设，字面少有愁苦，多秾丽香软，借以蕴藉的往往是粉末眉黛幽怨香愁。如《蕃女怨》：“画楼离恨锦屏空，杏花红”；《酒泉子》：“宿妆惆怅倚高阁，千里云影薄”；《玉蝴蝶》：“芙蓉凋嫩脸，杨柳堕新眉”。温词中比比皆是描绘玉楼、画楼、高阁中身份不一的宫女、闺妇、歌妓、民女的香愁闺情，她们几乎都是美丽与哀愁相伴。在词史上，温词创作以绮艳见长，在语言、意境、题材、内容等方面建立了花间词的规范，对词体的独立有筚路蓝缕之功。可以说作为花间鼻祖，温词对于脂粉艳丽之词有直接的导向作用。

西蜀词承温之风，总体风格与温词相似。如牛峤《酒泉子》：

> 记得去年，烟暖杏园花正发，雪飘香。江草绿，柳丝长。钿车纤手卷帘望，眉学春山样。凤钗低袅翠鬟上，落梅妆。

“落梅妆”，《太平御览·时序部》引《杂五行书》说：“宋武帝女寿阳公主日卧于含章殿檐下，梅花落公主额上，成五出花，拂之不去，皇后留之，看得几时，经三日，洗之乃落。宫女奇其异，竞效之，今梅花妆是也。”汤显祖评此词：“远山眉，落梅妆，石华袖，古语新裁，令人远望。”[①]

西蜀词人承继温以名物、色泽等集中精致的体现女性之美的手法，含蓄地表现女性的幽怨情思，用词精美而形式化。

西晋裴秀的《图经》说评论巴蜀是“别一世界”，天险之地，相对闭塞形成的西蜀地域文化表征还有一点便是是蜀地人情灵巧轻扬，男女相悦大胆而泼辣。如韦庄《清平乐》其三写道：“何处游女，蜀国多云雨。云解有情花解语，翠地绣罗金缕。妆成不整金钿，含羞待月秋千。住在绿槐阴里，门临春水桥边。”词人们的偏安心态以及时行乐的思想外化为声色歌舞、纸醉金迷的生活方式，所谓“春光好，公子爱闲游，足风流”（毛文锡《甘州遍》）。他们刻意追求感官的享乐，沉迷于闺情美女，词作频现大胆露骨的情色描写，如：

> 翠鬟女，相与共淘金。红焦叶里猩猩语，鸳鸯浦。（毛文锡《中兴乐》）
> 二八花钿，胸前如雪脸如莲。（欧阳炯《南乡子》）
> 玉楼冰簟鸳鸯锦，粉融香汗流山枕。（牛峤《菩萨蛮》）
> 鬓乱四肢柔，泥人无语不抬头，看看湿透缕金衣。（顾夐《荷叶杯》）

---

① （明）汤显祖评《花间集》卷二，四库全书本。

　　不避香艳,声色大开。士子"为花须尽狂"(顾夐《河传》),"须知狂客,拼死为红颜"(牛希济《临江仙》)。乃至况周颐在《蕙风词话》中感叹道:"自有艳词以来,殆莫艳于此矣⋯⋯苟无花间词笔,孰敢为斯语者?"

　　总之,时代的精神,文人的心灵需求,爱情意识的勃兴,乃至词体的种种特征,都与西蜀的地域文化相契合。词这种艺术形式在这里找到了发展的土壤。

　　南唐与西蜀的地域文化传统有很大的差异。南唐江南水乡的地理环境与西蜀迥异。"宣城、毗陵、吴郡、会稽、余杭、东阳,其俗亦同,然数郡川泽沃衍,有海陆之饶,珍异所聚,故商贾并凑。其人君子尚礼,庸庶敦庞,故风俗澄清"。① 江南河道纵横,河流密布,青山如黛,碧水如镜,秀美山川很容易让人流连其中,文学艺术创作亦多灵动和清雅之气。

　　南唐文化特点之"清"与西蜀文化特点之"艳"形成鲜明对比,在许多方面都表现得非常明显。如绘画,南唐画家徐熙,为南唐处士,博洽书史,因此所作寒芦、荒草、水鸟、野凫,神气超卓。而西蜀画家王釜,为孟昶家客,目阅富贵,所作惟多绮园花锦,真是粉堆而不比圈线。供奉西蜀宫廷的画家黄荃亦多画宫廷园囿珍禽瑞鸟、奇花怪石,后人遂有"黄家富贵,徐熙野逸"之语。

　　在明净、多水的自然地理熏染之下,南唐词风体现出不同于西蜀词风的另一种风流之美,清疏秀朗之气。南唐词中多水:

> 风厌轻云贴水飞,乍晴池馆燕争泥。(李璟《浣溪沙》)

> 船上管弦江面绿,满城飞絮混轻尘,忙杀看花人。(李煜《望江梅》)

> 帘外雨潺潺,春意阑珊。(李煜《浪淘沙》)

> 南国日暮起春风,吹散杨花雪满空。(徐铉《柳枝辞》)

> 中庭雨过春将尽,片片花飞。(冯延巳《采桑子》)

　　芳草、碧波、细雨、飞花,构筑了一幅幅清淡舒雅的南国风景图,更饶烟水迷离情致。冯延巳《归自谣》云:

> 寒山碧,江上何人吹玉笛?扁舟远送潇湘客。芦花千里霜月白。伤行色,来朝便是关山隔。

---

① 《隋书》卷31志第26。

词中以江为主景,扁舟、芦花都是与江有关的景物。再加上碧山与霜月,全词以青白为主色,风格就显得格外清丽疏淡。

李煜作《长相思》:

> 一重山,两重山,山远天高烟水寒,相思枫叶丹。菊花开,菊花残,塞雁高飞人未还,一帘风月闲。

> 云一緺,玉一梭,淡淡衫儿薄薄罗,轻攀双黛螺。秋风多,雨相和,帘外芭蕉三两窠,夜长人奈何!

此秋怨小词典型地体现了南唐词的风格,清疏淡雅中弥漫着淡淡的忧伤。第一首远山、烟水、枫叶、菊花、塞雁,词人精心选取深秋意象,描绘秋之清爽。在这样的深秋之致中,风月之闲情越发显得寂寞幽怨。小词以景状情,清丽疏淡,恰如俞陛云所评:"此词以轻淡之笔,写深秋风物,而兼蒹怀远之思,低回不尽,节短而格高……"[1]第二首秋日闺思,徐士俊评"云一緺,玉一梭,缘饰先佳"[2]。词中虽无女子正面描写,但如云秀发,薄纱儿随风清扬让人遐想万端,淅淅秋雨相和斯人轻愁,笔触细腻,描绘出"风流吴中客,佳丽江南人"(白居易《郡斋旬假始命宴呈座客示郡寮》)南国佳人的清雅风致,读之与西蜀绮艳之词风格迥异。

纳兰性德评价:"《花间》之词,如古玉器,贵重而不适用;宋词适用而少贵重。后主皆而有其美,更饶烟水迷离之致。"[3]西蜀花间读之确有镂金错彩之感,但普遍缺少意境。南唐词注重内在心性的表达,且用词极大的雅化,故能创迷离之境,词作具有超出一般娱宾伎乐歌词的诗的韵味。

南唐词风的形成除诸多因素外,不得不提到韦庄,他对南唐词人的词风影响很大。《栩庄漫记》中记西蜀词人分为三派:

> 镂金错采,缛丽擅长,而意在闺帏,语无寄托者,飞卿一派也;清绮明秀,婉约为高,而言情之外,兼书感兴者,端己一派也;抱朴守质、自然近俗,而词亦疏朗,杂记风土者,德润(李珣)一派也。

---

① 俞陛云:《唐五代两宋词选释》,上海古籍出版社1985年版,第132页。
② 张璋、黄畲:《全唐五代词》,第466页。
③ 陈水云:《清代词学发展史论》,学苑出版社2005年版,第544页。

韦庄词堪称是春朝听鸟、秋夜临风、为文造情、以绮怨著称的花间词别调，虽因才高人微，作词也主要以应歌为主，但与单纯应歌而作的词不同，词中有他真实的乱离时期生活内容，士大夫乱世飘零的感慨。韦庄由唐入蜀，流离寓居，词中的"游子"、"洛阳才子"常被视作是他本人。韦词多情真景真，不是一味地娱宾遣兴或复制生活，因此韦庄成为从以温庭筠为代表的纯客观描写男女之情、供歌儿舞女演唱的伶工之词向以李煜为代表的主观述情的士大夫之词过渡的关键人物，对南唐词风影响较深。

（三）艳情和苦情

南唐和西蜀两地的宗教文化信仰也深刻影响社会心理进而影响词人的艺术创作，使西蜀词和南唐词呈现出不同的艺术风貌。

1. 蜀地道教发展状况和对词坛影响

巴蜀是道教发源地之一，历史悠久的巴蜀文化与道教思想可以说有千丝万缕的联系。巴蜀地区自古多神话，巴蜀立国便有望帝杜鹃的传说。《成都记》云：

> 杜主自天而降，称望帝。好稼穑，治郫城。后望帝死，其魂化为鸟，名曰杜鹃。故子美云："昔日蜀天子，化为杜鹃似老乌。"又曰："古时杜鹃称望帝，魂作杜鹃何微细。"又曰："我见常再拜，重是古帝魂。"①

古巴蜀文化中的昆仑仙山、长生不死、肉体升天等思想成为后来道教思想的重要渊源。学者卿希泰以先秦典籍中的《山海经》为例，翔实说明巴蜀文化是道教思想的来源之一。《山海经》以神话和宗教内容著称，其中许多的内容，为后来的道教所用。如《山海经》第二《西山经》所言："西南四百里，曰昆仑之丘，是实为帝之下都，神陆吾司之。"这个被称作"百神之所在"、"万物尽有"的昆仑仙境，便是后来道教供奉黄帝和西王母的神宫，也是道教仙境"三岛"之一。《山海经》，据我国著名史学家和思想家蒙文通教授考证是"巴蜀地域流传

---

① （宋）蔡梦弼：《杜工部草堂诗话》卷2，四库全书本。

的代表巴蜀文化的典籍"。①

隋唐,道教得到官方的扶持,发展迅速。蜀地诗人李白受道教影响极深。诗中写道"家本紫云山,道风未沦落"(《题嵩山逸人元丹丘山居》),"十五游神仙,仙游未曾歇"(《怀仙歌》)。五代时期西蜀道教盛行,《十国春秋》卷三八记载:嘉王宗寿"为人恬退,喜道家之术"。前蜀后主王衍尤好道教,好烧香,宫内诸如沉檀、兰麝之类芬香氤氲,昼夜不息,并喜欢裹小巾,其尖如锥,经常让宫人衣道衣,莲花冠,施脂夹粉,取名曰"醉妆"。曾秋发成都,"披金甲,冠珠帽,执戈矢而行,旌旗戈甲,连亘百余里不绝",②百姓称之"灌口神"。王衍将道教与音乐相结合,创制了一些宫廷音乐,曾与太后、太妃游青城山,宫人衣云霞之衣,飘然望之若仙,衍自作《甘州曲》述其仙状,词曰:"画罗裙,能结束,称腰身,柳眉桃脸不胜春。薄媚足精神,可惜许沦落,在风尘。"③其意谓神仙谪落红尘。

西蜀统治者在信奉道教同时大力修复道观,扩建道场,推进道教的发展。《新五代史·前蜀世家》记载,后主王衍以高祖受唐恩,建造上清宫,塑王子晋像,尊以为圣祖至道玉宸皇帝,又塑建及衍像,侍立于其左右,于正殿塑玄元皇帝及唐诸帝,备法驾朝之。他大兴土木建造的宣华苑,有重光、太清、延昌、会真之殿,清和、迎仙之宫,降真、蓬莱、丹霞之亭,从这些名称上可以看出其对道教的笃信。西蜀最著名的道士当属杜光庭。杜光庭,字宾至,缙云人,一曰长安人。"为人性简而气清,量宽而识远"。④ 唐咸通中应九经举,不第,遂入天台山学道。中和元年(881),随僖宗入蜀,遂留蜀不返。王建立国,任金紫光禄大夫,后迁户部侍郎,封蔡国公。王衍继位后,亲在苑中受道箓,以杜光庭为"传真天师"、崇真馆大学士。

在西蜀,道教还与其他艺术相互渗透。五代蜀中绘画的一个重要特点便是宣扬道教。据《宣和画谱》云:两蜀丹青之学颇为兴盛,而工人物道释者尤多,其中天下驰名的是大圣慈寺的壁画。"成都画多名笔,散在诸寺观,而见于

---

① 蒙文通:《蒙文通文集》第一卷,巴蜀书社 1987 年版,第 65 页。
② 《十国春秋》卷 37,第 534 页。
③ 《五国故事》卷上。
④ 《十国春秋》卷 47,第 674 页。

大圣慈寺者为多,今犹具在"。① 大圣慈寺存有庞大的壁画群,各院壁画都有大量的道释佛像。蜀地道教的许多仙话更是激发了文人的想象和创作。如西蜀词词牌名运用上,《巫山一段云》《女冠子》《醉妆词》《天仙子》《月宫春》《临江仙》等,大都为唐代教坊曲与宗教音乐结合的产物。《雨村词话》称诗有游仙,词亦有游仙,西蜀词中此类作品多属缘题作赋,命名出自本意,调即是题。如《词品》卷一所评:"唐词多缘题所赋,临江仙则言水仙,女冠子则述道情,河渎神则缘祠庙,巫山一段云则状巫峡,醉公子则咏公子醉也。"《全唐词》收录司空图的一首《巫山一段云》:

> 缥缈云间质,盈盈波上身。袖罗斜举动埃尘,明艳不胜春。
>
> 翠鬟晚妆烟重,寂寂阳台一梦。冰眸莲脸见长新,巫峡更何人?

此词即与题合,描写巫山女神要眇凌波之姿,魅影动人,恍惚间似乎又有难解的情怀。《女冠子》,是西蜀词人喜用的词调之一,花间集中选录的 14 位西蜀词人中,有 7 位词人选用此调,共作词 16 首,内容大都与女道士生活有关。有的偏于道情,命名多出自本意,与词内容相合,有的多述艳情,或因调而填词,离题甚远,了无相涉。盖由于"唐自武后度女尼始,女冠甚众,其中不乏艳迹,如鱼玄机辈,多与文士往来,故唐人诗词中咏女冠者类以情事入辞"。②

薛昭蕴所作的《女冠子》侧重于道情的烘托:

> 求仙去也,翠钿金篦尽舍。入崖峦,雾卷黄罗帔,云雕白玉冠。野烟溪洞冷,林月石桥寒。静夜松风下,礼天坛。

全词描写了一女子入观修道的情景。女子洗净铅华,舍弃人间富贵,一心求道。雾卷、云雕朦胧缭绕间尽显道士之灵秀飘逸,"野烟溪洞冷,林月石桥寒"描摹道观清冷寂静的环境。白雨斋词评这两句"有仙气"。

再如:

> 云罗雾縠,新授明威法箓。降真函,髻绾青丝发,冠抽碧玉簪。往来云过五,去住岛经三。正遇刘郎使,启瑶缄。

---

① 萧克:《中华文化通志·巴蜀艺文志》,上海人民出版社 1998 年版,第 223 页。

② 李冰若:《栩庄漫记》,《花间集评注》,河北教育出版社 1999 年版,第 92 页。

全词道教用语、意象密集,"明威"即神明之威。"法箓"为道教语,指用于驱鬼压邪的丹书符咒。"云过五"即"过五云"(张君房《云笈七签》)。元洲有绝空之宫,在五云重。白居易《长恨歌》亦有"楼阁玲珑五云起,其中绰约多仙子"。岛经三,即经三岛。① 全词想象女道士盘龙云海般的修道生活,有飘逸神秘之感。

牛峤四首《女冠子》则以"情"著称,如:

> 星冠霞帔,住在蕊珠宫里。佩丁当,明翠摇蝉翼,纤珪理宿妆。醮坛春草绿,药院杏花香。青鸟传心事,寄刘郎。

词虽亦描述道士的居所和道教事务,如"蕊珠宫"(道教中太上道君治所)、"醮坛"(道士祭神的坛场)、"药院"(道士炼丹处)等,但与清寂道观息心修道相异。"明翠"、"纤珪"、"春草"、"杏花",这些属于人间的芳菲似乎传达出别样的情致。结尾处青鸟②传信刘郎,更流露出女道士春情荡漾的心事。如果说小词中女道士凡间之心尚有些隐晦,那么下面这首词虽题作《女冠子》却艳词丽情,与"谢娘无限心曲"并无二致:

> 绿云高髻,点翠匀红时世。月如眉,浅笑含双靥,低声唱小词。眼看唯恐化,魂荡欲相随。玉趾回娇步,约佳期。

"眼看唯恐化,魂荡欲相随",描绘传神如此之细腻,别是一种风情,迥异于"须作一生拼"之语。李冰若在《栩庄漫记》评曰:"牛氏四词虽题《女冠子》,亦情词也,插入道家语,以为点缀,盖风流若是,岂可与咏高僧同格耶?"③

顾敻也有描写女道士生活的词,如《虞美人》:

> 少年艳质胜琼英,早晚别三清。莲冠稳簪钿篦横,飘飘罗袖碧云轻,画难成。

汤显祖评其"杂出本调,非出本情"④,亦是一情词。

---

① 《史记·秦始皇本纪》:海中有三神山,名曰蓬莱、方丈、瀛洲,仙人居之。
② 《汉武故事》云,七月七日,忽有青鸟飞集殿前。东方朔曰,此西王母欲来。有顷,王母至,三青鸟夹侍王母旁。
③ 李冰若:《栩庄漫记》,《花间集评注》,第92、93页。
④ 《花间集评注》,第158页。

西蜀词中多处出现道教用语,如"礼月求天"、"钧天九奏"、"玉皇"、"洞边"、"灵娥"(湘水之神)、"谢家仙观"(传为晋谢道韫得道之地)、"丹灶"、"十洲"(道教中称大海神仙居住的十处名山胜境)、"乘龙"、"三清"、"水晶宫殿"、"罗浮"、"深洞客"、"紫微"、"绛节"(天帝或仙君一种仪仗)、"凤楼琪树"、"步虚坛"、"羽衣"、"仙坛"、"金銮"、"金磬"、"步虚声"、"蓬莱"、"洞天"等。乃至词人咏登科之事也喜借用道教语,如"羽化"、"化龙"、"玉皇"、"玉兔"、"姮娥"、"凤池"、"银蟾"、"大罗天"、"玉华君"等。并多处引用道教仙话典故,如洛川宓妃、罗袜生尘(曹植《洛神赋》有"凌波微步"、"罗袜生尘"之语)、汉皋弄珠①、鹊桥相会、萧史弄玉、天台遇仙②等。其中巫山神女仙话是用得最多的。巫山神女源自宋玉《高唐赋序》,楚王游高唐,梦见巫山神女荐枕席,自称:"旦为朝云,暮为行雨,朝朝暮暮,阳台之下。"唐末五代杜光庭《墉城集仙录》中将巫山神女衍化为道教神仙。西蜀词人多用此仙话隐指男欢女爱。词中多隐晦衍称为巫山、楚神、高唐、瑶姬、巫峡梦、宝衣行雨(巫山神女)、楚山等:

　　正是桃夭柳媚,那堪暮雨朝云。(毛文锡《赞浦子》)

　　画屏云雨散。(韦庄《归国遥》)

　　至今云雨带愁容。(牛希济《临江仙》)

　　云雨别吴娃,想容华。(魏承班《诉衷情》)

　　椒房兰洞,云雨降神仙。(毛熙震《临江仙》)

这种衍用的妙处在于将原本低俗之事雅化,并徒增几分浪漫情调、超凡之气,从而达到独特的审美效果。值得一提的是牛希济《临江仙》七首专门咏巫山神女、谢真人、弄玉仙女、娥皇女英、洛川宓妃、汉皋神女、罗浮仙子。

道教在西蜀的盛行有其文化渊源。道教发展过程中亦广泛吸收了流传于巴蜀地区的神话传说。五代时期,西蜀道教盛行,除这些原因外,还有乱世的特点结合西蜀特殊的社会环境使然。五代传统儒教失去了普遍的约束力,人的个体生命意识和情感意识普遍高涨。西蜀又苟安于战乱,可谓是乱世之中

---

① 据《韩诗外传》郑交甫将南适楚,遵彼汉皋台下,乃遇二女,佩两珠,大如荆鸡之卵。
② 相传刘晨、阮肇入天台山采药为仙女所邀,留半年,求归,抵家子孙已七世。

的桃源，无疑极大地膨胀了西蜀人及时行乐之感，自然希望眼前生活能够长久。想象怪异遥远难以实现的东西，而道教中神秘莫测的星灯丹鼎、符箓神签无不让他们顶礼膜拜，《抱朴子·内篇》卷十描述得道成仙后的情景：

> 夫得仙者，或昇太清，或翔紫霄，或造玄洲，或栖板桐，听钧天之乐，享九芝之馔，出携松羡于倒景之表，入宴常阳于瑶房之中。①

这种所谓长生不老、仙境，自然对西蜀统治者及文人有着极大的诱惑，对于他们来说羽化长生不仅可以超越自然规律的限制，摆脱日常生活环境而且现世的情欲也在游仙求艳障蔽下得以延续和放纵。

西蜀词中的道教元素为词作增添了神奇诡异而绚丽多姿的意象，与花间绮艳词风、本地享乐意识相映。同为偏安、富庶小朝廷，在西蜀沉迷道教，众生享乐之际，佛教却走进了南唐人的心里。

2. 南唐佛教的发展和接受

佛教在中国属外来宗教，据说是东汉明帝夜梦金人，指示赴西域取经，访求佛道，由此佛教进入中国。六朝时期，是佛教在江南大力发展的时期。南唐原是六朝和隋唐佛教盛行之地，烈祖立国之后，兰若精舍，中主时渐盛，待后主即位，好之弥笃。马令和陆游两人在撰写《南唐书》时，都专门立一章，名为《浮屠》，说明南唐笃信佛教有历史依据。

先主李昇崇信道教的同时积极扶持佛教的发展，"召豫章龙兴寺僧智玄，译其旁行之书，又命文房书《华严论》四十部，耷帙副焉，并图写制论李长者像，班之境内"②。中主亦好浮屠，常与僧人交流佛学理论和佛法。法眼宗，为禅宗南宗，在唐末五代逐渐衍化为五大宗派之一。创立者文益大师，云游至南唐时，中主以重师之道，迎住清凉寺报恩禅院。清凉寺遂为南唐皇室最重要的宗教活动场所。据《五灯会元》记载：

> 师一日与大师论道，同观牡丹花。王命作偈，师即赋曰："拥毳对芳丛，由来趣不同。发从今日白，花是去年红。艳冶随朝露，馨香逐晚风。

---

① （东晋）葛洪：《抱朴子》，中华书局1980年版，第189页。
② （宋）陆游：《南唐书》列传卷15，第351页。

何须待零落，然后始知空。"王顿悟其意。①

金陵清凉院文益禅师语录亦载此事。后主时期，南唐崇佛状况、相应的财政支出与先主，中主时期相比，非同一般。《十国春秋》卷二十载："元宗好浮屠，虽供佛度僧，未至甚溺，逮后主酷佞佛，都下赡僧逾万人，造塔建寺，日不暇给。"徐铉在《宋追封吴王陇西公墓志铭》中纪李煜"本以恻隐之性，仍好竺干之教。"后主秉性仁厚，好生戒杀，加之南唐国势式微，自身遭遇变故，因此信佛的程度更甚于先主和中主。对此，史书记载颇多：

> 宫中造佛寺十余。出余钱募民及道士为僧。都城至万僧，悉取给县官……后主退朝与后着僧伽帽，服袈裟，颂经胡跪稽颡，至为瘤赘，手常屈指作佛印。……上下狂惑，不恤政事。有谏者辄被罪。歙州进士汪涣上封事，言："梁武惑浮屠而亡，陛下所知也。奈何效之?"后主虽擢涣为校书郎，终不能用其言。②

> 辄于禁中崇建寺宇，延集僧尼……由是建康城中僧徒进至数千，给廪米缯帛以供之……募道士愿为僧者予二金。③

> 后主笃信佛法，于宫中建永慕宫，又于苑中建静德僧寺，钟山建精舍，御笔题为"报慈道场"。（陈彭年《江南别录》）

陈彭年为南唐才子，后主时曾入宫陪侍皇子仲宣，后入宋为官，因此他所叙后主信佛之事比较可信。

南唐君主信佛在朝中影响广泛，许多大臣投其所好，甚而多蔬食斋戒以奉佛。中书舍人张洎"通禅寂虚无之理"④，见李煜必谈佛，由是受宠。潭州节度使边镐，行师常载佛事以行，人皆谓之"边罗汉"，日饭沙门以希福，时人称"边佛子"。⑤ 皇室中不乏皈依佛门者，如李昇长子李璡妃（即永康公主），"璡卒，永康终身缟素，斥去容饰，不茹荤血，惟诵佛书，但自称未亡人。朝夕焚香，对

---

① 《大正新修大藏经》四十九49册史传部一。
② 陆游:《南唐书》列传卷15，第352页。
③ 马令:《南唐书》卷26，第101页。
④ 《十国春秋》卷30，第439页。
⑤ 《十国春秋》卷22，第317页。

佛自称曰:顾儿生生世世,莫为有情之物。居延和中,年二十四岁,无疾坐亡"。①

宗教产生于乱世,身处乱世中内心强烈的不安全感和内忧外患是南唐晚期举国崇佛的重要原因。佛教更可以看作是南唐人幻想中对现实世界缺陷的弥补。从烈祖时期的崇道容佛,到元宗时期的道佛并重,再到后主时期的独尊佛教,南唐政治力量强弱变化与宗教政策的变化几乎同步发展,尤其是在后主时期,随着南唐国势日渐堪危,后主以军旅委皇甫继勋,机事委陈乔、张洎,又以徐元瑀为内殿传诏,自己却越来越沉迷于佛事。求佛保佑,求助于北僧称之为"一佛出世"的小长老。小长老语出惊人:"北兵虽强,岂能当我佛力。"后主竟信以为真,而对宋愈加退让贡奉,望其施惠。

词作中,佛教思想对南唐词人也产生潜移默化影响。"佛教一开始就把它的全部教义集中在这一个'苦空'观上"。② 生死轮回中,充满了痛苦烦恼,因而有苦谛、集谛、灭谛和道谛"四谛"说。将现世的痛苦遭遇寄托于来世,把彼岸世界作为一种和现实生活相对立的真实。敦煌歌词总编中《归去来》"归西方赞"中有几首写道:

归去来。谁能恶道受轮回。且共念彼弥陀佛。往生极乐坐花台。

归去来。生老病死苦相催。昼夜须勤念彼佛。极乐逍遥坐宝台。

南唐君主对佛教弥笃,他们的人生观和文艺创作都渗透了佛教思想。集中表现于对佛教"无常"、"苦"、"轮回"、"空"思想教义的接受和融会。后主《病中书事》即云:"赖问空门知气味,不然烦恼万涂侵。"李璟虽存词不多,却含蓄委婉流露出"无常"思想,试看这首《摊破浣溪沙》:

菡萏香销翠叶残,西风愁起绿波间。还与韶光共憔悴,不堪看! 细雨梦回鸡塞远,小楼吹彻玉笙寒。多少泪珠无限恨,倚栏杆。

西风起,荷花香销叶残,触景生情,不禁感慨良深,有无限悲秋之感。"不堪看"沉郁之至。花无百日红,终有凋谢的一天,恍若自己亦如这荷花,徒生人

---

① (宋)文莹:《玉壶清话》卷9。

② 严北慎:《儒道佛教思想散论》,湖南人民出版社1984年版,第34页。

生忧患无常。下阕写蒙蒙细雨凝想鸡塞已远,怅惘已极,寂寥中小楼独倚吹笙寄恨,愈觉凄惨心寒。小词借韶光难留、好景难长的闺怨表达内心深处难以排解的忧患和不确定。在佛教看来,"世间一切之法,生灭迁流,刹那不住"。南唐今非昔比似乎也证明了这一点,昔日南唐俨然大邦,李璟也颇有气吞山河之志,而今却面临强敌压境,江山岌岌可危,不得不受制于人,因此一国之君难免生出"风里落花谁是主"的感叹。

国君尚如此,可以想象冯延巳身为人臣有更多对自身命运和国运的忧生忧世之嗟。苦闷愁苦的词风表达了词人现实中的忧患无常感和不如意。冯延巳之"苦",多来自于士大夫心中富贵生活之外的生命无法承受之轻和无法逃避之郁。而天性敏感真淳的后主多重生活的遭际使他对佛教的"万法本空"、"世事无常"体会得更为深刻。

后主与其父李璟一样,爱好文艺,喜欢舞文弄墨,充满艺术之气的李煜迫于绍袭误作人主,作了帝王之后现实和理想的巨大落差却给他带来深深的挫败感。宋人无名氏《五国故事》云:"煜袭位,因登楼,建金鸡以肆赦,太祖闻之大怒。"李煜即位后处境竟至于此,不难想象他迫于北宋强大压力的苟安朝露之感。苦海无边,佛门之空,往往流露在他的诗文作品中。而且后主身边人事无常加剧了这种思想。964 年,后主四子仲宣不幸早夭,对后主打击很大。仲宣为后主和昭惠后次子,仲宣聪慧异常,三岁能诵孝经及古杂文,"出见士大夫,改容顾揖,有若成人"①。后主十分钟爱。四岁时,在大佛殿前玩耍,由于大琉璃灯坠地意外受惊吓而早夭。后主悲痛作诗云:"永念难消释,孤怀痛自嗟……空王应念我,穷子正迷家。"②时已身患重病的昭惠后闻之悲不自胜,于次年(965)亦卒。后主"未销心里恨,又失掌中身"(后主《挽昭惠后悼辞》),失去昭惠后哀叹:"秾丽今何在?飘零事已空。"③而他在两首大约作于这时的病中诗里又说:"赖问空门知气味,不然烦恼万涂侵。"以及"前缘竟何似?谁与问空王"。此处"空王"无疑与佛理相关。可见痛苦之中的李煜试图逃避现实痛苦,

---

① 《十国春秋》卷 19,第 284 页。
② 马令《南唐书》卷 7,第 66 页。
③ 《十国春秋》卷 19,第 284 页。

因而沉迷于佛,期许获得超脱和精神慰藉。

不期然后主自身的巨大变故,对诸行无常作了注解。正如《金刚经》所揭示的:"一切有为法,如梦幻泡影;如露亦如电,应作如是观。"在他晚期被囚所写的词中,更见许多"梦"与"空"的词句。如:

> 世事漫随流水,算来一梦浮生。(《乌夜啼》)

> 往事已成空,还如一梦中。(《子夜歌》)

> 多少恨,昨夜梦魂中。(《望江南》)

> 梦里不知身是客,一晌贪欢。(《浪涛沙》)

这些用词暗示了他深受佛家思想的影响。

(四)两地创作主体、创作环境之别

1. 创作主体之别

从创作主体和创作内容来看,西蜀词和南唐词都属宫廷文化,是以宫廷为中心的词作流派。南唐词以李璟、李煜、冯延巳二君一臣为创作主体;西蜀词人多为前后蜀君主身边的宫廷要臣或御用文人。韦庄、薛昭蕴、牛峤、牛希济等从中原流寓西蜀,并因才华而得以重用。花间词人阎选,虽一介布衣,因"酷善小词",与欧阳炯、韩琮、毛文锡、鹿虔扆俱以工小词供奉。① 虽然同以描绘宫廷生活为重心,两地创作主体本身差异还是比较大的。

南唐君臣的文化修养和审美品位远远高于西蜀词人。中主李璟之风雅多见称于史书:

> 天性雅好古道,宛同儒者,时时作为歌诗,皆出入风骚。(《钓矶立谈》)

> 趣尚清洁,好学而能诗。(龙衮《江南野史》)

> 多才艺,好读书,便骑善射。(陆游《南唐书》本纪卷二)

后主李煜"幼而好古,为文有汉魏风"(陈彭年《江南别录》),不仅诗词文

---

① 《十国春秋》卷56,第815页。

皆同,"精究六经,旁综百氏",①且工书善画洞晓音律。史载:"江南后主李煜,才识清赡,书画兼精,尝观所画林石、飞鸟,远过常流,高出意外,金陵王相家有《杂禽花木》,李忠武家有《竹枝图》,皆希世之珍玩。"②李璟、李煜皆妙于笔札,好求古迹。与先主一样,二主优遇文学之士,因此在身边聚集了大批文学家。这些朝中俊杰大多儒雅风流,才富学赡。如冯延巳,出身显贵,"有辞学,多伎艺",③《钓矶立谈》称其:"学问渊博,文章颖发,辩说纵横,如倾悬河。"

南唐儒者之盛,见于史载,灿然可观:

> 韩熙载之不羁,江文蔚之高才,徐锴之典赡,高越之华藻,潘佑之清逸,皆能擅价于一时。而徐铉、张悦、张洎之徒,又足以争名于天下。其余落落不可胜数,故曰:江左三十年间,文物有元和之风。④

故南唐君臣宴会唱和,多情趣高雅之致。史载中主保大五年:

> 元日大雪,命太弟已下登楼展宴,咸命赋诗,令中人就私第赐李建勋继和。是时建勋方会中书舍人徐铉、勤政学士张义方于溪亭,即时和进,乃召建勋、铉、义方同入,夜艾方散。侍臣皆有兴咏,徐铉为前后序,乃集名手图画,曲尽一时之妙,真容高冲古主之;侍臣、法部、丝竹周矩主之;楼阁、宫殿朱澄主之;雪竹、寒林董源主之;池沼、禽鱼徐崇嗣主之。图成,无非绝笔。⑤

这则史料不仅反映了南唐文化之繁盛,而且表现了君臣宴会之情趣高雅。中主和冯延巳切磋词句的记载更成词坛佳话,"元宗尝戏问延巳,'吹皱一池春水',干卿何事?延巳对曰:未如陛下'小楼吹彻玉笙寒',元宗遂悦"。⑥

南唐君臣较高的文化底蕴和修养,得益于吴和南唐持续的较为全面的文化建设和文化积蓄。南唐开国君主李昇为一代枭雄,孔武知兵的同时亦非常重视文治。通过招贤纳士、重用文士、兴办教育、学校、提倡文风等一系列文化

---

① 《十国春秋》卷17,第255页。
② (宋)郭若虚:《图画见闻志》卷3,人民美术出版社1963年版,第60页。
③ 马令:《南唐书》卷21,第146页。
④ 马令:《南唐书》卷13,第100页。
⑤ (北宋)陶谷:《清异录》《四库全书》本。
⑥ 马令:《南唐书》,第148页。

建设,结合政治上保境息民、宽仁信儒的举措,为其后中主李璟和后主李煜时期南唐文艺繁盛储备了良好的文化资源。南唐词产生于这样的文化积淀和氛围中。

西蜀显然这方面比较贫乏。西蜀缺乏稳固的文化积蓄基础和延续性。前蜀主王建,以骑将起家,少年无赖,以屠牛、盗驴、贩私盐为事,乡人称之为"贼王八"①。后虽成霸业,但缺乏远见卓识,得国之后终不免声色犬马之好。甚至内枢密使潘炕有一小妾堪称国色,喜作新声,及工小词。王建见之,自称宫中无如此人,竟意强取,此举实无人君之风度,王建之浅俗流露无遗。前蜀后主王衍,长于绮袴富贵之中,酷好靡丽之辞,尝收集艳体诗二百篇,号曰《烟花集》。并好私行,往往宿于娼家,自执板唱《霓裳羽衣曲》及《后庭花》《思越人》曲。即位后"既不卑词厚礼以睦邻,又不选将练武而守国,惟宫苑是务,惟宴游是好,惟险巧是近,惟声色是尚"②,"命大内造村坊市肆,令官嫔著青衫,系帘鬻食,男女杂沓,交易而退,帝与妃嫔辄为笑乐"。③ 又建宣华苑,"穷极奢巧。衍数于其中为长夜之饮,嫔御杂坐,舄履交错"。④ 更荒唐的是,王衍喜欢扮作鬼神或狼虎,半夜潜入后宫,致使嫔妃宫女无不惊骇奔走,往往有致伤致亡者。后蜀高祖即位初尚勤政,晚年及其奢侈。后蜀后主孟昶虽称不会像王衍那样轻薄好轻艳之辞,其轻薄轻艳却不在王衍之下。择良家子充后宫,"后宫位号有十四品。昭仪、昭容、昭华、保芳、保香、保衣、安宸、安晔、安情、修容、修媛、修涓等,秩比公卿大夫士。"新津县令陈及之疏谏,帝嘉其言,赐白金,"然采择卒不止"。⑤ 巡幸出游,"乘步举,垂以重帘,环结珠香囊,垂于四面,香闻数里,人亦不能见其面"。⑥

这样的君主身边聚集的一些词人狎客,品位也缺乏高雅,文思殿大学士韩昭、内皇城使潘在迎、武勇军仗顾在珣等多为王衍近臣狎客,"陪侍游宴,或为

---

① 《十国春秋》卷36,第497页。
② 《蜀梼杌》。
③ 《十国春秋》卷37,第539页。
④ 《蜀梼杌》。
⑤ 同上。
⑥ 《新五代史》卷64。

艳歌相唱和,谈嘲谑浪,鄙俚亵慢,以是为常"①,"(王衍)以亡臣韩昭等为押客,杂以妇人,以姿荒宴。或自旦至暮,继之以烛"。韩昭,史载其"性便佞","素无品望,特以嬖幸得出入宫掖"②。潘在迎专擅以柔顺事主,从后主游宴,常以艳歌唱和。

文化底蕴和文学修养的不同导致审美品位、精神境界的不同,西蜀君王王衍、孟昶流传的作品多为"者边走,那边走,只是寻花柳。那边走,者边走,莫厌金杯酒"(《醉妆词》),"冰肌玉骨清无汗,水殿风来暗香满。绣帘一点月窥人,欹枕钗横云鬓乱"(《木兰花》)这样的声色之语。相比之下,南唐后主李煜虽宫廷生活奢华,但由于其深厚的文学修养,地域文化熏陶,词作中融入了自身丰富细腻、自然天成的审美情感。如《玉楼春》:

晓妆初了明肌雪,春殿嫔娥鱼贯列。凤箫声断水云闲,重按霓裳歌彻遍。临风谁更飘香屑,醉拍阑干情味切。归时休放烛花红,待踏马蹄清夜月。

词作上片写歌姬们晚妆后明艳照人,鱼贯而列,可以想象舞宴场面曼妙妖娆。"声断"、"歌彻遍"极言君臣的恣意欢乐。下片氤氲香气飘荡中,率性纵情醉拍阑干,继而欢宴过后,回宫歇息,后主没忘特意提醒侍从不用提灯引路,他要踏月而歌,享受那朦胧月色之下的自然美景,这是何等的惬意潇洒,字里行间流露与沉迷柔媚香软迥然不同的闲情雅致,艳而不淫,结尾更见风神俊爽,可见与西蜀词作在精神气质、文化品位上的显著差异。无怪乎王世贞《艺苑卮言》评价"归时休放烛花红,待踏马蹄清夜月"为致语也。

两地文人士子在构成上亦不同。唐末西蜀、南唐两地成为中原士人栖身之所,"中原多故,名贤夙德皆亡身归顺"③,"中原多故,唯三蜀可以偷安"④。避乱蜀中的多是唐衣冠之族,王建政权"所用皆唐名臣士族"⑤。如:

---

① 《十国春秋》卷39,第540页。
② 《十国春秋》卷46,第660页。
③ 《南唐近事》。
④ 《十国春秋》卷2,第13页。
⑤ 《新五代史》卷63。

韦异,唐太尉昭度之子,赋性不慧,高祖以昭度故多优容之。①

杜何,唐驸马悰之子也,无他才艺,以贵胄仕高祖为博士。

房谔,唐宰相玄龄九世孙也。父重,官新都令。②

范文澜先生在《中国通史》称"当时唐名家世族多避乱在蜀","也把唐朝腐朽习气具体而微地搬运到蜀国"③。这无疑助推了西蜀君臣骄奢极欲狎妓宴饮之风。并且武人出身的王建立国后"猜忌相寻,动多触骇"④,奉行"不以兵戈,利势弗成,不以杀戮,威武弗行"。⑤ 出于明哲保身的考虑,仰人鼻息的蜀中文士亦投其所好,专力去写不关时政、语言浅俗的声色之作以媚俗。这些文人不是宫廷生活的本身,而只是宫廷生活的看客,因此会流露逢场俯仰之情绪。

西蜀文人的这种心态,正如顾夐《河传》语:"对池塘,惜韶光,断肠,为花须尽狂。"乱世不得志,人生苦短之感转而寓于尽情冶游之乐、玉柔花醉的及时行乐中。西蜀词作大部分为应歌娱人,佐欢酬宾的"伶工之词",即《花间集序》所谓"庶使西园英哲,用资羽盖之欢",他们将温庭筠开创的绮怨之词推向了艳情浅俗的极致。表现在词作中,西蜀词以情绝之辞,助妖娆之态,辞藻极尽软媚香艳之能事。江尚质评:"花间词状物描情,每多意态,直如身履其地,眼见其人。"⑥西蜀词多着意于绮筵绣幌女子的妆容体态精细描摹:

时将纤手匀红脸,笑拈金靥。(毛熙震《后庭花》)

绣被锦茵眠玉暖,烛香斜裹烟轻。淡娥羞敛不胜情。(毛熙震《临江仙》)

春风筵上贯珠匀,艳色韶颜娇旖旎。(魏承班《玉楼春》)

背人匀檀注,慢转横波偷觑。(顾夐《应天长》)

游女带香偎伴笑,争窈窕,竞折团荷遮晚照。(李珣《南乡子》)

---

① 《十国春秋》卷42,第624页。

② 同上,第625页。

③ 范文澜等:《中国通史》,人民出版社2009年版,第494页。

④ 郑天锦:《五代诗话序》《四库全书》本。

⑤ 马令:《南唐书》卷1,第23页。

⑥ 沈雄:《古今词话》,《词话丛编》本,第852页。

石榴裙带,故将纤纤,玉指偷捻,双凤金线。(欧阳炯《贺明朝》)

凌波罗袜势轻轻。烟笼日照,珠翠半分明。(牛希济《临江仙》)

真珠帘下晓光侵,莺语隔琼林。宝帐欲开慵起,恋情深。(毛文锡《恋情深》)

春风筵上贯珠匀,艳色韶颜娇旖旎。(魏承班《玉楼春》)

柳如眉,云似发,蛟绡雾縠笼香雪。(魏承班《渔歌子》)

词中多雕金镂玉极显富贵:

金鸭香浓鸳被,枕腻,小鬟簇花钿。(顾敻《荷叶杯》)

瑟瑟罗裙金线缕,轻透鹅黄香画袴。(顾敻《应天长》)

镂玉梳斜云鬓腻,缕金衣透雪肌香。(李珣《浣溪沙》)

供奉内廷毛文锡之词即多富贵语:"御沟柳"、"金銮"、"上苑"、"流苏羽葆"、"金镳"、"金鞍白马"、"宫锦"等。花间集中录选阎选八首词中,出现的女子饰物物品之多让人瞠目:小鱼衔玉、石榴裙、水纹簟、青纱帐、珍簟、鸳枕、翠屏、绣茵、黛眉、金銮,堪为满目金玉。与此相映衬,西蜀词中色彩词亦多用艳丽之色,多黄、嫩黄、粉、红、翠、绿等。比如:

小山妆,蝉鬓低含绿,罗衣淡拂黄。(毛熙震《女冠子》)

额黄侵腻发,臂钏透红纱。(牛峤《女冠子》)

翠帘慵卷,约砌杏花零。(鹿虔扆《临江仙》)

粉融红腻莲房绽,脸动双波慢。(阎选《虞美人》)

云琐嫩黄烟柳细,风吹红蒂雪梅残。(阎选《八拍蛮》)

2. 创作环境不一

南唐和西蜀虽为割据中最富庶之地,但两者的地缘、政治环境却有着显著的差别,进而形成不同的社会心理和个体心理。

历史上南唐自谓大唐正统之延续,先主李昪谓己系宪宗第八子建王恪之后嗣。"虽为国偏小……当时诸国莫与之并"。① 时后晋,后汉事朔方契丹如父。高丽、契丹却岁贡货币于南唐,盖夷族"久服唐之恩信,尊唐余风,以唐为

① 陆游:《南唐书》序,第205页。

犹未亡也"①。先主李昇统治时期,南唐国力日强,"江淮之地,频年丰稔,兵食既足,士乐为用"。待中主李璟即位,南唐人才众多,且据长江之险,俨然一大邦。中主亦以唐室苗裔自居,有慨然"经营四方之志"。璟未坚守先主遗训,乘闽楚内乱出兵。短暂的胜利后,不幸逢大将李金全卒,"用事者皆少年不更军旅,覆败相踵"②,"诸将失律,贪功轻举,大事弗成,国势遂弱"。③ 从南唐国史来看,李璟实非守成之君,且未能高瞻远瞩。保大九年"议北征周"之时,韩熙载曾多次上书指出:"郭氏奸雄,虽有国日浅,而为理已固。兵若轻举,非独无成,亦且有害。"④结果强敌不招自来,952 年南唐援兖州之师败绩,《江南野史》卷二云:"周人来责,嗣主闻而悔恨忘食,为北结周怨之始。"很快南唐被迫割地纳贡,奉表称臣。亲历南唐的辉煌与落寞,个性温雅宽信的中主虽表面不形于色,难掩失落遗憾,心灰意冷。因此当福州、湖南丧师后,近臣谏中主十数年勿复用兵,中主黯然答兵可终身不用,何止十数年。961 年二月,迫于强敌,南唐草率迁都至洪州。旋悔南迁,近臣皆思故土,中主亦悔仓促迁都。

现中主仅存的几首词作词风含蓄、委婉低回,词旨虽未点破,但字里行间的感伤情调与当时南唐面临强敌压境、中主与日俱增的心理压力颇为吻合。如这首《摊破浣溪沙》:

> 手卷珠帘上玉钩,依前春恨锁重楼。风里落花谁是主?田悠悠。青鸟不传云外信,丁香空结雨中愁。回首绿波三楚暮,接天流!

首句手卷珠帘,已有抒发怨愁之意。花落无主,人亦无主,由落花引起遐思,恨重重,心沉沉,中主已感知到南唐的处境堪危,饱含着种种不确定。结尾处虽气象雄伟,实难掩悠悠此恨。詹幼馨评述中主词:"中主虽非亡国之君,而国势阽危,已不容其不念及未来,发为怨思之作。但也不必实指,结合身世领会意境即可。"⑤

---

① 陆游:《南唐书》序,第 205 页。
② 夏承焘:《唐宋词人年谱》,第 100 页。
③ 陆游:《南唐书》卷 2。
④ 马令:《南唐书》卷 3,第 32 页。
⑤ 詹幼馨:《南唐二主词研究》,武汉出版社 1992 年版,第 11 页。

李煜眼看南唐复兴无望,即位之初便为苟全忍气吞声,接受宋挟制压迫,贬损仪制,改朝服,降封子弟等,在宋太祖眼中他也只是个"翰林学士"。这显然与九五之尊的身份相去甚远,可以说李煜精神世界一直是不确定的,一直在流浪,即使贵为君主,迷醉于宫廷生活,在把酒言欢、笙歌宴席之余,始终挥不去曲尽人散后的落寞寂寥,想到风雨飘摇的江山,想到诸多不如意挥之不去,内心苦闷异常。因此词作中不免流淌出这种矛盾复杂的人生况味。如《谢新恩》:

> 庭空客散人归后,画堂半掩珠帘。林风淅淅夜厌厌。小楼新月,回首自纤纤。春光镇在人空老,新愁往恨何穷,金窗力困起还慵。一声羌笛,惊起醉怡容。

可见声色享受与感官刺激并未遮蔽一切,忘却新愁旧恨,哪怕笙箫吹断,霓裳歌遍,看似奢华无度,借以宣泄和掩饰的却是内心极度惶惶与不安,是难为人知的空虚与孤寂,还有对来日无常的恐慌。羌笛一声,宛如魂兮归来,梦中惊觉。当后主真实地面对自己、面对现实时,理想与现实之断裂、帝王生涯的失意、危若累卵的时局、自我的丧失怀疑才是他生命无法承受之重。这些真实独特的体验融入单调的宫廷生活,使后主前期词在佐欢遣兴的同时,显示出别样的审美意义和价值。后期李煜更是直接遭受了从帝王到囚徒的人生巨变。公元957年,宋将曹彬率兵攻破金陵,南唐灭亡。956年李煜白衣纱帽降宋,开始幽囚生涯。失去了歌舞酒宴的麻醉和帝王身份的遮蔽,堂堂一国之君沦为阶下囚,李后主被俘后写信给旧日金陵宫女,言此中日夕只以泪洗面,足见在宋幽囚之苦,这种苦更多的是心理之苦。曾经贵为君王属于自己的,熟悉的固有的东西都烟消云散了,只剩羞辱、悲愤、幻觉、凄苦,词成为他唯一的倾诉和慰藉。李煜后期词作倾注了人世无常、被囚悲愤、亡国破家之哀,欲说还休之苦。昔日坐拥江山,车如流水马如龙,今日屈辱为俘,苟延残喘,李煜的身世遭遇使他比南唐其他词人更多身世之感,感慨良深,因此更以情以心贯注词中。如作于屈辱仓皇出降之《破阵子》:

> 四十年来家国,三千里地山河;凤阙龙楼连霄汉,玉树琼枝作烟萝。几曾识干戈?一旦归为臣虏,沈腰潘鬓销磨。最是仓皇辞庙日,教坊犹奏

别离歌,垂泪对宫娥。

这曲国破家亡的悲歌,字字含泪,回旋往复。亡国之君,千古一叹。命运的翻云覆雨,使李后主发出问天般的悲怆与感慨;强烈复杂的情感迸发,又使后主超越个人悲喜,升华为更高层面的对生命的怀疑和追问,传达出震撼人心的悲剧感,唯其经历人间大恸,沧桑巨变后才能达到。

西蜀词人鹿虔扆也有一首为人熟知的感伤亡国的词,《临江仙》:

> 金锁重门荒苑静,绮窗愁对秋空。翠华一去寂无踪。玉楼歌吹,声断已随风。烟月不知人事改,夜阑还照深宫。藕花相向野塘中。暗伤亡国,清露泣香红。

前蜀宣华苑旧地,金锁、绮窗、翠华、玉楼,依稀可辨当年繁华,却已物是人非,人事改,烟月映照藕花泣露,更显荒芜凄凉,眼前景,心中情,真是"伤感复伤感"。① 小词以景起,以景结,满含凄婉之绪。相较之下此词更多的流露出故国臣子的哀思落寞,无论从深度还是力度都无法与李煜"亡国之音"相比,缺少李煜之深邃哲思和帝王气派。《渚山堂词话》卷一云:"凡诗言富贵者,不必规规然语夫金玉锦绮。惟言气象,而富贵自见,乃为真知富贵者。愁苦之词亦应如是。"无论是欢愉之词,还是愁苦之词,李煜词尽显出高出普通文人的气象。

对于李后主的创作心理、创作动机的形成,夏承焘先生《瞿髯论词绝句》中的概括较全面:

> 泪泉洗面枉生才,再世重瞳遇可哀。唤起温韦看境界,风花挥手大江来。樱花落尽破重城,挥泪宫娥去国行。千古真情一钟隐,肯抛心力写词经。

后主词一扫五代花间浮艳,用以述身世之感与悲悯之怀,与其学识身份不无关系,不过很大程度上还是源于他遭罹多故,思想与行为发生极度矛盾,刺激过甚,不期然而迸作怆恻哀怨之音,从而表现出与温韦词不同的境界。不仅

---

① (明)沈际飞:《草堂诗余正集》卷二,《词话丛编》本。

二主词如此,冯延巳词"沉著痛快之极,然却是从沉郁顿挫中来,浅人何足知之"①,"缠绵悱恻,在五代别具一格,寄托遥深,非冯公身份不能道出"。② 盖由于"(延巳)俯仰身世,所怀万端……周师南侵,国势岌岌。……危苦烦乱之中,郁郁不自达者,一于词发之"。③ 陆游《南唐书·太医令吴廷绍传》记载:"冯延巳苦脑中痛,累日不减。"可见冯出将为相,实有忧生忧世之嗟。南唐基本上向内收敛、抑制的社会环境,造成社会潜意识和社会文化心理上的忧郁和感伤,进而影响了文风和词风。

西蜀的地缘特点和政治环境与南唐不同。巴蜀历来地域特征比较鲜明,崇山峻岭,周边地势比较险要,李白曾发出"蜀道之难,难于上青天"的感慨。这种地势一定程度上阻隔了巴蜀与外界的沟通,甚而容易形成割据政权,自成一国。《十国春秋》记载:"唐帝御光政门,赦天下,改元天佑。王与唐绝而不知……"④由于长期远离传统正统思想,蜀地在儒文化积淀与社会风气上和中原、江南等地都有明显差异。《太平寰宇记》称巴蜀人情物态,别是一方。《汉书·地理志》评蜀地"未能笃信道德"。《隋书·地理上》说:"小人薄于情礼。"相对独立而富庶的蜀地,儒道式微,礼教松弛,巴蜀人逐渐形成好逸淫佚的风气。

五代十国时期,蜀地割据政权依赖天险山川阻隔而得以偏安,蜀人较少国势家事的危机感,少"心危音苦",不会因国蹙而心忧,人的心理渐趋麻木浅陋,同时蜀地的膏腴丰饶又极大地满足了享乐需求膨胀的欲望。前蜀歌儿舞女、秦楼林立,"有酒不醉真痴人"。后蜀则"城内人生三十岁,有不识米麦之苗。每春三月、夏四月,多有游洗花溪及锦浦者,歌舞掀天,珠翠填咽"⑤。朝中佞臣当道。潘在迎经常劝后主王衍诛杀谏臣,禁"谤国",贿赂权贵,并告诫身边人,"权势之家,未皆仗其为援,但不欲其冷语冰人耳"⑥。嘉王宗寿于宴饮间

① (清)陈廷焯:《白雨斋词话》,《唐宋词汇评》,第431页。
② (清)蔡嵩云:《柯亭词论》,《词话丛编》本,第4910页。
③ (清)冯煦:《四印斋刻〈阳春集〉序》。
④ 《十国春秋》卷36,第498页。
⑤ 《蜀梼杌》。
⑥ 《十国春秋》,第538页。

进谏王衍社稷将危，却遭到近臣嘲笑。或言"嘉王从来酒悲"①，后王衍追悔莫及："早从王言，岂有今日。"后蜀境遇大致相似，以致后主孟昶感叹："吾父子以温衣美食养士四十年，一旦临敌，不能为吾东向发一矢。"②

　　反映在文学上，一方面西蜀词题材艳狭，另一方面不免浅俗，西蜀词风受西蜀宫廷享乐风气之影响及都市游乐生活之熏染亦重。陈匪石《声执》卷下云："花间集……当时海内傥扰，蜀以山谷四塞，苟安之余，弦歌不辍，于此可知。"与西蜀词媚俗性、娱他性的伶工之词相比，南唐词主体色彩较浓，以自我遣兴的意识抒发深层的士大夫之感，可以说是一部特定语境中的心灵活动史。刘士林在论及江南文化的深层内涵时说："没有经过伦理政治意识提升的个体感情在本体内涵上缺乏深度，而且由于没有切肤之痛之现实体验的种种吟咏性情难免有纸上得来终觉浅之感，个体只有在现实的生存斗争中发展出他社会性的感觉、情感与其他生命本质力量，才能在不自由的生存中产生审美需要并运用他的诗性智慧机能在烦恼人生中开拓出审美一脉。"③江南文化思想的积淀及地缘政治的忧生忧世带给南唐词人精神上一种沉郁，进而滋生出形而上的审美品格和需求，"表现出充实美，展现境界和人生之深邃"④。西蜀词人则由于远离干戈战争，没有忧生之嗟，没有对现实抗争和内心的挣扎，只需迎合肤浅世俗的众生狂欢，遂沉溺于形而下的满足，将声色犬马以奢竞富推衍到极致。

　　词学史上往往将西蜀词和南唐词并举，两者分别产生于五代时期的割据偏安富庶之地西蜀和南唐，不可避免地有着共同的时代印记，诸如题材范围、表现形式以及词体功能等方面均有相似之处，也都对词体发展做出了贡献。但是，两者由于创作主体、创作环境以及文化积蓄的不同，词风的主体特点差异很大，并表现出各自相对明显的地域文化特色。从两词派的对比分析中进一步凸显了南唐词独特的存在语境和地域文化精神。

---

① 《十国春秋》，第 567 页。
② 同上，第 735 页。
③ 刘士林：《江南文化精神》，上海大学出版社 2009 年版，第 17 页。
④ 宗白华：《美学散步》，上海人民出版社 2005 年版，第 45 页。

六、南唐词之于词体及江南文化的意义

"词之为学,意内言外,发始于唐,滋衍于五代,而造极于两宋"①。词的发展,到宋朝可算登峰造极。王国维将词提到宋一代文学的高度,在《宋元戏曲史·序》中说:

> 凡一代之文学,楚之骚,汉之赋,六朝之骈语,唐之诗,宋之词,元之曲,皆所谓一代之文学。而后世莫能继焉者也。②

五代是词体极盛之前重要的酝酿期,不过在唐五代,词体地位远远逊于传统诗文。词被看作"诗余"、"小道"、"艳科"而不登大雅之堂。"诗降为词,以词为诗之余"③,"顾才高者或以词为小道,鄙不屑为",诗人写词仅聊以娱乐。《北梦琐言》卷六记载:

> 晋相和凝,少年时好为曲子词,布于汴、洛。泊入相,专托人收拾焚毁不暇。然相国厚重有德,终为艳词玷之。契丹入夷门,号为曲子相公。所谓好事不出门,恶事行千里,士君子得不戒之乎?

五代著名词人和凝好为曲子词,有"曲子相公"的称誉,入拜后晋宰相后,觉得词作有损自己的政治声誉而托人焚毁以掩饰。记载此事的孙光宪自己同样也好作词,有八十余首词作流传,却视和凝作词为恶事传千里,士人当引以为戒。此间不难看出五代时期文人对词体既爱之又轻之,既心窃好之又道貌岸然的矛盾心态。他们虽时作新词,但源自正统思想,名义上却对所谓诗余词

---

① 吴梅:《词学通论》,江苏文艺出版社2008年版,第16页。
② 王国维:《宋元戏曲史》,百花文艺出版社2002年版,第1页。
③ (清)汪森:《词综序》,上海古籍出版社1978年点校本。

并不认同。

花间派的主要词人牛希济论文主教化,其《文章论》抨击晚唐以来文章"忘于教化之道,以妖艳为胜,夫子之文章,不可得而见矣,古人之道,殆以中绝"。① 它作词却是另一面目,"须知狂客,拚死为红颜"(《临江仙》),"梦中说尽相思事"(《酒泉子》)。文人未能正视词体的态度似乎在词与诗之间筑起了一道藩篱。如缪钺先生所言:

> 盖当时人认为曲子词其文小,其体卑,只是酒筵遣兴的唱辞,而不宜用以抒写忧国忧民之情②。

传统文化中,诗歌的功用是有关风俗教化政用的,而词则是娱乐消遣的工具,仅局限于国计民生之外的旖旎风流、离情别恨。即使花间词开山鼻祖温庭筠,虽然专力填词,但在温心目中,诗与词也迥然有别,词依然只可称为是雕虫小技,说自己"至于有道之年,犹抱无辜之恨"(温庭筠《上裴相公启》),因而"强将麋鹿之情,欲学鸳鸯之性。遂使幽兰之畹,伤遥啄之怀多;丹桂一枝,竟攀折之路断"(温庭筠《上盐铁侍郎启》),所作绮艳之词只不过是用来消解仕途忧愤之情。而且由于才秀人微,作词成就卓著的温、韦并未马上影响到时代潮流,其词作基本功能主要还是用于"朱门富豪享乐生活的佐料,是酒筵歌席供佳人歌唱"③。

对于某种文艺的盛行,鲁迅先生曾说:"各种文学,都是应环境而产生的。推崇文艺的人,虽喜欢说文艺足以煽起风波来,但在事实上,却是政治先行,文艺后变。"④从这个角度说,南唐词创作主体二帝一相的身份本身就为抬高词体地方产生了很大影响。南唐社会环境相对安定,政治宽松,思想相对自由,统治者提倡和身体力行为词体繁盛创造了条件。清代冯煦也高度评价南唐词

---

① 罗联添:《中国文学批评资料汇编一隋唐五代》,台湾成文出版社 1978 年版,第 270 页。
② 缪钺:《缪钺说词》,上海古籍出版社 1999 年版,第 31 页。
③ 方智范、邓乔彬、高建中、周圣伟:《中国词学批评史》,中国社会科学出版社 1994 年版,第 21 页。
④ 鲁迅:《现今的新文学的概观》,《鲁迅演讲全集》,长江文艺出版社 2007 年版,第 183 页。

人在词史上的地位：

> 词虽导源于李唐，然太白、乐天兴到之作，非其专诣。逮到季叶，兹事始发，温韦崛兴，专精令体。南唐起于江左，祖尚音律，二主倡于上，翁和于下，遂为词家渊丛。①

南唐词以二主一臣为主体的创作中心，对词体的发展起了关键的作用。南唐词人几乎全力作词，不再附诗以自见。在文学史上，他们仅以词传，诗几乎湮没不彰，并将其作为一种抒情工具，毫不掩饰对词的偏好。冯延巳"工诗"，但"尤喜为乐府词"。马令《南唐书·党与传》说他"著乐章百余阕"，超过温、韦，是晚唐五代词人中作词最多的一个。他不但首开南唐词派，而且其影响还远及于宋初，"上翼二主，下启晏、欧，实正变之枢纽，短长之流别"。对温、韦之后词风的转变起了关键作用。

从文学创作环境来说，江南的山川景物，"天光云影，摇荡绿波，抚玩无蔽，追寻已远"②，江南的斜风细雨，淡月疏星，幽壑清溪，平湖曲岸，极易引发锐感灵思，深怀幽怨，江南地区纤美秀丽的自然山水和偏安富庶滋生的繁华都市文明，共同构成了词赖以发展的文化场，使词这种文体逐渐从小道、飘忽不定的状态中摆脱出来，进一步与江南文化场域暗合。唐五代的文人词大部分是令曲，令词的名称与唐代酒令密切相关，唐人于宴会时调小曲作酒令，遂称作小令。因此唐五代词很多一部分为应歌而作，与此相比，南唐词不只是诉之于感官，而且诉之于心灵。南唐词人始用之寄托身世。"天水将兴，江南日蹙，心危音苦，变调斯作，文章世运，其势则然"③，亡国之音哀以思，南唐词人将浅斟低唱、雕章镂句的小词转向"销魂独我情何限"，蕴含着充满生命意识的人生感慨，将词成为抒发真挚情感的载体，令这种一直被人们视为不登大雅之堂的"诗余"、"艳科"在某种程度上具有了与传统诗文同样的功能。

具体来说，南唐词之于词和江南文化的意义主要表现在以下这些方面：

---

① （清）冯煦：《阳春集序》，《唐宋词汇评》，第 423～424 页。
② （清）周济：《介存斋论词杂著》，《词话丛编》本，第 1633 页。
③ （清）陈洵：《海绡说词》，《词话丛编》本。

（一）对词体的进一步完善

1. 创调

唐五代及北宋期间，是词调变动最活跃的时期。唐五代词主要风格流派衍生出主要的创调群：花间词人群、南唐词人群、敦煌词人群。南唐词人普遍具有良好的音乐修养，深谙乐律，故多自作新声。这些词调有的原是教坊曲，南唐词人所作为创调之作，有的未见于教坊曲，属新创词曲。

《点绛唇》双调，四十一字。前段四句，三仄韵；后段五句，四仄韵。调名取自南朝江淹《咏美人春游诗》：

> 江南二月春，东风转绿苹。不知谁家子，看花桃李津。白雪凝琼貌，明珠点绛唇。行人咸息驾，争拟洛川神。

冯延巳创此调。

《贺圣朝》双调，四十九字，前段四句，三仄韵；后段五句，三仄韵。唐代教坊曲。冯延巳词为创调之作，此调用仄韵，换头曲，句式变化较大，适于抒情和写景。

《芳草渡》双调，五十五字。前段八句，四平韵；后段八句，五仄韵。冯延巳创此调。周邦彦创为长调。

《鹤冲天》双调，八十四字。前段九句，五仄韵；后段八句，五仄韵。冯延巳词为创调之作。

《捣练子》又名《如夜年》《夜捣衣》《古捣练子》《剪征袍》。单调，二十七字，五句，三平韵。原为妇女捣练时所歌之曲。敦煌曲子词存此调十首皆叙述孟姜女故事，句式格律基本相同。如"孟姜女，杞梁妻。一去燕山更不归。造得寒衣无人送。不免自家送征衣"。李煜始将此调用于抒情：

> 深院静，小庭空，断续寒砧断续风。无奈夜长人不寐，数声和月到帘栊。

词调在平起式七言绝句的基础上，破首句为两个三字句——平仄仄，仄平平，变化声韵，形成独特格律。宋人改其为双调。如（宋）李石《捣练子》：

> 腰束素，鬟垂鸦。无情笑面醉犹遮。扇儿偏，瞥见些。

双凤小,玉钗斜。芙蓉衫子藕花纱。戴一枝,薝卜花。

《相见欢》双调,三十六字。前段三句,三平韵;后段四句,两仄韵,两平韵。为唐代教坊曲。又名《西楼子》《上西楼》《忆真妃》。此调每句用韵,后段与前段句式略异。音节响亮,音乐性强。薛绍蕴与冯用此调写闺情,李煜始用其抒写沉痛之情,最能体现此调特点。南宋朱敦儒七首均抒感时伤世之情。

《阮郎归》双调,四十七字。前段四句,四平韵;后段五句,四平韵。又名《醉桃源》、《碧桃春》,李煜词为创调之作。

《乌夜啼》双调,四十八字,前后段各四句,两平韵。唐代教坊曲。始词为李煜四十七字体。

《浪淘沙》双调,五十四字。前后段各五句,四平韵。唐代教坊曲。长短句词体始于李煜。此调宜表现悲愤、沉郁、热烈之情。

《一斛珠》双调,五十七字。前后段各五句,四仄韵。李煜始创此词体,为宋人常用之体。

《破阵子》双调,六十二字,前后段各五句,三平韵。唐代教坊曲。李煜创此调。晏殊、晏几道等皆用此调作词,辛弃疾有此调名篇。

《摊破浣溪沙》,其体创自南唐,故亦名《南唐浣溪沙》,又名《添字浣溪沙》,又名《山花子》。① 摊破是由于乐曲节拍的变动而增减字数,并引起句法、协韵的变化。摊破后的词在某些部分打破了原来的句格,另成一体。

以下词调虽不是南唐词人首创,但南唐词人所作该词调作品影响比较大。

《南乡子》单调,二十八字,五句,两平韵,三仄韵。唐代教坊曲。多咏南方风光。欧阳炯 8 首,李珣 10 首皆单调。冯延巳改此调为双调,56 字体不换韵,为宋人沿用。

《虞美人》唐代教坊曲。始词见于敦煌曲子词。李煜所作《虞美人》为宋人通用体。在他之前,词人此调多用于吟咏美人相思闺情,李煜于题材内容上有较大变化,抒家国之悲慨。宋人多用之述送别、赠答、咏怀之意。如张先《虞美人·述古移南郡》、晁补之《虞美人·广陵留别》、陈师道《虞美人·席上赠王提

---

① （清）查继超:《词学全书》,书目文献出版社 1986 年版,第 89 页。

刑》。

《玉楼春》双调,五十六字。前后段各四句,三仄韵。欧阳炯创此调。李煜此调词影响较大,为宋人通用,晏殊此词调即沿用李煜词体。

《鹊踏枝》又名《蝶恋花》唐代教坊曲,冯延巳之作为此调名篇。

《谒金门》双调,四十五字,前后段各四句,四仄韵。唐代教坊曲。冯延巳《谒金门》(风乍起,吹皱一池春水)为传世名篇。用仄韵,每句用韵,此调音韵压抑悲咽。

在词调的变动中,可以看出,有一点比较鲜明,即齐言消亡,长短句兴。唐人选用当时流行的五言或七言绝句名篇,配于燕乐歌唱叫作声诗,句式整齐,称之为七言。"这个有关词体成立的重要变动,是在晚唐五代完成的"。① 宋代所创的词调,已经没有齐言的了。如《浪淘沙》,刘禹锡诸人所作概同七绝,至李煜改为长短句。又如《抛球乐》,刘禹锡作声诗云:

> 五色绣团圆,登君玳瑁筵。最宜红烛下,偏称落花前。上客如先起,应须赠一船。

冯延巳《抛球乐》则为:

> 酒罢歌余兴未阑,小桥秋水共盘桓。波摇梅蕊当心白,风入罗衣贴体寒。且莫思归去,须尽笙歌此夕欢。

唐一些词调入宋后曲谱无传,《碧鸡漫志》卷一说唐词:"声行于今,辞见于今者,皆十之三四。"南唐后主尝因旧曲《念家山》,演而为《念家山破》,昭惠后亦作《邀醉舞破》、《恨来迟破》,皆失传。《酒泉子》敦煌曲子词中此调多写边塞和战事,风格较为豪放。南唐词人用此调写景抒情。结构精巧且富于变化,感情表达曲折含蓄,并用双声叠韵词,舒缓连贯,有一唱三叹之效果。冯延巳此调词作六首,晏殊亦有此调名作,但南宋初管鉴言"尊前无能歌者"、"阳春一曲唤愁醒,可惜无人歌此曲"。② 可知南宋此调几近失传。其他如《荷叶杯》《抛球乐》《上行杯》等在南唐词中均可见的词调,在宋代均未见传。

---

① 吴熊和:《唐宋词调的演变》,载《杭州大学学报》,1980 年第 3 期。
② (宋)管鉴:《养拙堂词》四印斋刻本。

2. 声韵求变

周圣伟先生曾将唐代律绝与燕乐的配合方式进行了总结,指出:"以诗被乐,诗成在先,律绝固定的篇幅、句数、句式、字数与乐曲体制、句数、拍式、拍数的参差错落虽有偶合,毕竟乖怜居多。"为解决这方面的矛盾,唐人采取了不少办法。周氏归纳为:集诗、摘遍、择诗、截诗迭诗、和声等几种形式。① 通过增减诗字句来拜托近体诗句读整齐特点,使之合乐。刘禹锡《忆江南》《潇湘神》二首即在原有近体诗句式上酌加增减,如《刘宾客外集》卷四:

> 春去也! 多谢洛城人。弱柳从风疑举袂,丛兰浥露似沾巾,独坐亦含嚬。

刘题曰《和乐天春词依〈忆江南〉曲拍为句》。再如张志和《渔歌子》:

> 西塞山前白鹭飞,桃花流水鳜鱼肥。青箬笠,绿蓑衣,斜风细雨不须归。

是典型的由七绝演变而来,破第三句的七言为长短句,并增一韵。平仄和声韵都与近体律绝无大的差别。这一现象在南唐词中有较大改观。声韵也有一定的规则,据沈约言:"欲使宫羽相变,低昂互节,若前有浮声,则后须切响。一简之内,音韵尽殊;两句之中,轻重悉异。"②即每句中间的平仄声字,必须相间使用,显出和谐的音节。整个篇章中的韵位所在,须遥相呼应,才能使音节与所表达的感情相称,并随感情起伏而有所调节。南唐词人广泛吸取《诗经》《楚辞》、六朝乐府以及古、近体诗的创作成果,在声韵的变化方面做出了有益的尝试。

以《浪淘沙》为例,唐人多用七绝加虚声以应节拍,如刘禹锡之作:

> 日照澄洲江雾开,淘金女伴满江隈。美人首饰侯王印,尽是沙中浪底来。

李煜的《浪淘沙》在四个七言句子之外,增加四言四句,五言两句,"上下阙

---

① 周圣伟:《从诗与乐的相互关系看词体的起源与形成》,华东师范大学中文系中国古典文学研究室:《词学论稿》,华东师范大学出版社 1986 年版,第 18 ~ 24 页。

② 《宋书》卷 67。

前三句都是句句协韵,表示情感的迫促,第四句用仄收,隔句一协,略转和婉"①。

张炎《词源》卷下云:"词中一个生硬字用不得,须是深加锻炼,字字敲打得响,歌诵妥溜,方为本色语。"词的韵位安排得当,才能"声转于吻,玲玲如振玉;辞靡于耳,累累如贯珠"。今人龙榆生在《唐宋词格律》中将词押韵分五类:平韵格、仄韵格、平仄韵转换格、平仄韵通叶格、平仄韵错叶格。从词声律和情感表达的特殊性来讲,"句句协韵的,也就是韵位过密的,例宜表达激切紧促的思想感情,隔句协韵,也就是韵位均调的,例宜表达低徊掩抑的凄婉情调"。② 韵位均匀,即隔句或三句一协韵。

如冯延巳《浣溪沙》:

春到青门柳色黄,一梢红杏出低墙,莺窗人起未梳妆。绣帐已阑离别梦,玉炉空袅寂寥香。闺中红日奈何长。

上阕句句押韵,韵脚 ang,读来声情急促。下阕增"绣帐已阑离别梦,玉炉空袅寂寥香"这一对偶句的形式,隔句一协,便使声调趋于和缓。

李煜《阮郎归》:

东风吹水日衔山,春来长是闲。落花狼藉酒阑珊,笙歌醉梦间。佩声悄,晚妆残,凭谁整翠鬟。留连光景惜朱颜,黄昏独倚阑。

除两个三言两句,隔句一协外,句句押韵,情急调苦,流转如珠,又含凄婉。又如李煜《乌夜啼》:

林花谢了春红,太匆匆!无奈朝来寒雨晚来风!胭脂泪,相留醉,几时重?自是人生长恨水长东!

全词句句押韵,插入两个仄声短韵"胭脂泪","相留醉",以增强激越凄怨气氛,末句如怨如慕,如泣如诉。

词为合乐文学,每个词调都表达一定的情绪。词协法分十一类,一首一韵、一首多韵、以一韵为主,间协他韵、数部韵交协、叠韵、句中韵、同部平仄韵

---

① 龙榆生:《词学十讲》,北京出版社 2011 年版,第 20 页。
② 同上,第 66 页。

通协、四声通协、平仄韵互改、平仄韵不得通融、协韵变例。① 词韵的变幻不仅增加了词的音乐美和形式美，并且可以从词句度的长短，语调的轻重缓急，叶韵的疏密等进一步推求声情与句式之间的关系。五代以花间为代表的词派所依之声多是来自舞榭歌台，以供十七八女郎，执红牙板传唱，辅之以"绮罗香泽之态，绸缪宛转之度"。文士只需按平仄声韵填上新词歌唱，因此很容易复制。南唐词尤其是李煜后期词作不是简单的被之管弦，只借助乐器乐调用于吟唱，而是将词的文情与调的声情相结合，并注重句度的长短，语调的轻重缓急，韵位的疏密与声情的联系。因而使词这种文体展现音乐美的同时，更注重语言文字的意义和音节，适于慢慢咀嚼品读，为词坛带来深远启示，并在词调创制（主要为小令和中调）、完善词体等方面做出了贡献。

（二）词风雅化

词的雅化，大致指词从原初具有浓厚的民间气息，俚俗之语，逐渐蜕变成为尊前合乐之词，进而演变为士大夫抒情文体的过程，花间词对敦煌曲子词的改编演化，可视为第一阶段。敦煌曲子词是现存最早的唐五代民间词，以现存中晚唐作品可看出，大都语言浅白，充满质朴原始的生活气息和思想感情，较能代表民间词的特色，"民间词在格局上基本保存了它初起时的'原始状态'。这种原始状态的痕迹主要表现在两方面：体制的不稳定性和语言的质朴俚俗"。② 大多数敦煌曲子词表现出此类特征：

> 莫攀我，攀我太心偏，我是曲江临池柳，这人折来那人攀，恩爱一时间。（《望江南》）

> 今世共你如鱼水，是前世姻缘。两情准拟过千年。转转计较难，教汝独自孤眠。每见庭前双飞燕，他家好自然。梦魂往往到君边。心专石也穿，愁甚不团圆。（《送征衣》）

词作多叙事，日常用语、谚语的运用亦体现较浓的生活气息，极少对心理、

---

① 夏承焘、吴熊和：《读词常识》，中华书局1981年版，第52页。
② 杨海明：《唐宋词史》，第48~49页。

情态等进行细致描写,"庭前双燕"之句,往往是起兴作用。又如戴叔伦的《调笑令》:

　　边草,边草,边草尽来兵老。山北山南雪晴,千里万里月明。明月,明月,胡笳一声愁绝。

是文人对民间词演变的早期作品。"词之初为民歌,多属口语,故辞多鄙理。中唐时期,刘禹锡、白居易辈欣赏之,而又恶其鄙俗,为之作文字上之加工,于是有《竹枝》《杨柳》诸作,是文人作词之始"。① 早期文人词与近体诗关系密切,受其影响较大。中晚唐的词,不少是就五、七言近体略作变化而成的。朱熹《语类》云:"古乐府只是诗中间添却许多泛声,后来人怕失却了那泛声,逐一添个实字,遂成长短句。今曲子便是。"方成培《香研居词座》也说:"唐人所歌,多五、七言绝句,必杂以散声,然后遂谱其散声,以字句实之,而长短句兴焉。"中唐前后文人的一定程度上也印证了这些观点。

　　白居易其二《忆江南》:"江南好、风景旧曾谙。日出江花红胜火,春来江水绿如蓝。能不忆江南!"这两片词很明显是在五、七言的基础上加入三言而成的。刘禹锡的《潇湘神》:"斑竹枝,斑竹枝,泪痕点点寄相思。楚客欲听瑶瑟怨,潇湘深夜月明时。"则是变更七绝首句而成。可以看出早期的文人长短句未脱离民间词的情调,有些直接源自近体诗,只在句式上做一些变动,较少能在词体内部特征艺术手法上做出有益探索。

　　为了"合之管弦,付之歌喉",词在声律、审音、用字等方面渐趋严格。夏承焘先生有《唐宋词字声之演变》一文,曾指出其间嬗迁演进之迹大抵自民间词入士大夫手中之后。(温)飞卿已分平仄,晏(殊)柳(永)渐辨去声,三变(柳永)偶谨入声,清真(周邦彦)遂臻精密。② 在这个过程中不能不提到温庭筠,他是首位专力写词的文人,有意识的脱离民间词调的本色,进行语言上的精雕细刻,尽力使语言委婉绮丽,而且关注服饰、闺阁布局的描绘。试比较两首同为思妇题材的词,《敦煌曲子词》之《拜新月》:

---

① 《词学》第一辑,华东师大出版社1981年版,第209页。
② 夏承焘:《唐宋词论丛》,上海古典文学出版社1956年版,第53页。

荡子他州去,已经新岁未还归。堪恨情如水,到处辄狂迷。不思家国,花下遥指祝神祇。直至于今,抛妾独守空闺。上有穹苍在,三光也合遥知。倚屏怖坐,泪流点滴,金粟罗衣。自噬薄命,缘业至于斯。乞求待见面,誓不辜伊。

温庭筠《定西番》:

细雨晓莺春晚。人似玉,柳如眉,正相思。罗幕翠帘初卷,镜中花一枝。肠断塞门消息,雁来稀。

敦煌曲子词用语直接明了,如叙述故事般写出了思妇长期独守闺房的情形和对男子既怨又念的感情,温词则用语雕琢,借助于自然景物烘托,借暮春细雨渲染情感氛围,显得婉约迷蒙。"罗幕"、"翠帘"、"镜中花",暗示女子面貌姣好,身份不凡,末句潜含无限相思情怀。

除语言艺术外,以温庭筠为代表的晚唐五代词人在词体题材方面也做了革新。敦煌曲子词题材内容广泛,除反映爱情婚姻生活外,有"边客游子之呻吟,忠臣义士之壮语,隐居士子之怡情悦志,少年学子之热望与失望,以及佛子之赞颂、医生之歌诀"①。言闺情和花柳者,尚不及半。"从思想内容来看,民间词保留着相当浓厚的生活气息。举凡时政大事、民生疾苦、战争动乱、贫富不均,乃至日常生活、闺房调笑,它都有所描绘、有所反映"②。温词则极大地缩小了初始民间词的众多题材范围,专以描写"绮罗香泽之念"和离情别绪为主,场景多在闺房楼阁,用词精美,风神旖旎,从题材、语言风格等方面凸显词要眇且修的特点。温庭筠及花间词人对词体的雅化,主要表现在语言技巧、词体外在形式的精美性和音律的韵味,大大提高了敦煌曲子词以来词作的艺术风格。但"词之所以别于诗者,不仅在外形之句调韵律,而尤在内质之情味意境"③。温词这一点显然缺乏,局限于艳词娱人,刻意媚俗,因此没有从根本上脱去词作的"俗""艳"之气。之后受其影响颇深的西蜀词人词风,"郑卫之声日炽,流靡之变日烦"。

---

① 王重民:《敦煌曲子词集·叙录》,商务印书馆1950年版。
② 杨海明:《唐宋词史》,第48～49页。
③ 缪钺:《诗词散论》,上海古籍出版社1982年版,第54页。

词的雅化是包括多方面的,"包括题材内容的改造,使其品位提高,趋于风雅;音乐声韵的改造,使其八音克谐,和雅美听;表现手法的改造,使其含蓄委婉,精美雅丽等等"。① 五代南唐在十国文艺中首屈一指,其江南文化的审美渊源和较为稳定富庶的社会环境为词的进一步雅化创造了条件,并且南唐词人整体身份地位、学识修养、精神气质、文化品位较高,作词媚俗成分少,不仅娱宾遣兴,也传情娱己。从题材内容、表现手法、抒情模式、音乐等方面使词风趋雅,表现出俗而不流、丽而不淫的风貌。如刘扬忠在《唐宋词流派史》所言:"像南唐君主这样的儒雅风流、才学富赡的上层文化人来从事小词写作,势必将自身的学识襟抱自觉不自觉地熔铸于这种原先只属'下里巴人'的流行歌曲之中,提升其审美品位,使其风格趋向高雅,呈现比'花间'更士大夫的体貌。"

南唐词的雅化首先表现在对温、韦以来尤其是唐五代乱世时期词体题材内容的处理上。

正如钱钟书先生所评"唐宋两代诗词,爱情,尤其是在封建礼教眼开眼闭的监视之下那种公然走私的爱情,从古体诗里差不多全部撤退到近体诗里,又从近体诗里大部分迁移到词里"。② 南唐词题材带有时代局限性,大体上"言情不离伤春伤别,场景无非洞房密室,歌筵酒席,芳园曲径"③,情词中总少不了女子的身影,无论是香闺、酒宴,还是离亭别馆、红楼情影,"妙在得于妇人"。④ 宋人王铚原用于评价晏几道(字叔原)词,用于南唐词乃至五代词的特点亦有恰当之处。南唐词虽"不失五代风格",但没有因循守旧。南唐词人追循着温、韦形成的并具有一定类型化倾向的词体创作倾向和风格,并进一步变化发展,使其趋于清雅、蕴藉。

从温、韦、冯三家词作的对比分析中可以直观看出这种变化:

水精帘里颇黎枕,暖香惹梦鸳鸯锦。江上柳如烟,雁飞残月天。藕丝

---

① 诸葛忆兵:《论唐五代北宋词的"雅化"进程》,载《广西师范大学学报》,2003 年第 1 期。

② 钱钟书:《宋诗选注》,三联书店 2002 年版,第 8 页。

③ 袁行霈:《中国文学史》卷二,高等教育出版社 2005 版,第 372 页。

④ (宋)王铚:《默记》卷下,四库全书本。

秋色浅,人胜参差剪。双鬓隔香红,玉钗头上风。(温庭筠《菩萨蛮》)

六曲阑干依碧树,杨柳风轻,展尽黄金缕。谁把钿筝移玉柱?穿帘海燕双飞去。满眼游丝兼落絮。红杏开时,一霎清明雨。浓睡觉来莺乱语,惊残好梦无寻处。(冯延巳《鹊踏枝》)

四月十七,正是去年今日。别君时。忍泪佯低面,含羞半敛眉。不知魂已断,空有梦相随。除却天边月,没人知。(韦庄《女冠子》)

三首词作典型地代表了三人此类词作的风格。温词重描摹,女子形象光彩照人,顾盼生辉,头上玉钗之微微颤动,直有风流窈窕、我见犹怜之姿,突出香柔、香艳、柔靡之风。但对女子内心的描写显得贫乏单薄,是普情客观化的绮怨之词。韦词则淡化背景,以勾勒之笔,叙事般地呈现出鲜明的情节画面,如在眼前。姜夔《白石道人诗说》:"语贵含蓄,句中有余味,篇中有余意,善之善者也。"今人缪钺也说:"词境如雾中之山,月下之花,其妙处正在迷离隐约,必求明显,反伤浅露,非词体之所宜也。"①韦词特点便是自然,情真语真,但读来总觉缺少一种蕴藉之美。

冯词语境善于层层推进,句句推进,逐层深入,探寻人物形象内心,使人感知到一种真切而不可确指的惆怅之情。叶嘉莹先生对此赞誉:"能够写出非常直接的感动,而又不被一个现实的情事所拘束和限制,这就是冯延巳词的美感的特质。"②王国维对温、韦、冯三人的对比之语也甚为贴切。温词如"画屏金鹧鸪",雕削取巧而致虽美非秀,词华丽精美但少鲜明个性,恰如画屏上光彩照人的金鹧鸪;韦庄词似"弦上黄莺语",坦率真挚,如弦上之音,也如莺啼般自然;冯词"和泪试严妆",闺中之怨和泪试,别具深意。陈廷焯评价:"正中意余于词,体用兼备,不当作艳词读。"③

温词与冯词都喜用金玉之辞。冯词亦多"黄金"、"玉柱"之辞,然而富贵而不俗气,无摆阔之嫌疑,无错彩镂金之感,有种自然的富贵气,意象和人物心理结合较为自然,深感女主人公满目繁华何所依不胜孤寂的心情。温词则显堆

---

① 缪钺:《缪钺说词》,上海古籍出版社1999年版,第8页。

② 叶嘉莹:《词之美感特质的形成与演进》,北京大学出版社2007年版,第57页。

③ (清)陈廷焯:《白雨斋词话》卷1,词话丛编本,第3747页。

砌、罗列,词间跳跃性大,容易流于表面。冯词还善于通过特意铺设的场景唤起读者联想,中心意象突出,如善以双燕反衬女子孤寂心理。"谁把钿筝移玉柱,穿帘海燕惊飞去"(《采桑子》),"双燕飞来垂柳院,小阁画帘高卷"(《清平乐》)词作在刻画形象美的同时,表现出不同于花间词般脂香粉腻,而是或无奈、或怅惘、或孤寂的情味。

再如南唐女词人耿玉真的《菩萨蛮》:

> 玉京人去秋萧瑟,画檐鹊起梧桐落。欹枕悄无言,月和残梦圆。背灯惟暗泣,甚处砧声急。眉黛远山攒,芭蕉生春寒。

扬抑词语中,蕴含无限深愁。词家评论其真是"如怨如慕,极深款之致"。①

李煜的《渔父》(浪花有意千重雪)有曲尽形容之妙。与五代词人和凝《渔父》(白芷汀寒立鹭鸶,苹风轻剪浪花时。烟幂幂,日迟迟,香引芙蓉惹钓丝)相比,和词缺少洒脱之气,多纤弱、细腻、多愁之情调;李词则显得更为闲适、雅致,风神俊朗,浸溢于其间的士大夫自遣化和雅化情思也就更为深厚。也许正是在这个意义上,王国维《人间词话》高度评价南唐词:

> 冯正中词虽不失五代风格,而堂庑特大,开北宋一代风气。与中后二主词皆在花间范围外。

并且与花间促碎之音不同,南唐词人多运用清乐词调,抒写生命的感伤和忧患。清人查礼《铜鼓书堂词话》云:"词不同乎诗而后佳,然词不离乎诗方能雅。"词雅化方面,除上所述外,还与诗密切相连,点化是南唐词雅化的重要方式之一。看冯延巳这一首《鹊踏枝》:

> 几度凤楼同饮宴,此夕相逢,却胜当时见。低语前欢频转面,双眉敛恨春山远。
>
> 蜡烛泪流羌笛怨,偷整罗衣,欲唱情犹懒。醉里不辞金盏满,阳关一曲愁千断。

---

① (清)陈廷焯:《词则·大雅集》卷1,《唐宋词汇评》,浙江教育出版社2004年版,第521页。

小词巧妙的化用了前人诗句。"蜡烛泪流羌笛怨"分别化用杜牧《赠别》"蜡烛有心还惜别,替人垂泪到天明"和王之涣《凉州词》"羌笛何须怨杨柳,春风不度玉门关"的诗意。"阳关一曲肠千断"一句中的"阳关一曲",则来自王维的《送元二使安西》一诗。王维的这首诗因被编入乐府,在民间广泛传唱。而演唱时迭唱三遍,其曲名又被人称为"阳关三叠"。"醉里不辞金盏满,阳关一曲愁千断",经冯词衍化后意境更具体、更丰富了。

后主名句"一江春水向东流"也有化用,宋人陈郁《藏一话腴》曰:

> 太白云,请君试问东流水,别意与之谁短长。江南后主曰:问君能有几多愁,恰似一江春水向东流。略加融点,已觉精彩。至寇莱公则谓,愁情不断如春水,少游云,落红万点愁如海,青出于蓝而胜于蓝。

李煜词中还有多处点化唐诗之句。如名篇《乌夜啼》:

> 林花谢了春红,太匆匆。无奈朝来寒雨,晚来风。胭脂泪,相留醉,几时重。自是人生长恨水长东。

俞平伯《读词偶得》曰:"此词全用杜诗,林花著雨胭脂湿,却分作两片。可悟点化成句之法。林花为风雨侵欺而谢落,状如湿胭脂,此所谓'胭脂泪'者。"①《清平乐》"离恨却如春草,更行更远还生",乃化用杜牧《题安州浮云寺楼寄湖州张郎中》"恨如春草多"之诗意。

"词用事最难,要体认著题,融化不涩"。② 擅于点化者,"取前人名句意境绝佳者,将此意境缔构于吾想望中,然后澄思渺虑,以吾身入乎其中而涵泳玩索之,吾性灵与相浃而俱化,乃真实为吾所有而外物不能夺"。③ 南唐词人凭借个人的雅逸好学和才情将前人的诗句妥帖地融入自己的词中,并与自身的创作冲动、生命意识相契合,生发出更为丰富的意蕴,形成全新的完整的意境,以致使读者不觉得是在化用,犹如神来之笔,浑然天成。

南唐词风之雅与南唐社会经济、文化建设、社会文化心理有关,也与江南山水心理诱发作用、词人深厚修养分不开,进而在继承发展传统的柔美、雅致

---

① 俞平伯:《读词偶得》,开明书店 1935 年版,第 30 页。

② (宋)张炎:《词源》,四库全书本。

③ (清)况周颐:《蕙风词话》卷 1,《词话丛编》本,第 4423 页。

江南文化的基础上,最终形成了词派追求典雅、注重抒情的艺术特质。

(三)南唐词主体意识的确立

1.审美体验

与五代词多客观化,普世性的抒情特色相比,南唐词加强了主观意绪的表达,体现出明显的主体意识,极大的发展了词的主观抒情特性。主体意识主要表现于主体从客观冷静的摹写藩篱中解放出来,倾注其内在的情感,在叙述和描写中融入"热烈之感情及明显之个性"①,进而拉近与读者的距离,实现一定程度上的审美范式意义。尤其是李煜亡国后的作品,以词言志,本色当行,以沉郁、痛楚的笔调消解了之前词作以狭窄的世俗性、享乐性为目的,进而表现出丰富而独特的心灵体验和主体意识、抒情意识。

(1)写景而情在其中

"情景者,文章之辅车也。故情以景幽,单情则露;景以情妍,独景则滞。"②词之本质不外言情言景,所见者景,所动者情。但专事言情,易失之浅陋,一味写景,又易于为物所滞。如"宝函钿雀金鸂鶒,沉香阁上吴山碧。杨柳又如丝,驿桥春雨时"(温庭筠《菩萨蛮》),"锦江烟水。卓女烧春浓美。小檀霞。绣带芙蓉帐,金钗芍药花"(牛峤《女冠子》)词作如此类纯粹写景之作,不免有呆板之嫌。因此写景言情,不能截然分开。况周颐《蕙风词话》云:"善言情者,但写景而情在其中。此等境界,唯北宋人词往往有之。"③其实南唐词人已熟谙情景之语,写景淡远有神,言情蕴藉有致,将微妙复杂的感情附丽在典型化的景物之中。如冯延巳《鹊踏枝》(六曲阑干偎碧树)以景烘托感情。"杨柳风轻,展尽黄金缕",美好景物反衬自己"如花美眷,似水流年"的感叹。游丝、落絮闺怨绵延、春愁撩人。谭献赞曰:"金碧山水,一片空蒙。"④

---

① 叶嘉莹:《迦陵论词丛稿》,河北教育出版社 1997 年版,第 18 页。
② (明)杨慎:《词品》卷下,引自梁荣基《词学理论综考》,北京大学出版社 1991 年版,第188 页。
③ (清)况周颐:《蕙风词话》卷2,《词话丛编》本,第 4418 页。
④ 谭献:《谭评词辨》,《词话丛编》本,第 3990 页。

吴衡照《莲子居词话》云："言情之词，必藉景色映衬，乃具深宛流美之致。"①在冯延巳的绝大多数词中，情景暗合，有种朦胧不明确的淡淡的怅惘和幽愁暗恨。

> 纵有笙歌亦断肠。（《采桑子》）
>
> 笙歌散，梦魂断。（《芳草渡》）
>
> 酒醉空肠断。（《更漏子》）

这闲愁犹如曹丕所言"高山有崖，林木有枝，忧来无方，人莫之知"②，自己说不明确，别人更无从知晓。冯词这一特点，前人多有论述。王鹏运《半塘丁稿鹜翁集》说："冯正中《鹊踏枝》十四阙，郁伊倘恍，义兼比兴。"③陈廷焯《白雨斋词话》说："正中《蝶恋花》，情词悱恻，可群可怨。"冯煦《阳春集序》云："其旨隐，其词微，类劳人思妇、羁臣屏子郁伊怆怳之所为。"从冯延巳本身而言，他并不是在为赋新词强说愁，自身确有身逢乱世，身仕偏朝的悲叹忧苦，读冯词确能感知这种忧生念乱之嗟。试读这首《菩萨蛮》：

> 沉沉朱户横金锁，纱窗月影随花过。烛泪欲阑干，落梅生晚寒。宝钗横翠凤，千里香屏梦。云雨已荒凉，江南春草长。

词作不胜萧瑟悲凉之情自言外溢出。景物本身具有时空性，在日常生活体验中又具有普遍性，因此词中集中出现的金锁、月影、烛泪、落梅等辅之以横、寒、荒凉，映发人物的思想感情，极具感染力。俞陛云说这首词"以江南繁华之地，作者青紫登朝，而言云雨荒凉，江南草长。满纸萧索之音，殆近降蟠去国时矣"。④

还有评论关注冯词寄托之意，与古典美学中士不遇情结相联系，如张惠言评冯延巳《鹊踏枝》三首："忠爱缠绵，宛如《骚》《辩》之义。"⑤张尔田《曼陀罗㝉词序》："正中身仕偏朝，知时不可为，所为《蝶恋花》诸阙，幽咽恫怳，如醉如

---

① （清）吴衡照：《莲子居词话》，《词话丛编》本，第 2455 页。

② （宋）郭茂倩：《乐府诗集》卷 36。

③ 曾昭岷：《温韦冯词新校》，上海古籍出版社 1988 年版，第 252 页。

④ 俞陛云：《五代词选释》上海古籍出版社 1985 年版，第 102 页。

⑤ 张惠言：《词选》，《词话丛编》本，第 1617 页。

迷,此皆贤人君子不得志发愤之所为作也。"①道出冯词意内言外,介于代言和自我抒情之间的别有寄托之意。冯延巳少负才名,官至宰相,不可称之为"士不遇",不过身为人臣,实有富贵平云难掩的苦衷。中国古代社会遵循君为臣纲、父为子纲、夫为妻纲的伦理关系,君臣之间的关系与夫妻男女之间的关系有一定的相似之处,即君与夫都是高高在上处于统治地位的,对于臣子来说,他的政治前途乃至身家性命都掌握在皇帝手中。善柔其色的冯延巳十分清楚,自己虽受主隆恩官至宰相,但世事无常,况国忧家忧谁料得他日光景?因此心中时时会有伴君如伴虎的患得患失之感。这种对君主的依赖期盼宛如闺中人对男子的痴盼,"士大夫失去君王的眷顾重用就像被弃置冷落的艺妓"。②"臣妾心态"可以说是士大夫文人的一种富有特色的精神心理现象。冯延巳词作有80多首都是拟女性的词,这些词以女性入词,模糊性别角色,以蕴藉含蓄的艺术手法,通过香闺愁情体现他宦海浮沉的深切体验及人生感慨。

冯延巳与李璟的密切关系前文已有提及,李璟年少时即从游,马令《南唐书》言冯"有辞学,多伎艺,烈祖授为秘书郎,使与元宗游处。"李璟即位后冯延巳以旧恩至显,官至宰相。李璟时期南唐党争已愈演愈烈,宋齐丘、陈觉、李徵古、冯延巳、延鲁、魏岑、查文徽为一党;孙晟、常梦锡、萧俨、韩熙载、江文蔚、钟谟、李德明为另一党。政治倾轧中,他们纷纷卷入权势利益纷争漩涡中,党同伐异。冯延巳在朝中平步青云,已颇引争议,御史中丞江文蔚即斥冯延巳"善柔其色,才业无闻,凭恃旧恩,遂阶任用,窃弄威福"③。保大间事关南唐盛衰的伐闽战争失败后,中主偏祖冯延巳,从轻发落,只罢相为太子少傅,后又启用。这使本来处于党争风口浪尖的冯延巳更遭受质疑,内心也愈忧惧,深知一旦失宠自身处境将会危如朝露。冯词有一首《采桑子》:

> 昭阳记得神仙侣,独自承恩。水殿灯昏,罗幕轻寒夜正春。如今别馆添萧瑟,满面啼痕。旧约犹存,忍把金环别与人。

此词描述失宠嫔妃今非昔比的变故。昨日承恩欢愉无数;今日别馆,残存

---

① 叶嘉莹:《词之美感特质的形成与演进》,北京大学出版社2007年版,第63页。
② 张惠民:《宋代词学审美理想》,人民文学出版社1992年版,第238页。
③ (宋)马令:《南唐书》卷10,第82页。

回忆唯泪相伴。"忍"字透露出主人公对往日受宠之不舍和难掩的对君王既怨又恨的心理。此词非泛泛描写失宠嫔妃境遇,冯"负其才艺,狭侮朝士,尝谓孙忌曰君有何所解而为郎?"后孙忌当了宰相,冯延巳尝有"可惜金盏玉杯盛狗屎"之语。冯延巳借作闺音含蓄表达了词人现实中的忧患不安和不如意。又如《鹊踏枝》:

> 几日行云何处去?忘却归来,不道春将暮。百草千花寒食路,香车系在谁家树?

小词借痴情女子对冶游未归情郎的嗔怨、猜测以及期盼来隐射自己内心复杂的情感。末句"香车系在谁家树"的猜想更进一步流露出因此而惶惶不安的情绪。

围绕冯延巳的还有一点比较突出,就是他的人品与文品之争。与史书高度称赞冯延巳的艺术成就相比,对其为人史书颇多诟病,集中于其谄媚献上、结党营私、好嫉妒、才大志疏等。与其弟延鲁、魏岑、陈觉、查文徽,被时人称为五鬼。夏承焘先生《唐宋词人年谱》中认为这是"朋党攻伐之辞,则应存疑"。不过可以想象朝廷之上冯延巳与群要关系的紧张,这定然增添他内心的孤寂和苦闷。故以有所见方有所思,以有所思遂似更有所见,益生其感叹之致。① 词人将现实人生复杂情感融入景物,以景物之神传情,呜咽塞管,带雨樱桃,花飞片片,寂寥黄昏都能牵引出"添得愁无限"、"春恨锁重楼"的孤寂情深。刘永济先生评价冯词:"词中表达之情极其复杂,有猜疑者,有希冀者,有留恋者,有怨恨者,有放荡者",确实不无道理。②

冯延巳这类词于传统题材中寓喻托譬,主体意识多附着在典型化的江南自然物景中,非流连于本意。表层描写的是春愁别绪,闺怨绮思,深层却蕴含着词人"因为无法回避、改变的人生缺憾所触发起的无可奈何悲怆凄凉"。③

---

① 赵叔雍:《填词丛话》,引自梁荣基《词学理论综考》,北京大学出版社 1991 年版,第 189 页。

② 刘永济:《唐五代两宋词简释》,上海古籍出版社 1981 年版,第 23 页。

③ 乔力:《主体意识的建立:论南唐词的审美特征与范型意》,载《东岳论丛》,1995 年第 5 期。

中主虽存词其少,四首词亦皆以暮春残秋之景写哀怨之情。这类作品"实有无限的伤感,非仅流连光景之作"。①《摊破浣溪沙》(手卷真珠上玉钩),清人黄苏评价:

> 手卷珠帘,似可旷日抒怀矣。谁知依然恨锁重楼。所以恨者何也?见落花无主,不觉心共悠悠耳。且远信不来,幽愁空结,第见三峡波接天流,此恨何能自已乎! 清和宛转,词旨秀颖。②

李璟以一国之君身份,将国势蹙危的深切感受、敏感的诗人气质注入传统春恨秋悲的主题以新质,不论是"惆怅落花风不定"的惶惶,还是"风里落花谁是主"的感慨,"夜寒不去寝难成"的焦虑;不论是"征人归日二毛生"的忧惧,"朱扉长日镇长扁"的压抑,还是"细雨梦回鸡塞远"的怅惘,都超越了具象,以寻常之景写出了深意,带有绵延持久的感伤色彩,使读者从中生出超越普通情感的联想。对于词中的具体寄托之意,词学家缪钺先生颇有见地:

> 若夫词人,率皆灵新善感,酒边花下,一往情深,其感触于中者,往往凄迷怅惘,哀乐交融。词境妙处正如雾中山,月下花,若刻意求明显,反失之浅露,况作者并非专为一人一事而发,因此读者亦不必沾滞求之,凿实以求。③

这部分南唐词以精美之词传沉挚之情,提升了词体的美学地位和审美品格,而且对词体的发展尤其是所谓婉约派词作影响深远,具有极大的范型意义,"开启了缘花间派艳科娱人传统而补益、变化以新成的抒怀寄寓、托物比兴传统,从晏、欧、秦、周直到姜、吴、张诸家,一直以深婉含蓄、沉挚绵眇为其总体风格面貌和审美特征"。④

(2)词骨词心真

在上述一类词作中,南唐词人往往设身处地的构筑一个属于女性的想象

---

① 龙榆生:《南唐二主词叙论》,上海古籍出版社1997年版,第203页。
② (清)黄苏:《蓼园词评》,《词话丛编》,第3029页。
③ 缪钺:《缪钺说词》,上海古籍出版社1999年版,第8页。
④ 乔力:《主体意识的建立:论南唐词的审美特征与范型意义》,载《东岳论丛》,1995年第5期。

力的世界，"以男子作闺音"。南唐词还有一类词作，不再假借她者形象"代言"，而是"自言"，因事生情，由于直接的人生遭际而进行创作。这类词作主要见于李后主亡国后的作品。如唐圭璋所言："冯词色彩浓，还受温的影响，后主则一空依傍。"①王国维先生之评价"词至李后主而眼界始大，感慨遂深，遂变伶工之词而为士大夫之词"也正着眼于此。眼界大，是指突破唐五代词题材之囿，不仅仅局限于温庭筠以来的花前月下、闺房庭院，而是面向整个人生与社会，塑造深美闳约的艺术境界；感慨深，即超逾一己闲愁浅恨，体现出深沉的生命意识和哲学思考。在此基础上进一步实现了词体功能的变化。

伶工之词，创作目的是为她的，创作形式多是第三人称的代言体，创作功能主要是应歌娱人，"如秦楼楚馆所歌之词，多是教坊乐工及市井做赚人所作，只缘音律不差，故多唱之"。②士大夫之词，有一部分也为应歌而作，用于宴饮之乐，同于伶工之词；但也有一部分主要是用于抒情言志，后者往往重在以词言志而轻于乐曲。后主前期词未摆脱燕钗蝉鬓，多为伶工之词，入宋之后，却洗净宫体与倡风，以词抒写自身经历和生活实感，多家国之慨，表现出超乎艳情之外的社会人生视角和境界，词作堪称以血书写之，以生命、感情书写之。叶嘉莹先生将李后主后期词称为"诗化之词"，"所谓诗化，就是诗人用抒情言志张扬的写法来写词，而不再是写给歌女唱的歌辞，是写我自己的生命，写我自己的悲哀、我的遭遇、我的生活"③。词人强烈的主体意识不再是附着在景物上，而是"感情在升华的才气的基础上向外涌现，以直接与外物相结合，使外物也随主观才气之升华而升华，以升华了的形相显现其内蕴的生命"。④

如这首广为流传的《乌夜啼》：

> 林花谢了春风，太匆匆。无奈朝来寒雨晚来风。燕脂泪，留人醉，几时重。自是人生长恨，水长东。

朝来寒雨晚来风，运用互文手法，极言花所受的风雨摧伤。词人所关注的

---

① 唐圭璋：《论词书札》未刊稿。
② （宋）沈义父：《乐府指迷》，词话丛编本。
③ 叶嘉莹：《词的美感特质的形成与演进》，北京大学出版社 2007 年版，第 56 页。
④ 徐复观：《中国艺术精神》，华东师范大学出版社 2001 年版，第 55 页。

景物细微,情思却深长,借此引发广阔的想象空间,小词写雨点落在红色花瓣上,宛如女子粉妆泪痕,可叹这朵花一逝去便永不再来。何止是花,人不也如此吗,自己的人生是否也想风雨中的林花一样无所依傍,无法主宰。结句撼人心灵,具有极强的概括性和极深的哲理感。"林花"无疑是极具象征色彩的意象,从外部环境走向内在生命,通过外部物质世界特征显示抽象的内部精神世界。诗人心灵在这些物象中游荡,又在这些物象中不断呈现出自身。此等境界绝非温、韦可以比肩,即使后主前期词也无此气象。所以施蛰存老先生感叹:

> 此等词句,皆前无古人,后无来者。论其文词,则自然纯朴;论其感情,则回肠九转。非亡国之君不能有此感情;无此感情,亦不能以自然淳朴之言辞动人。然亡国之君,未必皆能有此感情;有此感情又未必能以如此淳朴自然之言辞表达之,此后主之所以卓绝千古也。①

冯延巳、李璟的创作已在一定程度上改变了花间词脂粉香软气,促碎之弊,注入了身世之感。李煜词则进一步借此抒写情怀,凸显主体精神,词作开始具有雄奇之美和博大气象。从这个意义上说,南唐词本身经历了一个相对完整的发展过程。并且后主打破词体宫廷宅院为主的创作环境,不再依附于外物,直接倾泻自己的内心悲愤,真正实现了词体的抒情功能,显示出词的发展潜力,进而引导了词坛发展的新方向,为宋词体走向成熟和繁荣写下了关键一笔。

陆机《文赋》云:"石韫玉而山晖,水怀珠而川媚。"南唐词最为动人之处正在于它有真生命,脱离娱宾遣兴的类型化普世化言情,建立起自觉的主体意识,韫怀着深刻的生命感悟和人生体验。这也应和了况周颐所说的词心,"吾听风雨,吾览江山,常觉风雨江山外有万不得已者,即词心也。而能以吾言写吾心,即吾词也"。②"词心"便是主体酝酿出的心理感受,一种词所特有的审美情感。"不得已",意味着内心情感无法排遣,需要在眼前景心中事中找到切

---

① 施蛰存:《南唐二主词叙论》,中国人民大学报刊复印资料,1980 年第 29 卷,第 43～51 页。

② (清)况周颐:《蕙风词话》卷一,《词话丛编》本。

入点,透过江山,风雨来展现作为"类"的共同体验。南唐词处于词体发展的初期,像得天地灵气之名姝,虽未壮大但生意盎然,活色生香,有清新真淳之感。在内涵和审美意义上都较同时期词作有大的拓展和创新,并为宋词提供了良好的范式。

2. 丰富的审美机能

南唐词人的主体意识还表现在植根于江南文化的审美机能的丰富和审美意识的提升。

正如辛弃疾《浣溪沙》中评述:"自有渊明方有菊,若无和靖即无梅。"美不自美,因人而彰,江南,不只是自然之美,也不只是"罗衣何飘飘,轻裾随风还,顾盼遗光彩,长啸气若兰"(曹植《美女篇》)的吴侬软语,巧笑倩兮。更重要的是江南文化孕育了特有的诗性心灵,以及在江南文化背景中获得的充分发展,表现为超越现实、超越功名、追求心灵以及审美自由的情感机能。南唐词人为江南文化所化之人,与同时代文人相比,在南唐词人的内心,既少北方文人浓重的政治伦理之气和深重悲苦之音,也不同于花间词人媚俗靡丽之气,他们内心潜藏着宛如清泉般的诗性气息和与生俱来的审美感觉,充分显示出了在北方话语中严重"失声"的纯粹的自由审美精神。虽然他们不可能脱离时代,乱世中他们不免陷于政治、人生的变动不居,对于时代变动,他们同样感受经历。但与北方文人不同,北方文人观照、审视而且不断探寻于人生社会的内部,想去承担,要承担却又有生命无法承受之厚重,心怀"忧端齐终南",看到的是"乾坤满疮痍"。南唐人对此更多的是一种"知其无可奈何而安之若命",审美由外在政事或社会境况转向自身的生存状态和感情世界,突出审美主体的本真感觉,从而体现出自觉丰富的主体意识和审美情感。

在审美活动中,主体面对的首先是审美对象,审美对象的选取与主体的主观情趣有很大关系,好的作品往往取决于审美对象的风格与审美主体的情趣之间有没有内在的适应型。"审美对象的形成,标志着审美经验(创造)高潮到来。所谓审美对象,不是指诱发审美态度的那个客体,而是经过想象、理解、情感等多种心理功能对表象进行加工改制的审美意象,它是构思的美(普洛丁)、直觉品(克罗齐)、质和谐(英加登),可以经过才能技巧凭借物质媒介而转为客观的物态画形式,即传达的美(普洛丁)、物理的美(克罗齐)、有意味的形式(贝尔)"。① 审美主体经过一系列想象、构思和情感等心理功能,使审美对象转化为富有象征意义的审美意象,进而创造出一个新的审美境界。即审美对象经过审美主体主观的"人化",已非原有的审美对象本身,而成为在情感和心理上具有感染力的,美学意义的东西。与审美对象相对应的是生活空间,而与审美意象对应的则是审美空间。当主体用独特的生命感受、生命体验选取审美对象进行艺术再创造的同时,主体也得到了充分的审美自由。审美对象来源于多种形式,有时审美主体在艺术创作中选取的并不是实体对象,而是内心世界存留的记忆表象,由于特定的原因在这个时刻再度浮现。

以李煜《虞美人》为例来看:

> 春花秋月何时了,往事知多少。小楼昨夜又东风,故国不堪回首月明中。雕栏玉砌应犹在,只是朱颜改。问君能有几多愁,恰是一江春水向东流。

陈廷焯《云韶集》评述此词:"一声恸歌,如闻哀猿,呜咽缠绵,满纸血泪。"春花秋月、雕栏玉砌,曾在与此在,自然的永恒与人世的无常形成鲜明的对比,此时词人面对的就不仅是一般客观世界的实体对象,还包含内心世界再度浮现的记忆表象,也可以说是一种形象记忆或情绪记忆。词人在记忆中找到意象,这些意象所蕴含的情感与他的遭遇体验具有同一性,他凭借高超的艺术才华和独特的生命体验入乎其内出乎其外,沉潜于其中又获得超越。俞平伯《读词偶得》评价这首词作"奇语劈空而下,以传诵久,视若恒言矣"②。"奇语",颇令人玩味,后主将沉痛的人生体验转化为深层的审美体验,那么所写的春花秋月,春水东流已不是寻常所见之物,包含着词人丰富、复杂、深刻的对事物对人生的特殊感受与体验,当这些感受体验与我们内心沉淀的某些情感感受相契合时,共鸣随之产生。审美活动中,体验不同于经验,审美经验更多社会心理层面的普遍性、被动性及共性,而审美体验则有显著的主动性、能动性、创造性

---

① 杨恩寰:《审美心理学》,东方出版社1991年版,第118页。
② 俞平伯:《读词偶得》,开明书店1935年版,第25页。

特点。两者不能截然分开,审美体验的深浅与个体生活经历、文学修养、人生体验密切联系。在审美体验中,审美主体全身心投入到审美对象中,将生活空间转换为审美空间,超越表层,超越时空,在艺术世界中探索感悟。

后主这种审美深层体验,很大程度上还源于词人对自身身份的认识和转移。当时空环境发生改变时,审美主体的原有身份与当前体验发生冲突,便会引起审美心理的变化,进而借艺术这种特殊的方式宣泄心中的苦闷,被压抑的本能、潜意识。"一朵微小的花对于我可以唤起不能用眼泪表达出的那样深的思想",①一般人习以为常的花开花谢,在李煜眼中,看到的却是疾风骤雨,却是苦痛和命运的起伏。确如詹安泰先生所言,后主之天趣洋溢,悲痛沉至者,都不可得。此则性情身世,远不相及,非关学养也。② 后主生命的书写,将当下的存在置身于自身生命之流中,在艺术中沉潜一切变化,倾诉一个心灵的颤动,已而表达出更真更深更完全的自我。"生命本体在此,它是自身的证明"。③

学者徐复观先生曾经说过:"老、庄,尤其是庄子的艺术精神,是要成就艺术的人生,使人生得到如前所说的'至乐'、'天乐';而至乐天乐的真实内容,乃是在使人的精神得到自由解放。"④在南唐词人身上,有着鲜明的从六朝继承而来并发展了的主体意识和审美精神。他们将审美对象升华为带有个体气质的审美意象,将凝视自然物质世界的目光转换成凝视自己,凝视生命,体现出对有限生命的超越和生活生命意义的反思。"在政治之后生成诗性主体,将个体经验中的苦痛与创伤转化为澄澈的生命之流"。⑤ 戴着枷锁而歌唱,所以才有冯延巳欢会中体验悲情,李后主在悲情中上下求索,体验"至乐",为江南文化注入源头活水,写出人的共同感受,传达出人生一些普遍性的东西,它不是

① (英)华兹华斯语,引自宗白华《美学散步》,第28页。
② 詹安泰:《读词偶记》,詹伯慧编:《詹安泰词学论集》,汕头大学出版社1997年版,第310页。
③ (德)狄尔泰语,引自胡经之等编:《西方文艺理论名著教程》,北京大学出版社2004年版,第52页。
④ 徐复观:《中国艺术精神》,华东师范大学出版社2001年版,第36页。
⑤ 刘士林:《20世纪中国学人之诗研究》,安徽教育出版社2006年版,第113~114页。

抽象的,而是活生生的。千载之后,虽历经时代变幻,这些诗意的凝聚依然能在不同的时刻抚动人心。如"青鸟不传云外信,丁香空结雨中愁"(李璟《浣溪沙》)、"细雨湿流光"(冯延巳《南乡子》)。尤其是李后主词感情真挚细腻,意象疏雅,适于咀嚼吟咏,由此获得美感,引发共鸣。读者通过对凝定的艺术形式的再度体验与词人的灵魂相遇,领悟词人已表达的或未曾表达的,通过词中内容而在读者心中唤起的东西,得到审美享受和超越。

(四)文化南渐

南唐从立国到李后主白衣出降,仅历短短的 39 年,但我们不能因为其短命偏安而忽视它,不能忽视南唐文化尤其是南唐词对江南社会乃至中国唐宋之际文化变迁和文化南渐的作用。众所周知,唐宋之际,中国文化发生了很大的变化。两宋,无论是政治方面还是在经济领域、文化领域,都进入了封建社会的新的历史阶段。日本著名的历史学家内藤湖南先生在上世纪初首次提出"唐宋变革"说,此论断影响深远。内藤先生认为"唐代是中世的结束,而宋代是近世的开始"。[1] 20 世纪 70 年代,台湾学者傅乐成先生又提出有关"唐型文化"与"宋型文化"的看法。他认为唐、宋各代表两种不同的文化类型,前者兼容并蓄,外来文化激荡较多,文化精神较为开放活泼;但在安史之乱后,逐渐回归中国文化本位,儒学复兴。因此宋代可称为中国近世本位化之建立期。[2] 这些论断从不同的角度肯定了唐宋时期中国文化所发生的重大变迁。这种变迁显然不是一蹴而就的,五代十国处于唐宋过渡时期,上承大唐下启赵宋,在这五十余年里,"表面是乱,实质是变"[3],"尚可能产生若干积极的因素"。[4] 正是这些积极因素的合力促动唐宋社会和江南社会文化的变迁,十国中首屈一指的南唐文化意义更为重大。"不仅在当时中国政局中有相当重要的作用,并

---

① 胡戟等:《二十世纪唐研究》,中国社会科学出版社 2002 年版,第 21、304 页。
② 傅乐成:《唐型文化与宋型文化》,载《国立编译馆馆刊》,1972 年第 1 卷第 4 期。
③ 熊德基语,引自陶懋炳《五代史略》,人民出版社 1985 年版,第 7 页。
④ 黄仁宇:《赫逊河畔谈中国历史》,三联书店 1992 年版,第 134 页。

且其展示的一部分社会、经济及文化风貌已初露其后中国社会形态的端倪"。① 经济上南唐政府一度休兵息民,招抚流民,鼓励垦田,兴修水利设施,奖励种植桑树等措施,有力地促进了江淮、江南地区农业经济的可持续发展,并有效牵制了北方南进意图,为唐宋时期经济中心南移做出了巨大贡献。在文化建设方面,南唐创造了大大超越本地原有成就的文化,南唐文化实际上是唐型文化和宋型文化之间过渡的桥梁,具有明显的承唐启宋之功。

南唐词的斐然成就及入宋后的影响是南唐文化在文化南渐过程中发挥重大作用的表现之一。据唐圭璋先生《两宋词人占籍考》,宋代词人有词流传且有籍贯可考者,凡871人,其中浙江216人,江西158人,福建111人,江苏82人,河南68人,四川61人,安徽46人,河北28人,山东32人,湖北17人,湖南17人,陕西14人,广东6人,山西7人。②

王兆鹏、刘尊明的《历史的选择——宋代词人历史地位的定量分析》(《文学遗产》)一文,根据存词篇数、现存词集的版本总数、在历代词话中被品评的次数、历代词选入选篇数以及近年来被研究的论著数等选出宋词人前30位,结合他们的籍贯列表如下,可以看出两宋词人和两宋主要词人的籍贯都以地属江南的浙江、江西、江苏为主。

表3:两宋主要词人籍贯

姓名	籍贯	姓名	籍贯
辛弃疾	山东	王孙	浙江
苏轼	四川	周密	山东
周邦彦	浙江	史达祖	河南
姜夔	江西饶州	晏殊	江西临川
秦观	江苏	刘克庄	福建
柳永	福建	张孝祥	安徽
欧阳修	江西吉州	高观国	浙江

① 邹劲风:《南唐国史》,南京大学出版社2000年版,第1页。
② 唐圭璋:《词学论丛》,上海古籍出版社1986年版,第576页。

续表

姓名	籍贯	姓名	籍贯
吴文英	浙江	朱敦儒	河南
李清照	山东	蒋捷	江苏
晏几道	江西临川	晁补之	山东
贺铸	河南	刘过	江西吉州
张炎	浙江	张元干	福建
陆游	浙江	王安石	江西临川
黄庭坚	江西洪州	陈与义	河南
张先	浙江	叶梦得	江苏

北宋前期的重要词人多出于东部,在地域上与南唐有一定的亲缘关系。胡应麟《诗薮》杂编卷四称誉李煜为"宋人一代开山祖"①。清代冯煦在《六十一家词选例言》中说:"宋初诸家靡不祖述二主,宪章正中,譬之欧虞褚薛之书,皆出逸少。"②今人刘永济先生亦说南唐作家虽无总集,然而影响宋代的词人却在南唐。③ 南唐词风对宋词有直接的启发、推动作用,"并开辟了下及宋初的词史上的一个新阶段"。④

冯煦在《蒿庵论词·论欧阳修词》云:

宋初大臣之为词者,寇莱公、姜元献、宋景文、范蜀公,与欧阳文忠并有声艺林,然数套或一时兴到之作,未为专诣。独文忠与元献,学之既至,为之亦勤。翔双鹤于交衡,取二龙于天路。且文忠公家庐陵,而元献家临川,词家遂有西江一派。其词与元献同出南唐,而深致则过之。

晏殊之子晏几道,他的《小山词》也是多用南唐小令,承南唐余绪。他在《乐府补亡自序》中说:叔原往者浮沉酒中,病世之歌词,不足以析醒解温,试续

---

① (明)胡应麟:《诗薮》上海古籍出版社 1958 年版,第 291 页。
② (清)冯煦:《嵩庵论词》,《词话丛编》,第 3585 页。
③ 刘永济:《唐五代两宋词简析》,上海古籍出版社 1981 年版,第 2 页。
④ 吴熊和:《唐宋词通论》,浙江古籍出版社 1985 年版,第 182 页。

南部诸贤绪余,作五、七字语,期以自娱。不独叙其所怀,兼写一时杯酒间闻见,及同游者意中事。"南部诸贤",即指冯延巳、李璟、李煜诸南唐词人。

毛晋《小山词跋》谓"晏氏父子,具足追配李氏父子"。夏敬观《评小山词跋尾》亦谓:"晏氏父子,嗣响南唐二主,才力相敌。"

词史上将以江西人欧阳修、晏殊、晏几道为中心聚集起来的,词作主要是以南唐词为艺术渊源,以小令为抒写工具,以蕴藉雅致为主导的一批词人,称为江西词派。刘毓盘《词史》亦云:

> 晏家临川,欧家庐陵,王安石、黄庭坚,皆其乡曲小生,接足而起,词家之西江派,尤早于诗家。①

沈括《梦溪笔谈》卷九评述词派的创作环境:

> 时天下无事,许臣僚择胜燕饮。当时侍从文馆士大夫为燕集,以至市楼酒肆,皆供帐为游息之地。

可看出,这与陈世修在《阳春集序》中提及冯词的创作环境大抵相似。江西在南唐是发展得最快最好的地区之一,洪州成为仅次于金陵的第二大城市,中主李璟在961年曾一度迁都于洪州并死于此地的长春殿。冯延巳也在948~951年间在抚州担任节度使。五代时期江西无论在文学创作,还是文化的其他方面都比较兴盛。

江西词派是在模仿学习南唐词的基础上,逐渐形成自己的创作风格的。南唐词人对他们的影响各有不同。周稚圭在《词评》中说:"予谓重光天籁也,恐非人力所及。"周济《存斋论词》云:"李后主词如生马驹,不受捉控。"李煜个人天赋极高,词法不易学,并且亡国之音哀以思,也不太符合北宋前期相对稳定的时代氛围和当时的文人情趣。冯延巳:"罢相当年向抚州,仕途得失底须忧。若从词史论勋业,功在江西一派流。"②冯词之深美闳约,富贵之气之下隐含的淡淡伤婉更被身份、地位、情感体验相似的宋初词人晏殊、欧阳修、张先等欣赏和认同。如《中山诗话》云:

---

① 刘毓盘:《词史》,上海书店影印出版1985年版,第68页。
② 叶嘉莹:《唐宋词名家论稿》,河北教育出版社1997年版,第35页。

晏元献尤喜江南冯延巳歌词,其所自作,亦不减延巳。

刘熙载《艺概》卷四云:

冯延巳词,晏同叔得其俊,欧阳永叔得其深。①

冯词行文委婉和铺叙曲折,往往通过景物的隐现、变化巧妙地传达人物形象内心的感情,透过华美、高雅的表层意象,读者亦能够体味到那种思深意苦、悲咽惝恍的情感内蕴。他的这种风格特点,为词坛开辟了一条新路。晏几道《小山词自序》言:"尝思感物之情,古今不易。"晏、欧直接继承了冯延巳这种秾丽之景含深婉之情的手法,感情表达委婉、精致。"间或融入家国身世慨叹,于深婉中透出悲凉伤感情味"。② 以闺中愁情表现身世之感,家国之忧以及人生体会,词风含蓄蕴藉。他们词作的审美价值取向和冯延巳是一致的。三人词风相近,以致三家词多相互混杂。如《蝶恋花》:

六曲阑干偎碧树,杨柳风轻,展尽黄金缕。谁把钿筝移玉柱,穿帘海燕双飞去。满眼游丝兼落絮,红杏开时,一霎清明雨。浓睡觉来莺乱语,惊残好梦无寻处。

既见冯延巳《阳春集》,又见晏殊《珠玉词》,又见欧阳修《欧阳文忠公近体乐府》卷二。冯词"独立小桥风满袖,平林新月人归后"。清陈廷焯赞:"仙境,梦境,断非凡笔也。"③晏几道"凭高双袖晓寒浓,人在月桥东",神似神会。

况周颐评:"阳春一集,由临川(王安石)、珠玉(晏殊)所宗,愈瑰丽,愈醇朴。"晏殊将冯"和泪试严妆"的闲情发而为人生哲理的思索,生命意识的抒发。其名篇《浣溪沙》(一曲新词酒一杯),燕子去了有再来的时候,但对于个人而言,生命流逝却是不可返的,所谓年年岁岁花相似,岁岁年年人不同。语淡情深,轻叹韶华消逝的背后是对生命深重的感慨。

南唐文化的重要意义还表现在文化南渐中的作用。文化南渐是一种复杂的文化现象,它不是突然发生的,也不是单一因素的结果,伴随着古代社会经济重心的转移,是以经济和政治为主导因素的推动下逐步迁移的。我国上古

---

① (清)刘熙载:《艺概》,上海古籍出版社1978年版,第107页。
② 乔力:《唐五代词选》,人民文学出版社2000年版,第120页。
③ 陈廷焯:《云韶集》卷1,词话丛编本,第3715页。

到秦汉时期,政治、经济、文化三位高度一体,中国经济重心一直在北方。魏晋南北朝,拉开了江南经济发展的序幕。永嘉之乱、安史之乱和靖康之乱,堪称中华民族的三次劫难,黄河流域经济一次次遭到严重破坏,而广大的南方地区尤其是江南经济没有受到大的波动,获得了发展良机。到南宋时期"以长江流域中下游地区与四川盆地为代表的广大南方地区,不论是从人口、政区、赋税的多寡与分布来看,还是从农业、手工业与商业的发展水平及其所占的比例变化来看,南方地区都超过了北方地区而居于明显的优势,从而表明自先秦以来,以黄河流域中下游地区为代表的我国经济文化重心区发生了根本性的变化,最终完成了从北方向南方的转移"。①

郑学檬先生也认为古代经济重心南移"至北宋后期已接近完成,至南宋则全面实现了"②。经济的发展必然带来文化的进步和繁荣。"文化中心的转移实际上是以空间的形式显示了历史的变化"。③ 宋人有言:"古者江南不能与中土等。宋受天命,然后七闽、二浙与江之东西,冠带诗书,翕然大肆,人才之盛,遂甲于天下。"④从北宋后期开始,江南人才激增。如科举应试,江南就呈现明显优势。欧阳修说:"每次科场,东南进士得多,西北进士得少。"⑤苏轼在上神宗书中指出:

> 昔者以诗赋取士,今陛下以经术用人,名虽不同,然皆以文词耳。考其所得,多吴、楚、闽、蜀之人。至于京东、西,河北,河东,陕西五路,盖自古豪杰之场,而今得人常少⑥。

据《宋史》中的《道学传》《儒林传》《文苑传》所列人物籍贯(非指居住地)统计,当时名儒、学士、文人所属籍贯,是以两浙、福建、江西、江东、成都、京西、

---

① 王玉德、张全明等:《中华五千年生态文化》(上),华中师范大学出版社 1999 年版,第 488 页。
② 郑学檬:《中国古代经济重心南移和唐宋江南经济研究》,岳麓书社 2003 年版,第 19 页。
③ 杨义:《重绘中国文学地图的方法论问题》,载《学术研究》,2007 年 9 月。
④ 洪迈:《容斋四笔》,《饶州风俗》卷。
⑤ (明)黄淮、杨士奇:《历代名臣奏议》卷165,上海古籍出版社 1989 年版。
⑥ 苏轼:《徐州上皇帝书》,《苏轼文集》卷26,中华书局 2004 年版。

淮南等地依次所占比例最大,南方所占比例约为 80%。① 具体的数字统计更
为直观,以宰相为例,宋代共有宰相 134 人,北宋 72 人,南宋 62 人。南、北方地
区分别以浙江、河南为代表,河南共有 21 人作过宰相,北宋 18 人,南宋 3 人;浙
江先后有 24 人任过宰相,北宋 4 人,南宋 20 人。② 政治文化领域重要人物籍
贯分布的变化,无疑是经济、文化重心迁移的典型表现。

　　十国尤其是江南地区的吴、南唐、吴越,经济的持续增长繁盛,卓有成效的
文化建设,地区人民文化素质的普遍提高,以及文化教育事业的发达,在文化
南渐过程中起了关键性的作用,为宋积蓄大量人才和社会经济文化的繁荣打
下了基础。唐末动乱,"四方豪杰与京都士族往往避地江湖,李氏能招携安辑
之。故当时人物之盛,不减唐日,而文风施及后裔。今名显于朝廷者多矣"。③
赵宋平江南后之后,"范仲淹起于吴,欧阳修起于楚,蔡襄起于闽,杜衍起于会
稽,余靖起于岭南,皆为一时名臣"。就是最好的证明。

　　宋太祖灭南唐国时下令给曹彬,宋兵入城,不得杀掠,以保存江南财富。
南唐富庶的经济为南唐地区的文化建设提供了必要的保障。南唐作为十国中
文化成就最突出的,文化总体水平明显高于其他地区。所以我们才看到国运
祚短的南唐词家辈出,顾闳中、董源、巨然等光耀五代、名垂画,南唐文艺各个
方面如百花齐放,各个领域又互相融合,发展了江南文化尚文倾向并出现尚文
由性特点。南唐文化没有随着南唐小王朝的覆灭而烟消云散,而是如同歌词
种子在南唐生长繁荣一样,它犹如精心培植起来的名姝裨益江南,香飘后世。
北宋《太平寰宇记》《册府元龟》等都出自南唐遗臣。南唐名士徐铉入宋后成为
文坛领一代风骚的人物,他在五代时的文名一样在宋初得到了重视。宋初由
当时文坛泰斗,文化名流编撰的大型丛书《文苑英华》《太平广记》等,徐铉都是
主编者之一。《枫窗小牍》中记载:"太宗命儒臣修《太平广记》时,徐铉实与编
纂,《稽神录》铉所著也,每欲采撷,不敢自专,辄示宋白,使问李防。防曰:'诅

---

① 张全明:《试析宋代中国传统文化重心的南移》,载《江汉论坛》,2002 年第 2 期。
② 据《新唐书》卷 61～63,《唐宰相世系表》;《宋史》卷 210～214,《宰辅》;《明史》卷 190
　～110,《宰相年表》见陈正祥著《中国文化地理》,三联书店 1983 年版,第 22 页。
③ (宋)苏颂:《李公墓志铭》,《苏魏公集》卷 259。

有徐率更言无稽者',于是此录遂得见收。"宋太祖乾德元年,夏宝松求仕无望,遂返庐陵,与同门刘洞唱和,见称一时,号称"夏江城"、"刘夜坐",从学者甚众。① 马令《南唐书》卷十四记载其盛况云:"晚进儒生,求为师事者,多赍金帛,不远数百里,辐辏其门。"一些入宋的南唐诗人,诗誉颇高,如杨徽之,杨亿《杨公行状》云:"公文学之外,长于吟咏……必有雕章丽句,传诵人口。或刊于琬琰,或被于管弦。"此外两宋时期,江南地区的书院很发达,居于四大书院之首的白鹿洞书院前身即为南唐"庐山国学"(又称"白鹿国学"),是中国历史上唯一的由中央政府于京城之外设立的国学。南唐金陵国子监与庐山国学,其徒各不下数百。诚如朱熹所言:"自升元之有士,始变塾而为庠;俨衣冠与弦诵,纷济济而洋洋。"②北宋末年学院遭战火毁坏,南宋朱熹为南康太守时重建兴复书院,亲任洞主,对书院发展有此番见解:

> 惟前代庠序之教不修,士病无所于学,往往相与择胜地,立精舍,以为群居讲习之所,而为政者乃或就而褒表之,若此山,若岳麓,若白鹿洞之类是也。③

并邀请陆九渊等讲学,书院一时名扬天下,成为理学之宗源。此外还有南唐罗韬建立的匡山书院,罗靖、罗简在奉新县罗坊建立的梧桐书院。宋代国子监主簿、教育家胡仲尧南唐李煜时曾授其寺丞(官署中的佐史),在奉新县西南25公里的华林山,建立华林书院。书院最早是胡氏家族私塾,后发展为华林学舍。宋代仅华林胡氏一门就走出进士55名,为大宋朝廷培养了大批人才。道光《奉新县志》垅墓志载:"(胡)挡居华林,以书堂闻天下。"

南唐经营过的江西地区在两宋时期文化方面的成就相当突出。据《江西通志》进士名录统计,宋代江西共有进士5442人,其中北宋1745人,南宋3697人。以68县平均计,每县约80人。"江西素号人物渊薮",与唐代江西地区文学家的数量相比有了大幅提升。据周文英《江西文化》一书统计《全唐诗》及《全唐诗外编》收存诗1首以上且有籍贯记录的诗人共计867人,江西仅55

---

① (宋)龙衮:《江南野史》,四库全书本。
② (宋)朱熹:《白鹿洞赋》,《晦庵集》卷1,四库全书本。
③ (宋)朱熹:《衡州石鼓书院记》,《朱文公文集》卷79。

人，次于河南 144 人、河北 133 人、江苏 112 人、陕西 110 人、浙江 94 人、山西 87 人。① 唐宋八大家中，江西人占了三位，仅此便足以说明唐宋时期江西文化的辉煌。罗大经：《鹤林玉露》丙编卷 3《江西诗人》中高度评价江西诗人代表人物：

> 江西自欧阳子以古文起于庐陵，遂为一代冠冕，后来者，莫能与之抗。其次莫如曾子固、王介甫，皆出欧门，亦皆江西人。朱文公谓江西文章如欧永叔、王介甫、曾子固，做的如此好，亦知其皓皓不可尚已。

江西从宋前文学、文化可以说是名不见经传的地区一跃成为有宋一代文化、文学比较发达的地区，乃至有的学者评论："这种飞跃在中国文学史和中国区域文化史上都是罕见的。这是中国文学和中国文化的奇迹。"② 这个奇迹无疑也是南唐小朝廷文化建设卓有成效且影响深远的最生动的注解，南唐为这些地区的文化发展创造了特殊的条件。

南唐君臣的文名在当时已盛传远播，他们甚至屡次在邦交中以文才取胜。南唐词派虽是一个地域流派，但在词学史上却产生了远超出一般地域词派的影响。一方面，它对词体本身有多重突破，表现于词调翻新与创新，自觉注重声情结合，以声韵的多变传达丰富的感情世界，并继承江南文化典雅的一面，进一步在语言、技巧、审美风格等方面实现词的雅化，建立起新的审美范式；另一方面，南唐经营过的江西、金陵等地区文化积淀深厚，名流辈出，裨益后世。南唐所代表的南唐文化更体现了地域文化与文人士大夫个性特征的融合。包括南唐词在内的南唐文化，在唐宋文化转型和古代社会文化南渐中功不可没。

---

① 周文英：《江西文化》，辽宁教育出版社 1993 年版，第 67 页。
② 曹大兴：《中国历代文学家之地理分布》，湖北教育出版社 1995 年版，第 232 页。

结　语

　　历史上南唐存国仅 30 余年,在历史长河中的确是沧海一粟,但南唐与吴一脉相承,一度雄踞江淮,阻隔北方对江南地区的进攻,为保持江南社会较为长久的偏安局势和经济富庶做出了巨大的贡献。不仅如此,南唐的人物和故事远比政治精彩,南唐文化尤其是词学堪称文化史上的奇葩,香飘后世,不断吸引着后人的目光。词在唐五代后期抒情化的倾向越来越明显,反映了词学演进的趋势,也与词人生活遭际密切相连,南唐词人在此过程中迈出了关键性的一步。以李璟、李煜、冯延巳为代表的南唐词派的学识、气质、身份以及经历是温、韦等同时代词人所没有的,因此他们的词作能超越花间,超越时代的局限,提高词的地位并以词作为抒情的工具,在意象的选取转移、语言运用、情感表达方式以及心理空间的拓展等方面对词的发展起了很大的推动作用,词作中所凝结的浓厚的士大夫式的雅致和审美情结,深深吸引影响了读者和后世词坛。

　　还有一点比较突出的是,南唐词人虽然高居政治的风口浪尖,但他们本身艺术气质浓厚,堪称是有卓越才能的艺术家,这也为以审美为主体特征的江南文化作了良好的注解。江南文化在经历六朝轴心期历史整合后,在五代迎来又一个发展的高峰,南唐词是江南诗性文化精神的杰出体现和表达,江南文化的审美品格不仅体现在南唐词的表征话语中,它也流淌沉淀在南唐人的精神世界中。这一时期,江南文化在已有的相对稳定的地域文化基础上生成的趋向多元性、复杂性等特点,也在南唐词和南唐士人中得到了充分的展现。南唐社会孕育的文化新质元素对江南及古代社会文化的发展都产生了深远的影响。

　　五代,是中国历史上六朝以降的又一个大分裂动乱时期。乱包含变,之后的宋生成了不同于唐文化的另一种文化形态。宋文化及士人的一些特点在南唐士人身上已初见端倪,受多重思想文化发展的影响,南唐士人很少将外在社会规范和内在的价值之源同一。在审美艺术领域,南唐君臣于人生和政事冲突之外,向上一路,开出审美一脉,"游"于艺术,"游"于词,在艺术中安放焦躁、惶惶的心灵,在艺术中实现与现实的对话,重构和谐。这种精神的言说某种程度上超出了时代窠臼,与流于表面普世化的抒情模式不同,表现出充分的主体意识和阔大境界,尤其是后主词,无论艳情还是悲叹,都不事雕琢,真实表达了心灵的活动与人生体验,带给人超越文本的审美愉悦和艺术魅力,他不仅以情注于艺术,更以生命完成之。

　　南唐是说不尽道不完的,它留下了诸多宝贵的文化遗产,学界对于南唐词和南唐文化的研究不断产生新的成果。南唐文化千载之下令人追慕不已的不仅是帝王将相的过人才情,蕴含其中的江南文化所化的审美品格,它也是传统文明和现代文明的交汇,是继承更是超越,江南文化因之而更加丰富动人,而且南唐是古代社会经济、文化重心南移过程中重要的一环,这也是处于两大王朝之间的南唐小朝廷在历史上历来不止于被轻描淡写的重要原因之一。

参考文献

古籍类:

(汉)司马迁:《史记》,中华书局 1982 年版

(汉)班固:《汉书》,中华书局 1962 年版

(汉)范晔:《后汉书》,中华书局 1965 年版

(南朝)刘勰著,范文澜注:《文心雕龙》,人民文学出版社 1958 年版

(唐)刘知己:《史通》四库全书本

(唐)房玄龄等:《晋书》四库全书本

(唐)段安节:《乐府杂录》,古典文学出版社 1957 年版

(南朝)萧子显:《南齐书》四库全书本

(南朝)沈约:《宋书》四库全书本

(宋)郭茂倩:《乐府诗集》,中华书局 1979 年版

(唐)杜佑:《通典》,中华书局 1988 年点校版

(宋)马令:《南唐书》,南京出版社 2010 年版

(宋)陆游:《南唐书》,南京出版社 2010 年版

(宋)郑文宝:《南唐近事》,《丛书集成初编》本

(宋)史虚白:《钓矶立谈》,《丛书集成初编》本

(宋)薛居正等:《旧五代史》,中华书局 1987 年版

(清)王夫之:《读通鉴论》,中华书局 1998 年版

(宋)欧阳修:《新五代史》,中华书局 1974 年版

(元)脱脱等:《宋史》,中华书局 1977 年版

(宋)欧阳修等:《新唐书》,中华书局 1975 年版

(宋)司马光:《资治通鉴》,中华书局 1997 年版

（宋）龙衮:《江南野史》,影印文渊阁四库全书本

（宋）张唐英:《蜀梼杌》影印文渊阁四库全书本

（清）吴任臣:《十国春秋》,中华书局1983年版

（宋）王溥:《五代会要》,上海古籍出版社1978年版

（清）董浩等:《全唐文》,上海古籍出版社1990年版

（清）董寅等:《全唐诗》,中华书局1985年版

（宋）无名氏:《五国故事》,影印文渊阁四库全书本

（清）查继超:《词学全书》,书目文献出版社1986年版

（明）胡震亨:《唐音癸签》,上海古籍出版社1981年版

（清）汪森:《词综序》,上海古籍出版社1978年点校本

（宋）阮阅:《诗话总龟》,人民文学出版社1987年版

近人专著类:

C

曹大兴:《中国历代文学家之地理分布》,湖北教育出版社1995年版

陈正祥:《中国文化地理》,三联书店1983年版

陈尚君:《旧五代史新辑会证》,复旦大学出版社2005年版

D

（法）丹纳著,傅雷译:《艺术哲学》,人民文学出版社1997年版

杜道明:《中国古代审美文化考论》,学苑出版社2003年版

E

（德）恩斯特·卡西尔:《人论》,甘阳译,上海译文出版社1985年版

F

范文澜等:《中国通史》,人民出版社2009年版

方智范、邓乔彬、高建中、周圣伟:《中国词学批评史》,中国社会科学出版社1994年版

傅璇琮、张枕石、许逸民:《唐五代人物传记资料综合索引》,中华书局1982年版

傅道彬:《晚唐钟声——中国文化的原型批评》,东方出版社1996年版

G

高峰:《唐五代词研究史稿》,齐鲁书社2006年版

高锋:《花间词研究》,江苏古籍出版社2001年版

葛晓音:《八代诗史》,中华书局2007年版

H

何剑明:《沉浮:一江春水——李氏南唐国史论稿》,南京大学出版社2007年版

何一民:《中国城市史纲》,四川大学出版社1994年版

华东师范大学中文系古典文学研究室:《词学研究论文集》,上海古籍出版社1988年版

《词学》第一辑,华东师大出版社1981年版

胡戟等:《二十世纪唐文学》,中国社会科学出版社2002年版

胡震亨:《唐音癸笺》,上海古籍出版社1981年版

黄仁宇:《赫逊河畔谈中国历史》,三联书店1992年版

《词学》(第一辑),华东师范大学出版社1981年版

J

景遐东:《江南文化与唐代文学研究》,人民文学出版社2005年版

L

李调元:《全五代诗》,巴蜀书社1992年版

李一泯:《花间集校》,人民文学出版社1998年版

李冰若:《花间集评注》,河北教育出版社1999年版

李泽厚:《美的历程》,广西师范大学出版社2001年版

李春青:《在文本与历史之间》,北京大学出版社2005年版

李洁萍:《中国历代都城》,黑龙江人民出版社1994年版

(美)勒内·韦勒克奥斯汀·沃伦:《文学理论》,文化艺术出版社2010年版

(英)劳伦斯·比尼恩:《亚洲艺术中人的精神》,辽宁人民出版社1988年版

(美)鲁道夫·阿恩海姆:《艺术与视知觉》,四川人民出版社1998年版

梁荣基:《词学理论综考》,北京大学出版社1991年版

刘庆云:《词话十论》,岳麓出版社1990年版

刘士林:《江南文化的诗性阐释》,上海音乐学院出版社2004年版

刘士林:《20世纪中国学人之诗研究》,安徽教育出版社2006年版

刘士林:《江南文化精神》,上海大学出版社2009年版

刘士林:《人文江南关键词》,上海音乐学院出版社2003年版

刘尊明:《唐五代词的文化观照》,文津出版社 1994 年版

刘扬忠:《唐宋词流派史》,福建人民出版社 1999 年版

刘大杰:《中国文学发展史》卷二,上海人民出版社 1976 年版

刘永济:《唐五代两宋词简析》,上海古籍出版社 1981 年版

刘毓盘:《词史》,上海书店影印出版 1985 版

罗联添:《中国文学批评资料汇编——隋唐五代》,台湾成文出版社 1978 年版

罗宗强:《隋唐五代文学思想史》,中华书局 1999 年版

罗根泽:《乐府文学史》,东方出版社 1996 年版

龙榆生:《唐宋词格律》,上海古籍出版社 1978 年版

龙榆生:《南唐二主词叙论》,上海古籍出版社 1997 年版

龙榆生:《词学十讲》,北京出版社 2011 年版

鲁迅:《鲁迅演讲全集》长江文艺出版社 2007 年版

陆岩司等:《〈读史方舆纪要〉选译》,山西人民出版社 1978 年版

M

缪钺:《缪钺说词》,上海古籍出版社 1999 年版

缪钺:《诗词散论》,上海古籍出版社 1982 年版

缪钺、叶嘉莹:《灵谿词说》,上海古籍出版社 1987 年版

蒙文通:《蒙文通文集》第一卷,巴蜀书社 1987 年版

N

南京市地方志编纂委员会办公室:《话说南京》,南京出版社 2006 年版

Q

钱鸿瑛:《词的艺术世界》,上海文艺出版社 1992 年版

钱钟书:《管锥编》,三联书店 2007 年版

乔力:《唐五代词选》,人民文学出版社 2000 年版

(日)青木正儿:《中国文学思想史》孟庆文译,春风文艺出版社 1985 年版

丘琼荪:《燕乐探微》,上海古籍出版社 2007 年版

R

任爽:《南唐史》,东北师范大学出版社 1995 年版

S

盛配:《词调词律大典》,中国华侨出版社 1998 年版

施蛰存:《词籍序跋萃编》,中国社会科学出版社 1994 年版

施蛰存:《南唐二主词叙论》,中国人民大学报刊复印资料 1980 年第 29 卷,第 43~51 页

施议对:《词与音乐的关系研究》,中国社会科学研究出版社 1985 年版

沈松勤:《唐宋词社会学研究》,浙江大学出版社 2001 年版

孙克强:《唐宋人词话》,河南文艺出版社 1999 年版

T

唐圭璋:《词学论丛》,上海古籍出版社 1986 年版

唐圭璋:《词话丛编》,中华书局 1986 年版

唐圭璋、潘君昭:《唐宋词学论集》,齐鲁书社 1985 年版

唐圭璋:《唐宋词简释》,上海古籍出版社 1981 年版

汤擎民:《詹安泰词学论稿》,广东人民出版社 1984 年版

陶懋炳:《五代史略》,人民出版社 1985 年版

陶秋英:《宋金元文论选》,上海古籍出版社 1996 年版

W

王洪:《唐宋词百科大辞典》,学苑出版社 1990 年版

王洪、刘扬忠、乔力、王兆鹏:《唐宋词精华》,学苑出版社 1991 年版

王兆鹏:《词学史料学》,中华书局 2004 年版

王兆鹏:《南唐二主冯延巳词选》,上海古籍出版社 2002 年版

王兆鹏:《唐宋词史论》,人民文学出版社 2000 年版

王孝通:《中国商业史》,北京商务印书馆 1998 年影印第 1 版

王玉德、张全明等:《中华五千年生态文化》(上),华中师范大学出版社 1999 年版

王仲闻:《南唐二主词校订》,中华书局 2007 年版

王瑶:《中古文学史论》,北京大学出版社 1998 年版

王运熙:《六朝乐府与民歌》,古典文学出版社 1957 年版

王书奴:《中国娼妓史》,三联书店 1988 年版

王克芬:《中国舞蹈史·隋唐五代部分》,文化艺术出版社 1987 年版

王会昌:《中国文化地理》,华中师范大学出版社 1992 年版

王重民:《敦煌曲子词集》,商务印书馆 1950 年版

汪永泽、王庭槐:《江苏城市历史地理》,江苏科学技术出版社 1982 年版

吴庚舜、董乃斌:《唐代文学史》,人民文学出版社1995年版

吴熊和:《唐宋词通论》,浙江古籍出版社2006年版

吴梅:《词学通论》,江苏文艺出版社2008年版

X

夏承焘:《唐宋词人年谱》,上海古典文学出版社1955年版

夏承焘:《唐宋词论丛》,上海古典文学出版社1956年版

夏承焘、吴熊和:《读词常识》,中华书局1981年版

夏承焘:《唐宋词论丛》,上海古典文学出版社1956年版

萧克:《中华文化通志·巴蜀艺文志》,上海人民出版社1998年版

萧涤非:《汉魏六朝乐府文学史》,人民文学出版社1984年版

谢桃坊:《中国词学史》,巴蜀书社1993年版

谢桃坊:《唐宋词谱粹编》,四川人民出版社2010年版

徐复观:《中国艺术精神》,华东师范大学出版社2001年版

Y

杨海明:《唐宋词美学》,江苏教育出版社1995年版

杨海明:《唐宋词史》,天津古籍出版社1998年版

杨海明:《唐宋词风格论》,上海社会科学出版社1998年版

杨恩寰:《审美心理学》,东方出版社1991年版

杨义:《重绘中国文学地图通释》,当代中国出版社2007年版

叶嘉莹:《唐宋词名家论稿》,河北教育出版社1997年版

叶嘉莹:《迦陵论词丛稿》,河北教育出版社1997年版

叶嘉莹:《词之美感特质的形成与演进》,北京大学出版社2007年版

叶嘉莹:《古典诗词讲演录》,河北教育出版社1997年版

叶朗:《中国美学史纲要》,上海人民出版社1985年版

严北慎:《儒道佛教思想散论》,湖南人民出版社1984年版

游国恩:《中国文学史》,人民文学出版社2002年版

俞陛云:《五代词选释》,上海古籍出版社1985年版

俞平伯:《读词偶得》,开明书店1935年版

郁玩、张明高:《魏晋南北朝文论选》,人民文学出版社1996年版

余英时:《士与中国文化》,上海人民出版社1987年版

俞陛云:《唐五代两宋词选释》,上海古籍出版社1985年版

袁行霈:《中国文学史》,高等教育出版社2005年版

袁济喜:《六朝美学史》,北京大学出版社2000年版

Z

詹泰安:《李璟李煜词》,人民文学出版社1998年版

汤擎民:《詹安泰词学论稿》,广东人民出版社1984年版

詹伯慧:《詹安泰词学论集》,汕头大学出版社1997年版

詹幼馨:《南唐二主词研究》,武汉出版社1992年版

章培恒、骆玉明:《中国文学史》,复旦大学出版社1996年版

张惠民:《宋代词学审美理想》,人民文学出版社1992年版

张兴武:《五代作家的人格与诗格》,人民文学出版社2000年版

张兴武:《五代十国文学编年》,人民文学出版社2001年版

张璋、黄畲:《全唐五代词》,上海古籍出版社1986年版

郑学檬:《五代十国史研究》,上海人民出版社1991年版

诸葛计:《南唐先主李昪年谱》,江苏古籍出版社1987年版

郑学檬:《中国古代经济重心南移和唐宋江南经济研究》,岳麓书社2003年版

曾昭岷:《温韦冯词新校》,上海古籍出版社1988年版

曾昭岷、曹济平、王兆鹏、刘尊明:《全唐五代词》,中华书局1999年版

邹逸麟:《中国历史地理概述》,福建人民出版社1999年版

邹劲风:《南唐国史》,南京大学出版社2000年版

周文英:《江西文化》,辽宁教育出版社1993年版

周祖撰:《隋唐五代文论选》,人民文学出版社1999年版

宗白华:《美学散步》上海人民出版社2006年版

论文类:

薛玉坤:《区域文化视野中的宋词研究》,兰州大学2003届博士学位论文

刘永:《江南文化的诗性精神研究》,上海师范大学2010年博士学位论文

朱逸宁:《江南都市文化源流及先秦至六朝发展阶段研究》,上海师范大学2009年博士学位论文

杜道明:《中国古典园林的审美特色》,载《中国文化研究》2011年第4期

袁济喜：《自然的人格与自然的美学——魏晋南北朝美学札记》，载《福建论坛》1986年第2期

袁济喜：《兴：魏晋六朝艺术生命的激活》，载《文艺研究》2001年第5期

左东岭：《文人心态研究的文献使用与意义阐发》，载《南开学报》2006年第5期

左东岭：《闽中诗派与主流诗坛关系研究》，载《北方论丛》2009年第3期

张晶、张佳音：《审美主体：感兴论的价值生成前提》，载《复旦学报》2011年第3期

张晶：《晚唐五代词的装饰性审美特征》，载《文学评论》2005年第3期

李伯重：《简论"江南地区"的界定》，载《中国社会经济史研究》1991年第1期

谭其骧：《晋永嘉乱后之民族迁徙》，载《燕京学报》第15期

许辉：《六朝的时代特征与六朝文化之形成》，载《许昌师专学报》2001年第6期

钟仕伦：《论南北文化区系的生成》，载《西南民族学院学报》(哲社版)1995年第4期

徐茂明：《江南的历史内涵与区域变迁》，载《史林》2002年第3期

周振鹤：《释江南》《中华文史论丛》第49辑

董楚平：《吴越文化概述》，载《杭州师范学院学报》2000年第2期

沈学民：《江南考说》，徐茂明《江南的历史内涵与区域变迁》，载《史林》2002年第3期

刘士林：《略谈江南生活》，载《上海科技报》2007年10月10日

王立：《文化涵化中的魏晋南北朝文学》，载《辽宁师范大学学报》1998年第4期

董咸明：《唐代的自然生产力与经济重心南移》，载《云南社会科学》1985年第6期

章清：《自然环境：历史制约与制约历史》，载《晋阳学刊》1985年第2期

黎烈南：《亡国之音哀以思：冯延巳词的风格及其成因》，载《首都师范大学学报》1998年第3期

尉天骄：《水在中国文学中的审美意义》，载《江苏社会科学》1995年第3期

严云受：《略说诗词中的水意象》，载《安徽师范大学学报》2003年第1期

刘尊明、赵晓涛：《20世纪唐五代词研究述略》，载《古典文学知识》2000第5期

成松柳：《隋唐燕乐"的不同系统与词的起源》，载《长沙理工大学学报》2008年9月

吕琳：《论吴歌的地域特色》，载《苏州科技学院学报》2009年8月刊

刘晓波：《审美与超越》，载《文学评论》1988年6期

乔力：《蕴涵辉煌：唐五代词概论》，载《东岳论丛》2001年第3期

杨海明：《略论晚唐五代词对于正统文化的背离和修补》，载《文化遗产》2001第3期

卿希泰:《道教在巴蜀初探》,载《社会科学研究》2004.5

金志仁:《唐五代词创调史述要》,载《南通师范学院学报》2001 年第 4 期

吴熊和:《唐宋词调的演变》,载《杭州大学学报》1980 年第 3 期

诸葛忆兵:《论唐五代北宋词的"雅化"进程》,载《广西师范大学学报》,2003 第 1 期

莫秀英:《文人词从兴起到词体的成熟》,载《贵州大学学报》(社科版)1998 年 2 期

乔力:《主体意识的建立:论南唐词的审美特征与范型意》,载《东岳论丛》1995 年第 5 期

田恩铭:《唐宋词人之言情本体观背景下的审美心理的复杂性》,载《社会科学评论》2007 年第 4 期

傅乐成:《唐型文化与宋型文化》,载《国立编译馆馆刊》1972 年第 1 卷第 4 期

杨义、邵宁宁:《"重绘中国文学地图"——杨义学术访谈录》,载《甘肃社会科学》2004 年第 5 期

孙勇才:《佛教与江南文化轴心期》,载《河南师范大学学报》2006 年第 5 期

朱逸宁:《江南的文化地理界定及六朝诗性精神阐释》,载《江淮论坛》2006 年第 2 期

徐宝余:《晋室南迁与江南都市文化品格的塑造》,载《江西社会科学》2010 年第 10 期

汪明强:《论艺术审美心理》,载《徐州师范大学学报》2002 年第 3 期

李定广、陈学祖:《唐宋词雅化问题之重新检讨》,载《湖北大学学报》1998 年第 3 期

王兆鹏:《唐宋词的审美层次及其嬗变》,载《文学遗产》1994 年第 1 期

诸葛忆兵:《宋代士大夫的境遇与士大夫精神》,载《中国人民大学学报》2001 年第 1 期

王兆鹏、刘学:《宋词作者的统计分析》,载《文艺研究》2003 年第 6 期

李微:《论审美主体在审美活动中的意义》,载《广西师范学院学报》2004 年 6 月刊

黄贤忠:《两宋词人"南方化"的成因分析》,载《文艺评论》2011 年第 6 期

王兆鹏、刘尊明:《历史的选择——宋代词人历史地位的定量分析》,载《文学遗产》1995 年第 4 期

李伯齐:《地域文化与文学小议》,载《聊城大学学报》2002 年第 6 期

詹亚园:《从篇制句式看唐五代词体式之演进》,载《淮北煤师院学报》1993 年第 2 期

李定广:《从点化唐诗看李煜词对于北宋词的范本意义》,载《学术界》2010 年第 1 期

葛金芳、曾育荣:《20 世纪以来唐宋之际经济格局变迁研究综述》,载《湖北大学学

报》2003 年第 6 期

　　刘士林:《诗化的感性与诗化的理性——中国审美精神的诗性文化阐释》,载《上海师范大学学报》2009 年第 1 期

　　胡晓明:《"江南"再发现——略论中国历史与文学中的"江南认同"》,载《华东师范大学学》2011 年第 2 期

　　孙其勇:《吴歌的艺术手法、地域文化特征及其文学价值》,载《苏州教育学院学报》2009 年第 4 期

　　戴显群:《唐五代优伶的社会地位及其相关的问题》,载《福建师范大学学报》1993 年第 2 期

　　沈松勤:《唐宋词体的文化功能与运行系统》,载《文学评论》2001 年第 4 期

　　谢桃坊:《宋词的音乐文学性质》,载《东南大学学报》2003 年第 4 期

　　薛政超:《南唐金陵公私园林考》,载《广西社会科学》2005 年第 7 期

　　胡遂、习毅:《论唐宋词与燕乐之关系》,载《湖南大学学报》2004 年第 6 期

　　刘水云、李慧:《论宋代之前家伎的歌诗活动及其影响》,载《浙江学刊》2007 年第 3 期

　　夏汉宁:《试论宋代江西文学家的贡献及其地域分布特征》,载《江西社会科学》2009 年第 9 期

　　杨娟娟:《试论徐铉入宋前的诗歌创作》,载《漳州师范学院学报》2004 年第 3 期

　　张全明:《试析宋代中国传统文化重心的南移》,载《江汉论坛》2002 年第 2 期

　　王永平:《唐宋时期文化面貌的局部更新》,载《史学月刊》2005 年第 5 期

后　记

　　该书是在我的博士论文的基础上进一步写作而成。对于南唐词这个选题我并不是"一见钟情"，和大多数人的感觉一样，觉得它很"熟悉"很"平凡"，很难出新意，而且学界"成见"颇多。在查阅大量文献资料的基础上，我逐渐摒除了先前有些浅陋的感性认识，觉得它的价值和意义还有待更全面的理解和阐释。此书仅作一拓展性研究的尝试和平台，并就教于各位方家。写作期间得到诸多老师的指点，首先依据袁济喜教授的意见，将原只是南唐词研究此中一个章节的江南文化转变为整篇论文立论的视角和突破点。针对此选题，当时左东岭教授还给出了更为详尽的另一种写作方案，对我很有启发，至今左教授热忱的指点、缜密的分析、殷殷的期望仍记忆犹新，也因此更觉诚惶诚恐，深恐才疏学浅，有失所望。张晶教授、韩德民教授和段江丽教授、邹华教授也分别于行文、用语、结构及文献等方面给出了诸多中肯的意见和建议，我在写作过程中都充分地加以考虑和采纳，很感谢诸位老师的点拨之恩。最感谢的是我的恩师杜道明教授，博文倾注我诸多努力和辛劳的同时也让恩师操劳很多。

　　感谢运城学院对此书的资助。现在书稿即将出版，几分欣喜几分忐忑，内心觉得远不足以慰藉，有些地方没有达到预期的设想，理论层面和文献资料上还有待提升和钻研，希望能不断完善。论文的出版也让我回想起短暂而充实的上博时期，在自己的"后学生时代"，能在京城求学，结识诸多的良师益友，做自己喜欢的事，安身立命，实为有幸。期间实对家人照顾很少，因此很感谢我的爱人胡波,感谢他的理解、包容和宽容;感谢爸爸妈妈,谢谢他们无私的奉献和帮助;感谢一起走在这条路上的朋友,他们对学术的热情,理想的追逐时时激励和感染着我;感谢胡临熙,让我真正懂得责任,懂得爱。借此书勉励自己和家人,请同行前辈多批评指正。